作者像（摄于 1957 年）

Cao Xueqin
Le Rêve
dans le pavillon rouge
I
(Hong lou meng)
红楼梦
nrf

法译本《红楼梦》封面

碎金文丛

# 里昂译事

（增订本）

李治华 著
蒋　力 编

商務印書館
创于1897 The Commercial Press
2016年·北京

**图书在版编目(CIP)数据**

里昂译事/李治华著;蒋力编.—增订本.—北京:商务印书馆,2016
(碎金文丛)
ISBN 978-7-100-11929-0

Ⅰ.①里… Ⅱ.①李… ②蒋… Ⅲ.①随笔—作品集—中国—当代 Ⅳ.①I267.1

中国版本图书馆CIP数据核字(2016)第006158号



碎金文丛
**里昂译事**
**(增订本)**
李治华 著
蒋 力 编

---

商 务 印 书 馆 出 版
(北京王府井大街36号 邮政编码 100710)
商 务 印 书 馆 发 行
北 京 冠 中 印 刷 厂 印 刷
ISBN 978-7-100-11929-0

---

2016年5月第1版 开本787×1092 1/32
2016年5月北京第1次印刷 印张12½ 插页2
定价:39.00元

# 出版说明

学问一事，见微而知著，虽片言鳞爪，却浑然一体。及今观之，札记、书信、日记等传统书写方式，更是散发出无定向、碎片化的后现代气息。钱锺书先生便将自己的读书笔记题为“碎金”，凸显其特殊的价值。

文丛取名“碎金”，意在辑零碎而显真知，并与“中华现代学术名著丛书”相映衬。丛书所录，非为诸名家正襟危坐写就的学术著作，而是其随性挥洒或点滴积累的小品文章。分为治学随笔、学林散记、日记书信与口述自传等系列，多为后人精心整理或坊间经年未见的佳作。希望这些短小而精美、灵性而深邃、言简而隽永的吉光片羽，能帮助读者领略名家学者的点滴妙语、雅趣文字，一窥学术经典背后的丰富人生。

商务印书馆编辑部

# 目　录

# 自　序

我是一个语文工作者，在国内学了九年法语，1937年中法大学公费保送来里昂进修，学业结束后，1943年和法国女同学雅克琳·阿蕾扎艺思（雅歌）结婚，就在法国教了一辈子汉语。好在法国高等院校的教师授课时间不多：我在巴黎东方语言学院（现改名东方语文学院）教书时，每周八小时，1968年调往巴黎第八大学，每周六小时，又在法国外交部兼两节课，仍是八小时。因为家住在里昂，每星期一早晨乘火车去巴黎，星期三晚上回里昂，在这三天之内就完成了备课、授课以及改作业等工作；周四到周末这四天的时间都可以由自己支配了。1942年获得里昂大学文学硕士学位，就开始撰写博士论文，正论文的题目是“元曲研究”，副论文是一篇元曲的法文翻译，正论文没有完成，却翻译了五篇元杂剧。这足以证明自己更爱好、也更适合做翻译工作。1950年好友王振基回国前送给我一本鲁迅的《故事新编》，读了以后，很喜欢，就译成法语了。稍后，曾在中国津沽大学执教的明兴礼（Jean Monsrerleet）神甫要撰写一篇关于巴金的博士论文，他的工作太忙，请我替他翻译副论文：巴金的《爱情》三部曲之一《雾》。译完以后，请他自己修润，他就送我一本巴金最著名的小说《家》，我把此书也译成法语。1958年出版与阿丽丝·艾尔维莱尔夫人合译的艾青诗选《向太阳》。翌年又出版了鲁迅的《故事新编》。此后就陆续出版了十多种中国文学名著的法译本。

我从事翻译，希望自己工作能达到信、达、雅三个标准，前两者由自己把关，第三关就得求助于雅歌了。至于《红楼梦》的译本，又获得恩师铎尔孟（André d'Hormon）的大力协助才得以完成。

翻译之余，我写了一些散文，大部分都已经在国内外报刊上发表过。内容大略可以分成三部分：

（一）阅读记，这部分又可以分为三类：

1. 赞美类：笔者自幼喜欢读书，遇见好书，欣喜若狂，就把自己的感受抒写出来，公诸同好，以便分享，诸如卢梭的《忏悔录》、罗大冈的中文诗和法文诗，俱为佳作，无可非议。

2. 批评类：如果作品有错误或不妥之处，就进行校正，无论是翻译还是创作。

3. 有时翻译虽然正确，但未能达到“雅”的标准，我就继续做美的探索，比如谈杭州大学飞白教授翻译魏尔伦（Paul Verlaine）的短诗。

（二）回忆录，大部分是我个人前半生的事迹，因为家里人想了解我的过去，将来可能译成法语，并再写几篇。

（三）序文、前言、评介或发言稿等。

总之，这些散文都是笔者利用翻译闲暇撰写的，现在有幸得以在国内出版，希望能够获得更多读者的阅读和指正。我尤其希望更多的语文工作者大量撰写、翻译或介绍世界文学、文化、历史等书籍，以期加深人类的互相认识、互相了解，因而促进世界大同的理想！

2005年元月15日写于里昂

# 译事

# 《红楼梦》法译本的缘起和经过

用20多年业余时间翻译一部文学作品，大概是只有傻子才肯干的事。不过傻人自有傻福，在翻译《红楼梦》的过程中，我只感到充实、愉快和幸福。这难道不是人生最大的安慰吗？

## 一、小说迷

我从小就爱小说。九岁的时候，已经认了五千个字块，过了一两年看小说自然不成问题。那时候看的只是一些石印的旧小说：《七侠五义》《小五义》《龙图公案》《施公案》《再生缘》之类的。看《红楼梦》已是比较晚的事了。得到曹雪芹这部名著，看了几页后，就如饥似渴，不忍释卷地读下去，读了一遍又一遍。到了1950年代初，

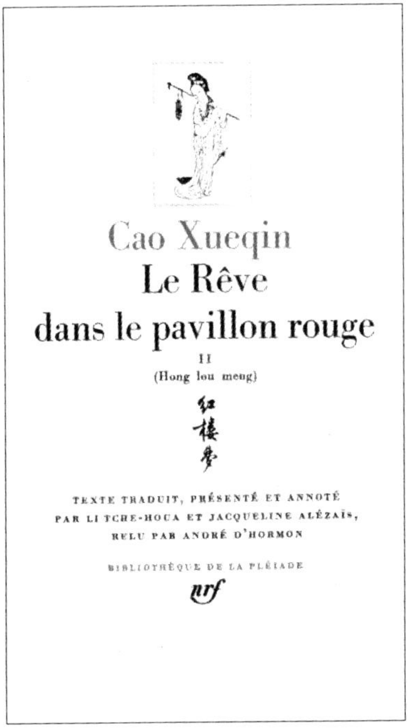
Cao Xueqin
Le Rêve
dans le pavillon rouge
II
(Hong lou meng)
红楼梦
TEXTE TRADUIT, PRÉSENTÉ ET ANNOTÉ
PAR LI TCHE-HOUA ET JACQUELINE ALÉZAÏS,
RELU PAR ANDRÉ D'HORMON
BIBLIOTHÈQUE DE LA PLÉIADE
nrf

法译本《红楼梦》封面

我在巴黎前国立东方语言学校〔一〕中文系担任汉语教员之职，联合国教育科学文化组织任命巴黎大学比较文学教授艾迪昂伯（Etiemble）为该组织《世界文学代表作·东方知识丛书》主任，并请他设计翻译中国文学作品。他问我想翻译一部什么著作，我立刻回答说："《红楼梦》"。当时胆量的确大，颇有"初生牛犊不怕虎"之势。为什么《红楼梦》对我产生这么大的吸引力呢？那与我童年生活有密切的关系。这并非意味着我曾度过像贾宝玉那样养尊处优的公子哥儿的生活。我生在一个清贫之家，不过我们的邻居却是一个富贵荣华的清朝官宦大家族。我祖籍安徽亳县，亳县是商汤的都城，处于安徽西北部，被包围在河南省境内的一个角落里。可是我家自从祖父起，就在北京落户，我生在北京，在北京长大，从来没有回过老家，所以就冒充北京人。祖父在北京玻璃公司当会计，在外国经济侵略下，这个公司不久即行倒闭。祖父在家赋闲，家庭的重担，全部压在父亲一个人的肩上。因此，父亲虽然于1910年左右在顺天高等学堂毕业，考取英国留学资格，却被迫放弃出国的好机会，留在北京工作。开始在中国大学教英文，

〔一〕1968年法国学生运动以后，该校改名为东方语文学院，合并于巴黎第三大学。

后因患吐血症，痊愈以后，仍然不宜长时间高声讲话，只好放弃大学课程，改教私馆。恰巧那时清朝末期一任顺天府尹何乃莹家，正想给他的两个孙子找一位家庭教师，就聘请我父亲去教他们英文和数学。这大约是 60 多年前的事了。

## 二、顺天府尹的住宅

府尹的住宅很大，有的是空房，就把我们一家安置在他们的西跨院里。这个府第坐落在宣武门外教子胡同 38 号。教子胡同与牛街是两条南北并行的长胡同，属于北京的回民区，每条街上都有一个清真寺，只有极少数几家汉人杂居其间。最近看到一张旧时的北京地图，才发现相当于府尹住宅的地方，原来叫桑园。大概是从前种桑养蚕的处所，后来拔去桑树，才建了这个阔大的府第。记得南园里还有几棵硕果犹存的桑树，供我们幼年采桑喂蚕之用。宅子大门坐东朝西，门前有三块上马石，四五棵老槐树，大门道里铺着长方形花岗岩大石块。每逢看到《红楼梦》里叙述驯骡驾着轿车出入于荣国府大门的时候，我耳朵里听到的，却是顺天府尹家的轿车咯哩咯啦地穿过那座花岗岩门道的声音。那座大门给我留下的印象太深了，不仅每天晚上，两个看门人抬起一根又粗又重的大门栓，把门关得铁桶也似的水泄不通，而且还有一条拔得起来、包着铁皮、钉着铁钉的大门槛，足有一尺多高。我小时候，有一天买了一盆心爱的花，两手抱着，连蹦带跳地跑回家，一不小心，被门槛绊住脚，摔了一个大跟头，不但花盆粉碎，而且还把门牙磕掉了两小块！

当我看到《红楼梦》第三回，黛玉初次进入荣国府贾母住的院子：

> 进了垂花门，两边是抄手游廊，当中是穿堂……厅后就是后面的正房大院。正面五间上房，皆雕梁画栋，两边穿山游廊厢房……（第 39 页）〔一〕

我立刻就仿佛有宝玉第二次神游太虚幻境的感觉："好像曾到过的"（第 1581 页）。的确，《红楼梦》里叙述的大门、垂花门、月洞门、角门、正房、厢房、耳房、穿山游廊等等都和府尹家的大同小异。曹雪芹时代的建筑与府尹时代的建筑，前后只差一百多年，哪里会有很大的变化呢？

---

〔一〕 本文所用《红楼梦》引文都根据北京 1982 年人民文学出版社、中国艺术研究院红楼梦研究所的校注本，如引用其他版本时，则个别注明。

## 三、人是地行仙

《红楼梦》有些人物，我倒可以借用黛玉的几句话来概括一下：

> 好生奇怪，倒像在那里见过一般，何等眼熟到如此！（第49页）

府尹姓何，名乃莹，字润夫，山西灵石县两渡镇人。何氏家族世代官宦，在清一代中进士又点翰林的就有18人，官位最高的曾任护理陕甘总督。他家族人甚众，除原籍外，客居北京、东北、江浙的比较多。府尹做过都察院左副督察御史，权势很大，官至二品。顺天府尹这个官爵，凡是看过《红楼梦》的人，听着都会耳熟。贾雨村这个贯穿全书的重要线索人物，不也做过“京兆府尹”吗？（第1443页）京兆府尹就是顺天府尹。这是曹雪芹惯用的障眼法，“观者万不可被作者瞒蔽了去，方是巨眼”。〔一〕府尹本人早已故去，我只见过他的放大照片挂在正房堂屋供桌的上方。他的夫人却比他健存多年。史太君不也比荣国公贾

〔一〕《乾隆甲戌脂砚斋重评石头记》卷一，第8页乙眉批。

代善享寿多年吗？府尹的正室姓乔，山西人，也是大户。她是一位庄严和蔼的贵夫人，使我常常想到贾母。除了他的遗孀之外，府尹还留下两位如夫人：大姨太太和三姨太太。我没见过二姨太太，可能早已亡故了。这两位如夫人都是南方人，大概是他在江浙为地方官时所娶的。府尹只有一个儿子，早殇。过继了一个儿子，原名泽时，把泽字取消，单名旹（时字的古体字），字浙生，以字行。大概是他生父在浙江为官时所生。他的夫人陈静娴是扬州人。我们兄弟管何浙生叫“大爷”，管他夫人叫“大妈”。大妈不能生育，所以也过继了两个儿子。

这种子息维艰的情况，曾经发生在曹雪芹家里。作者的祖父曹寅作古后，其子曹颙继任江宁织造。四年以后，曹颙也去世了。曹寅的另外一个儿子曹珍早殇，只得过继其弟曹宣的第四子曹頫为织造。曹頫就是曹雪芹的父亲。雪芹自己也只有一个儿子，亦早夭。反映在《红楼梦》里的情况是贾政的长子贾珠早殇，那时宝玉年龄尚幼，只得把贾赦之子贾琏大妇请过来管理家务。曹、贾两家缺乏男性继承人，可是并不缺少女儿。仅就史书所载，我们知道曹寅有两个女儿，《红楼梦》里元、迎、探、惜四春是尽人皆知的了。顺天府尹也有好几个女儿，我记得的就有三位：大姑嫁给甜水井李家，自然也是官宦人家，生了方玉和方桂两个儿子。李方桂是我国著名的语言学家，现仍在美国任教。四姑嫁给张之洞的族孙，住在烂缦胡同，早孀。生有二子一女。老大有点白痴，老二是遗腹子，当年曾是一个翩翩佳公子。这两家的子女都跟我父亲念过书。五姑是大姨太太生的女儿，嫁给清末广东状元张某之子为继媳，住在南横街。

府尹和他的正室是山西人，他们过继的儿子生在浙江。府尹的两位如夫人是南方人，他们的儿媳妇是扬州人。最后这几个人都在北京定居。这种南人北人杂糅的现象，也常见于《红楼梦》和作者的家里。我们知道曹雪芹的上代久居东北，曹振彦从龙入关以后，曾在山西当过知州、知府，调升浙江盐法道等官。从曹玺起，祖孙三代四人连任江宁织造 60 年。雪芹本人生在南京，十几岁的时候，曹家败落，才随着家人回到北京定居。所以在他的小说里指明贾府的“老宅”（第 26 页）在金陵（南京），而小说的主要情节大部分都发生在北京。书中人物有南有北是极自然的事情。第八十七回，黛玉说：

> “俗语说，‘人是地行仙’，今日在这里，明日就不知在那里。譬如我，原是南边人，怎么到了这里呢？”湘云拍着手笑道：“……不但林姐姐是南边人

到这里，就是我们这几个人就不同。也有本来是北边的；也有根子是南边，生长在北边的；也有生长在南边，到这北边的，今儿大家都凑在一处。可见人总有一个定数，大凡地和人总是各自有缘分的。”（第 1245 页）

这些复杂的情况也发生在府尹一家人中。因此他们家的生活习惯颇受南方的影响。我曾在他们家吃过饭，他们的烹调艺术很有南方风味。还有他们家不喝北京人喜爱的茉莉花熏的茶叶，总是喝绿茶。我自己也不喜欢喝香片，而酷爱绿茶，或许是受了府尹家的影响吧。

## 四、府尹的长子和王姑娘

府尹过继的儿子何浙生，长形面孔，长胡须，大驼背，常常咳嗽吐痰。他的夫人长得胖胖的，眉目端正，颇有文才，书法超过其夫。宝钗和黛玉的才情每每超过宝玉，这是屡见不鲜的事。何浙生过继给府尹，如按近枝说，原不该轮到他，只因府尹对他特别钟爱之故。这种偏爱引起府尹胞弟、住在顺治门外灵石会馆的大世兄和二世兄的祖父的不满。他不同意，当然主要是财产继承权问题。恰好那时何浙生尚无子息；于是就把大、二世兄也过继过来：一个过继给府尹已殇的儿子为子，一个过继给何浙生。因为不愿意在过继时就没有爸爸，所以二人都称何浙生为父。这两位少爷比我们兄弟年龄都大，所以我们管他们叫大世兄和二世兄。有一年夏天，大世兄患时令症夭亡，因此我们和二世兄的交往比较密切。何大爷后来又娶了一位如夫人，是北方人，大家都叫她王姑娘。他的远方叔父七爷回到北京以后，也娶了一位如夫人，叫作冯姑娘。王姑娘来到何家不久，就生了一个儿子，可是大家还继续叫她王姑娘。当时我觉得非常奇怪，后来看了《红楼梦》，才知道这是封建家庭传统的习惯称呼。下面引两段《红楼梦》，以资说明。第三十一回，晴雯摔坏了一把扇子，宝玉说了她几句，她就跟宝玉顶嘴，袭人劝晴雯说：

> “好妹妹，你出去逛逛，原是我们的不是。”晴雯听他说“我们”两个字，自然是他和宝玉了，不觉又添了酸意，冷笑几声，道：“我倒不知道你们是谁，别教我替你们害臊了！便是你们鬼鬼祟祟干的那事儿，也瞒不过我去，那里就称起‘我们’来了？明公正道，连个姑娘[一]还没挣上去呢，也不过和我

〔一〕 重点是笔者所加。

似的，那里就称上‘我们’了？”袭人羞的脸紫胀起来，想一想，原来是自己把话说错了。（第 431 页）

晴雯这一段的意思是说袭人和宝玉虽然发生了秘密的性关系，可是仍然处在一个普通丫鬟的地位，与晴雯的身份一样，还没有得到姑娘的名分，是不配和主人并称“我们”的。袭人就对晴雯说：

“姑娘倒是和我拌嘴呢，是和二爷拌嘴呢？要是心里恼我，你只好和我说，犯不着当着二爷吵；要是恼二爷，不该这么吵的万人知道。我才也不过为了事，进来劝开了，大家保重。姑娘倒寻上我的晦气。”（第 432 页）

袭人的嘴也不善，在这段话里，连称晴雯两次“姑娘”，算是立刻回敬了她一耙！宝钗素日特别器重袭人，在第三十四回里，当着宝玉和袭人面前，郑重其事地称后者为“袭姑娘”。（第 462 页）果然到了第三十六回，王夫人看袭人忠心耿耿，就对凤姐做了如下的吩咐：

“把我每月的月例二十两银子里，拿出二两银

子一吊钱来给袭人。以后凡事有赵姨娘、周姨娘的，也有袭人的。”（第489页）

从这时起，袭人才明公正道挣上了“姑娘”的名分。姑娘就是通房丫鬟，也就是准姨娘。王夫人上面所说的“二两银子”是一个姨娘的月例，“一吊钱”是姨娘应使的两个小丫头的月钱。（第488页）

我最近看到舒芜写的《红楼梦中的妾媵制度》〔一〕，对于这部小说中的姬妾问题研究得详细透彻，可是关于“姑娘”这个称呼却连一个字也没有提。这不能说不是一个遗漏。一个研究者，不管是什么题目，材料的分布面较广，在收集与取材时，不免有疏漏之处；一个翻译工作者，负责一部著作的精确整体的传达，连一个字也不能放松，更何况我自己有那么多切身的体验呢！

## 五、不寻常的排行

王姑娘的第一个儿子，按常理说应该和那两位过继哥哥排行，可是因为老大夭亡，何家可能认为这样排下去不

〔一〕舒芜：《红楼梦中的妾媵制度》，《学海漫录》二集，中华书局1981年版，第47—67页。

太吉利，就征求我父亲同意，与我们弟兄三人排行。父母当然没有拒绝的道理。何家的第三位少爷就排行第四，小名叫“小四儿”。这岂不跟第四十二回，凤姐请刘姥姥替她女儿起名字的情形相仿佛吗？

凤姐儿笑道：“到底是你们有年纪的人经历的多。我这大姐儿时常肯病，也不知是什么原故。”刘姥姥道：“这也有的事。富贵人家养的孩子多太娇嫩，自然禁不得一些儿委屈；再他小人儿家，过于尊贵了，也禁不起。以后姑奶奶少疼他些就好了。”凤姐儿道：“这也有理。我想起来，他还没个名字，你就给他起个名字。一则借借你的寿；二则你们是庄家人，不怕你恼，到底贫苦些，你贫苦人起个名字，只怕压的住他。”（第577页）

府尹家大概觉得我们贫苦家的三个孩子生龙活虎一般，想让他们的小少爷借借我们的光儿，就跟我们排行了。过了一年多，王姑娘又添了一个儿子，小名叫“小五儿”。以后我妹妹出生，也就随着他们排行叫“小六儿”。一直到那时候，我们两家都只有男孩子，我妹妹是唯一的女孩子，所以何大妈就把她认作干女儿。我妹妹管何大爷叫干爹，管何大妈叫干娘，管王姑娘叫干妈。很可能就是从这时候起，王姑娘提升一级，被大家尊称为姨奶奶了。犹如上文所引，我们和府尹家还能说没有“缘分”吗？我11岁那年，母亲因难产去世，半年以后，父亲续弦。又过了一年半，治平弟出生，小名叫老铁，没有跟何家的孩子排行。可是何家还是把第九这个位子留给老铁，王姨太太后来生的孩子们从第十排起，一直排到“小十三”！此是后话，暂且不提，且说我们弟兄三人与何家的那一群少爷小姐们，年纪相差有限，常常在一起游玩，倒也非常愉快。

## 六、两座大园子

府尹家有两座相连的大园子。靠北的那一座长方形的，西头是马号〔一〕。我们刚搬进去的时候，里面还停着两辆轿车，养着两匹驯骡。东头有一个大花洞子〔二〕，冬天笼起地炕来，里边暖和异常。这和第四十九回芦雪庵笼的“地炕”（第680页）有什么区别呢？花洞子每年冬天不但种黄瓜、豌豆，并且还培养各种鲜花。其中就有同回所说的红梅和腊梅。

---

〔一〕 马号，即马厩，养马的地方。

〔二〕 大花洞子，即温室、暖房。

妙玉门前栊翠庵中有十数株红梅如胭脂一般，映着雪色，分外显得精神，好不有趣！（第 681 页）

第五十回：

大总管赖大婶子送薛二姑娘（宝琴）的两盆腊梅。（第 726 页）

那些开着真像腊雕的黄色腊梅花的清香，和那些娇艳红梅的浓香，一直到现在，在我记忆里，都还分辨得清清楚楚。南边那座叫南园子，是四方形的，地势较高，中间有一座小小土山，西墙根有一大堆石头，可能是拔去桑树时，取出石头，堆在墙边，以便耕种吧。秋天的时候，我们常搬动石头逮蛐蛐儿〔一〕，《红楼梦》第七十三回，贾母的丫头傻大姐不也是“往山石背后掏促织去”〔二〕，才发现了五彩春意绣花囊吗？

---

〔一〕 逮（děi），捉也；蛐蛐儿（qūqur），蟋蟀的俗称，亦即引文中所说的“促织”。

〔二〕《红楼梦》，人民文学出版社 1974 年版，第 948 页。

## 七、放风筝

我们最喜爱的游戏是放风筝。第七十回，有一段叙述宝玉和众姐妹放风筝的故事，写得很精彩：

> 这里小丫头们听见放风筝，巴不得七手八脚都忙着拿出个美人风筝来。也有搬高凳去的，也有捆剪子股的，也有拨籰子的。（第 998 页）

仅这开头一段，如果译者没有放风筝的经验，恐怕就要“老太太吃柿子——嘬瘪子”〔一〕啦！让我给那些没放过风筝的读者简单地解释一下：“搬高凳”是为了架风筝用的。风小的时候，一个人站在高凳上，两手把风筝高高举起，另一个人手持线桄子〔二〕，把风筝线撒到一定的长度，觉得风来了，口里喊声：“撒！”举风筝的人松开手，扯线的人

---

〔一〕“嘬瘪子”（zuōbiězi）这个歇后语的原意是：没有牙齿的老太太吃软柿子，可以用嘴吸食，把果汁吸干，只剩下一张瘪瘪的柿子皮；也可以写作“作瘪子”，是引申义，即作祸，闯祸，自讨苦吃，自找罪受。

〔二〕线桄子（xiànguàngzi），放风筝的附加品，就是上面引文所说的籰子（yuè zi），形如小纺车，轮用木或竹制，中有铁轴，插于木柄。右手持柄，以食指转动齿轮，以便迅速绕线。撒线时，则以食指调节松线的速度。

向前跑，才能把风筝放起来。“捆剪子股”也是因风小，放多节蜈蚣风筝或宝钗放的那个“一连七个大雁的”（第998页）才用得着。在一根长竹竿上，斜着捆一个小木棍，成剪子张开状，以便高高挑起风筝。下面还有一段：

一时丫鬟们又拿了许多各式各样的送饭的来。（第999页）

“送饭的”或“送饭儿”又是一个罕见的词儿。我先把1982年校注本《红楼梦》给这个词儿加的注解抄在下面：

送饭的——放风筝的一种附加物，俗呼为“送饭的”。风筝放到空中以后，将它挂在线上，随风鼓起，沿线而上，有的上面系有爆竹在空中鸣响，有的则附有各种绚丽的彩饰。（第999页注1）

这个注解一看就知道有点“沙锅安把儿——怯勺”〔一〕。

---

〔一〕 歇后语。怯勺（qièsháo）即不堪使用的羹匙，引申义即外行。砂制的家伙，虽然耐火，但质地较脆。小型器皿，尚可安柄（把儿bàr，如熬药用的砂铫（diào）子；但大锅则无法安把儿，否则就会显得土头土脑了。

大概这位注释家没有放过风筝，至少没玩过送饭的。这个小玩具是用竹篾儿做架，上面糊纸而成，形如蝴蝶等。两翅可张可合。玩的时候，先把两翅打开，然后再把它挂在风筝线上。如果双翅并拢，那是下降的姿态，风是不会把它鼓起来的。即使说它可以“随风鼓起”，那也不对碴儿〔一〕，因为注释家并未说明为什么这个玩具叫“送饭的”。笔者有幸，幼时曾在府尹家玩过这个精致的玩具，所以不厌其详，解说于下：原来在它每个翅膀下边附有半个小盒，双翅张开，两个半拉小盒〔二〕合成一个整盒子，预先在里面放进一些碎纸片。如果真像注释家所云：“送饭的随风鼓起”，那么，请问：什么时候，什么人把纸片塞进小盒里？难道说风也会装纸片吗？等到送饭的到达顶线时，触动机关，两翅并拢，小盒张开，里面装的那些碎纸片漫天飞扬，好像空中撒米一般。这岂不是把饭送给风筝吃了吗？送饭的完成了任务，双翅合并着，沿线而下，直到放风筝人的手里。如果它真能“随风鼓起”的话，只要不收风筝，它大概就下不来了，因为天空的风比地面的风要大得多啊！

根据 1982 年 3 月人民文学出版社、中国艺术研究院

〔一〕 碴儿（chár）即小碎块儿。玻璃或瓷器摔碎以后，碎片拼对不起来之意。引申义即文意不合。

〔二〕 半拉（bànlǎ）即半个。

红楼梦研究所校注本《红楼梦》的前言：

> 实际上本书的校注工作是在全国广大群众的热情支持下，是在他们作出的丰硕成果的基础上进行的。（第7页）

依笔者管见，上面所引的这句话可能有点吹嘘的嫌疑。按照新校注本《红楼梦》，后面还有一段很生动的文章：

> 探春正要剪自己的凤凰，见天上也有一个凤凰，因道：“这也不知是谁家的。”众人皆笑说：“且别剪你的，看他倒像要来绞的样儿。”说着，只见那凤凰渐逼近来，遂与这凤凰绞在一处。众人方要往下收线，那一家也要收线，正不开交，又见一个门扇大的玲珑喜字带响鞭，在半天如钟鸣一般，也逼近来。众人笑道：“这一个也来绞了。且别收，让他三个绞在一处倒有趣呢。”说着那喜字果然与这两个凤凰绞在一处。三个齐收乱顿，谁知线都断了，那三个风筝飘飘摇摇都去了。众人拍手哄然一笑，说：“倒有趣，可不知那喜字是谁家的，忒促狭了些。”（第999—1000页）

这两个凤凰风筝和那个喜字风筝绞在一处，断线而走，是预示后文探春远嫁海门岛。曹雪芹深恐读者不能明了这个含义，所以还教"喜字带响鞭，在半天如钟鸣一般"。"响鞭"可能是弓子的同义词。弓子也是一种放风筝的附加品，用竹枝弯做弓形，上缠一至数条弦，弦上涂胶水而成。弓子捆在较大的风筝背后，因风力大小，风筝左右摆动，弓弦嗡嗡作响，声音不太规律，时强时弱，所以比作钟鸣。程伟元和高鹗篡改曹雪芹前八十回原著时，可能觉得这句话写得不太清楚；索性把绞风筝这一段文章全部删去〔一〕。这种大刀阔斧的删改，实在有损于原著，新校注本按照庚辰本恢复原文的本来面貌。这是值得庆幸的。

说到绞风筝，我们幼时也曾有过一次类似的经验。记得我们在府尹的南园里放起来一个软翅大蝴蝶，那天刮的是西南风，我们已经撒足了线，风筝高而且稳。忽然从西南角上放过来一个大黑锅底。我们的蝴蝶在前面，比较高；对方的黑锅底在后面，比较低。对方忽然收线，黑锅底迅速上升，两线相交，黑锅底折（zhē）了一个跟头。黑锅底是黑色图案肥沙燕的俗称，头重脚轻，重心不稳，很容易折跟头；远不如瘦沙燕腿脚长，上下平衡，放起来，比

〔一〕《红楼梦》，人民文学出版社1974年版，第915页。

较稳。所以有几句儿歌俗谚："黑锅底，黑锅底，一个跟头折到底。"闲言少叙，且说邻人的风筝折了一个跟头，又升起来，和我们的风筝绞在一处，他们急忙收线。这分明是一种"忒促狭"的挑衅行动，我们不甘示弱，也往下收线。对方仗着他们是个硬翅风筝，以为必胜，谁知我们的线是府尹家用丝线拧成的老弦，十分结实，他们用的只是普通棉花小线儿。不久，他们的线断了，黑锅底飘飘摇摇挂到东院后头一棵大槐树上去了。

我不但会放风筝，也会扎风筝，并且把这种技巧传给了我家老三——李源。他今年夏天就在地中海岸，给他两个孩子糊了一个藕荷色的豆腐块儿，放起来比一切买来的风筝都高。前几年看到《南鹞北鸢考工志》，才知道我们幼年在厂甸哈家风筝铺买的风筝，都是按照曹雪芹所绘的彩色风筝谱制成的。来到法国以后，又翻译他的巨著《红楼梦》，这样说来，我和作者的"缘分"还能算浅吗？

## 八、府尹夫人的丧事

《红楼梦》记述丧事的文章很多，描写得最详细、最生动的要算是第十三、十四回秦可卿的丧事，和第一百一十、一百一十一回贾母的丧事。中国丧葬礼仪烦琐复杂，如果没有亲身经验，很难理解和翻译。笔者有幸幼年参与了府尹夫人的丧事，后来翻译《红楼梦》这些章回，就觉得省力多了。

记得何家大世兄是1924年夏天得瘟疫症去世的。同年冬天，府尹夫人也寿终正寝了。何家为此办了一次大丧事。在三个院子里——洋槐园，即通大门直达东墙的长方形大院，南园和北园——都搭上了天棚，以便招待来吊孝的亲友。正房堂屋拆去门与隔扇，前面挂上白布孝幔，改为灵堂，棺柩停在灵堂当中。一共停了七七四十九天，在这期间，棺材上了许多层黑漆，漆得光华润泽。每上一道漆，孝媳何大妈就病一次，当时大家说是漆咬的，其实就是皮肤过于敏感之故。那时做儿媳妇的真难，婆婆死后，还要继续受罪！天棚四周悬挂许多挽联和粘贴金字的绸缎呢绒的祭幛。大门外头，我们的住房后边，搭起了一个乐台，每逢男女客人来到，吹鼓手吹奏不同的乐曲，藉以通知男女主人。每七的正日，还在北园中心设一道场，天棚四周悬挂十殿阎王的神像，十多位僧众敲打不同的乐器，吟诵梵经。黄昏时候，他们更排成队伍，携同孝子贤孙身穿白袍，脚着白鞋，沿路敲打吟诵，到教子胡同南头空场上，焚烧纸糊的烧活〔一〕：童男童女，车轿骡马，金银桥梁

〔一〕 烧活，旧时迷信，用纸糊的人物器皿，焚烧以后，可供死人在阴间享用。

以及楼、库、箱笼等。夜里还放焰口〔一〕。我那时还不到十岁，带着两个弟弟掺杂在其他来吊孝的孩子们当中，围在四周看热闹。最受我们欢迎的是放焰口最末的一个场面：和尚们把一些小馒头撒给饿鬼吃。据说地狱中的饿鬼可怜极了，腹大如山，喉细如线，一切饮食到了口边，立刻化成木炭，故称“焰口”。他们别的东西都不能吃，只能吃和尚扔的这些小馒头。我不知道饿鬼们是否真的得以享用，不过我们这一群小孩子，撩起棉袍的大襟，做成一个兜，接住许多小馒头，和尚倒也知趣，特意把馒头往我们大襟里扔，于是我们大吃大嚼一顿。

最热闹的要算出殡的那一天：打各式各样执事的〔二〕，拿纸糊童男童女和其他人物以及各样物品的，抬松狮子、松仙鹤的，还有一座高约二丈、松柏枝扎的铭旌亭，里面写着：“清封一品诰命夫人何母乔太夫人之灵柩”。写到这里，不禁想到《红楼梦》第十三回，贾珍特意花了一千二百两银子给贾荣捐了一个五品龙禁尉的前程。因此，第十四回秦可卿的铭旌上才可以大书：

〔一〕 放焰口，佛教仪式之一，僧人念《焰口经》，超度饿鬼。

〔二〕 执事的，木制的仪仗，如金瓜、钺、斧、朝天凳等。

奉天洪建兆年不易之朝诰封一等宁国公冢孙妇防护内廷紫禁道御前侍卫龙禁尉享强寿贾门秦氏恭人之灵柩。（第 195 页）

写了那么长一大串，最后还不过是一个五品恭人而已，远远没有府尹正室一品夫人那么风光吧！铭旌过去，接着就是青衣吹鼓手，披麻戴孝的孝子、孝孙们，六十四人抬的大杠，五彩锦绣的大棺罩。再后才是送殡的亲友们，有坐车的，有步行的，浩浩荡荡摆了一里多长。可惜停灵的法源寺离他们住宅极近，摆不开这么长的队伍。大殡只好选择了另外一条路线，先到大街上去转一个大弯儿，出足了风头以后，再奔向法源寺。这个佛教大寺院就在南园的东边，南园后墙临法源寺前街。北京的许多阔人"老了人口"（第 203 页），往往到此庙停灵。而这些大殡要去法源寺，必须经过教子胡同。我们小时候看了许多大殡，尤其是南园西墙那个大石堆，成为我们最好的观礼台。我们坐在墙头上，居高临下，既不挨挤，又无尘土，座位又舒服。在那缺乏娱乐的旧时代，看出殡也算是一大享受呢！

## 九、"一代不如一代"

何七爷、何八爷是胞兄弟，但只是府尹的远房兄弟。

他俩都曾留学日本。七爷曾在东北任职，从任上带回三个男仆，也都寄居教子胡同。七爷的如夫人住在内院东厢房，七爷独自住东院。东院坐北朝南有一座洋房，对面是一排五间南厅。洋房和南厅之间是一座幽美别致的小花园，靠西北角一大丛碧绿欲滴的翠竹，中间有芍药、牡丹、玉簪和其他树木花草。小径铺着砌成图案形的五彩石子，点缀着苍苔。小孩们不许来此嘈扰，所以异常清静。七爷抽大烟，还经常自己熬大烟。我曾经观察他做这个复杂细腻的工作，看着他那些安详熟练的动作和贪婪得意的眼光，竟获得一些不寻常的知识。我也喜欢闻大烟诱人醉人的香味，但是知道害人之深，甚于毒蛇猛兽，所以连一口也没有吸过。八爷在日本士官学校毕业，曾经是黄郛——在宋哲元以前主持华北政务——的顾问，给黄办过些事。他在苏州有房子，黄郛又出资给他在北京建了一所宅子，就在土大人胡同1号，原侨委部分旧址。不久以前，我在里昂去巴黎的高速火车上遇见了一对中国夫妇，攀谈起来，知道男的叫葛庭燧，女的叫何怡贞，两人皆在中国科学院固体物理研究所工作，来法国考察研究了一段时间，即将归国。谈起来以后，就发现何怡贞原来是何八爷的女儿，生在苏州，从前曾经来过北京教子胡同和打磨厂何家。这是个多么巧的奇遇呢！

何大爷的胞兄弟有五人：我记得他二弟，我们管他叫二叔，是打磨厂的何艮，原名何泽艮，字景齐，京师大学堂——北大前身——毕业，学生物，并通金石学，在北海公园开了一家古玩铺，名亩鉴精舍。大爷曾为这家古玩铺提供一些古玩。二叔大学毕业后，没做过什么工作，便当起遗老遗少来。最后因彻夜推牌九，他坐庄，对门亮出一对天牌，他一摸自己的牌，竟是一对皇上，统赢之后，请客，结果因兴奋过度患脑溢血死在澡堂子里。这和《红楼梦》第七十五回，贾敬死后，贾珍居丧聚赌，尤氏带着银蝶偷偷儿地看她丈夫和众赌徒肆无忌惮、纵欢极乐、大赌特赌的情况也颇为相近。二叔有三个女儿和一个儿子，都跟我父亲念过书。三姐妹都未出嫁，大姐在护士学校毕业，曾经是孙中山先生的保健护士，颇受人民政府的重视。三姐写得一手好字，父亲翻译的《美国俗语词典》，托我给王云五带到上海去的清稿，就是她抄写的，书法秀丽工整。儿子行五，我们兄弟管他叫五世兄。他和二世兄很要好。我在中法大学时，他们组织了一个笔谈会，会址设在他家开的古玩铺。他们曾邀请我去参加，不过他们讲的都是些封建的老古董，我觉得没有意思，去了两次，就借口说我学校功课太忙，未能常去参加。这两次座谈会却给了我认识亩鉴精舍的机会。它的地点选得很清幽，我在那里过了两个上午，没有看见一个主顾，也许是古玩铺十年不发、一发惊人的意思吧。五世兄后来娶了烂缦胡同张老二的女儿，比他小 20 多岁，算起来还是他的姑表外甥女呢。四叔名泽觋，字受彤，以字行，矿业学堂毕业，在开滦煤矿工作多年。结婚之夜，即出走，并终身未娶，这应该又是一个包办婚姻的牺牲者。五叔名泽宝，字硕民，曾留学美国。他出国前曾和我父亲同学，虽不同班，但很要好。我父亲到府尹家教书就是由他介绍的。大爷还有一个胞妹，原名泽震，把泽字取消，单名震，在协和医院肄业后，在天津行医，终身未嫁，1945 年以后就去世了。至于大爷自己呢，颇与甄士隐有些相似之处。

> 禀性恬淡，不以功名为念，每日只以观花修竹，酌酒吟诗为荣，倒是神仙一流人品。（第 7 页）

只因不谙生财之道，把祖宗留下泼天也似的家产坐吃山空，立吃地陷了。他过继的儿子，我们的二世兄，在北平大学第一工学院毕业，和四川殷姓大地主的女儿结婚。他们俩是同系同学，毕业后即去天津北宁路局当实习生，那时路局的待遇还算相当优厚的。1939 年何大爷逝世后，他俩双双辞职，并且说："这么大的家业，我不回来守着还行？”以后便在北京一家中学担任总务，也教过课。他有八个弟弟和妹妹，可是没有一个有成就的，正如《红楼梦》中所说：

> 谁知这样钟鸣鼎食之家，翰墨诗书之族，如今的儿孙，竟一代不如一代了！（第27页）

## 十、府尹家的男女仆人

《红楼梦》贾府的主人虽不甚多，可是使用着二三百个男女仆人，数目实在惊人。我想府尹在世时，仆从人等的数字也一定相当可观。他出门坐着八人大轿，前面鸣锣开道，后边人马荷枪挎刀。前呼后拥，威风凛凛。这些扈从当然可以从衙门支应，可是家里至少也应该有一定数量的亲随，马夫、车夫、园丁、厨役、听差、总管以及账房先生等等；女仆、丫鬟的数目更不必提了。余生也晚，没有赶上何府的全盛时代，不便随意猜测，只讲一讲他家没落时代的景况吧。

他家最后只剩下四个男仆：一个厨子、一个洋车夫，其余两个原来都是赶车的，后来改换了职业。先说人称朱头的，是个彪形大汉，入了民国以后，还拖了多年的大辫子。当了多年的车把式，连降数级，贬为一个打杂的，一切杂务，无所不为：砸煤、锯木头、挑甜水、倒泔水、倒土筐等等。他主要的任务是园丁，那两个大园子的果木树、葡萄架、花草菜蔬、豆类、老玉米等农作物都由他一手包办。有时我下了学，看见他还在井台上绞辘轳打水浇园子，我就替他看水，开、堵畦口，以免他往返之劳。朱头教给我许多有关园艺和农作物的知识。后来邻居家被窃，“亡羊补牢，未为晚也”，为了防止贼人再度光临，朱头有了一个新头衔：打更的。每天夜里起来，敲着梆子，在所有的院子里，巡逻几次，一年365天，不但一天休假也没有，而且连夜里睡觉还不得安宁！当他还是车把式的时代，我和两个弟弟常到马号去看他洗车、刷车、擦车、刷骡子、擦骡子。有时他焖好一锅喂牲口的黑豆，就给我们每人抓一把，我们吃着怪香的。当时用不着知道这个词儿怎么写，这次准备写文章，非查字典不可。原来就是黑颜色的“黑”，念作上声而已。这种豆子跟红、白芸豆的大小差不多，只是皮儿是黑的，专喂牲口的。

另外一个是张头，也是车把式出身。个子虽然没有朱头那么高，却也生得膀大腰圆，铁铮铮一条好汉。他永远剃着光溜溜的秃顶，满面红光，两眼炯炯有神，唇边常常带笑，由于精明能干，能说会道，所以一步登天，提升为何府的总管。府尹家往教子胡同新宅搬迁时，张头就勾结搬运人夫半路盗去主人家存的烟土。当然这只是狼叼了喂狗的把戏，不过却很像《红楼梦》第一百一十一回，周瑞的干儿子何三勾结海洋大盗，趁着贾府大部分男人都去送殡，把老太太的体己财物抢劫一空的情节。何三倒楣，被包勇一棍打死；张头不但幸得中饱，还使主人难以开口：顺天府尹家怎么好意思说丢失了大量的犯禁烟土呢？这正如贾政所说：“咱们动过家的，若开出好的来反担罪名。”（第1540页）贾、何二家丢了东西都不敢据实报官，这岂不是“哑巴吃黄连，有苦说不出”吗？何家一切征地租，收房钱，大小交易，连后来卖房产、田地以及古玩细软都由张头经手。他连欺带骗，把主人家不少珍宝都弄到自己家里去了。府尹家一天穷似一天，张头家却蒸蒸日上。先买了自己住的一所小房，后来又买了几所小房收房租。等到何大爷死了以后，他看没有什么油水可挤了，就告老辞职，把京中几所小房一卖，换成现钱，回他老家河北沧县，置了不少田地，盖起新房，把古玩摆起来，俨然一大富翁。后来，他听说何家把大房卖了，立刻从沧县赶回北京。向主人算剥削账。他说他每月工资四块大洋，但数十年来分文未拿，累积起来，也被他算走了好几十匹布。当时物价不稳，货币不值钱；买卖房产，经常以布匹或粮食计价。张头心狠手辣，见钱就抓。无奈好景不长，土地改革时期，把他定成暴发户地主，追问他古玩的来源，最后被贫下中农斗死了。张头真是聪明一世，糊涂一时啊！

至于女仆们，除了几个奶妈、保姆和粗使的老妈子外，只算我记得的，就有五个丫头：大的叫葵花，身强体壮，生就一个银盆大脸，不亏叫作葵花。后来嫁给朱头为妻，结婚之后，她还照常来主人家工作。这种情形在《红楼梦》中屡见不鲜。他们有一个女儿，小竹子。第二个丫头叫香妞，是老太太的使女。第三个叫兰香，是三姨太太的使女。第四个叫兰子，是何大妈的贴身丫头，洁身自好，并且很要强。自从我考入中法高中以后，我二弟便教兰子认字读书，她称我二弟“二老师”，称我“大老师”，不过我这个“大老师”是挂名儿的；我二弟和兰子，师生感情很好。兰子伺候大爷、大妈和二世兄都非常诚心周到。大爷、大妈都同意把她当作族侄女嫁给作家老舍的一个亲戚。万万想不到二世兄认为有辱门庭，竟愤而出走，当然过不了几天就回来了。由于二世兄反对，在兰子结婚那天，何家没有人去。到了黄昏时候，何大爷派我二弟做代表，到男家办喜事的饭庄去贺喜。第五个叫金香，是个粗使的丫头，长得很憨厚，大家都叫她傻丫头，这个绰号叫开了，她的真名几乎被人忘却。后来嫁给我家王妈的侄子，两人一同在北京附近农村里工作。婚后曾经到旧主人家来过，小两口倒是天生一对好夫妻。只说葵花和傻丫头这个名字，就与《红楼梦》中的葵官和傻丫头至少是个偶合吧！

张头有两个老婆，还时常寻花问柳，他不但跟香妞和兰香发生了关系，并且还跟其他几个女仆也有私情。主人家离不开这个精明能干的大管家，只命令他替那两个被诱的丫头找个婆家就算了。张头不但勾结外人窃盗主人，而且还戏弄主人家的使女，倒真是贾琏和西门庆一流的人物！

## 十一、“树倒猢狲散”

何家也曾想过生财之道。府尹的长子就办过一个织布工厂，名叫“和最时”织布厂，里面也附带织袜子。我二叔香斋曾在这个工厂里学过徒。工厂的出品以荷花为商标。和平的“和”字以及荷花的“荷”字都与姓何的“何”字同音，“时”是他自己的名字，这倒也算是曹雪芹喜用的谐音格了。更使我们联想到曹家三代世袭江宁织造60年，何家也开了一个织布工厂，这该不仅是一个偶合而已吧。不过那时已经是光宣末世，远远比不上康乾盛世了，清代的昏君们把关税自主权都让给了外国人，国内新兴的这一点点轻工业怎能和大英帝国与日本帝国的舶来品相竞争呢？“和最时”终于倒闭。工厂出卖以后，主人下令把家中已空出的马号修葺一新，改为车间，运回十几架织袜子的机器，保留了一部分工人，在家里继续织袜子。尽管工厂缩小范围，降低成本，出品还是不能与洋货竞争，最后只好被迫停工。

何家还在东安市场里开了一个百货公司，开业不久，便因市场着火，也被焚及。当时还无所谓保火险这一说，一把火烧了以后，“早已烧成一片瓦砾场了”（第 18 页）。这能不使我们想到《红楼梦》第一回，甄士隐家因葫芦庙炸供失火而烧得一干二净吗？正是“好一似食尽鸟投林，落了片白茫茫大地真干净！”（第 89 页）那才是曹雪芹《红楼梦》原来写作计划的结尾。

后来何家在前门外观音寺又开了一家名叫“义信同”的小百货商店，生意自然远不如东安市场那家好。他们家的经营状况越来越糟，只好缩减开支，把寄居的亲戚和佣人都渐次请出。先是七爷带着冯姑娘搬到打磨厂何二叔家去住。1936 年，也就是我出国的前一年，那两座大园子也租给一家养蜂厂。园子的门上了锁，我们再也不能进到童年时代的乐园了。对我自己说来，那时的确感到大观园因闹鬼而被封锁的悲伤！

1937 年卢沟桥事变后，我到法国来了。不久，父亲离京南下，1938 年静逸弟也去汉口工作。家里只剩下我继母带着我妹妹和小弟弟。三个人住不了那么多房间，就搬到车子营我三姨家去住。空出的房子，何家可以高租给新房客。自从1939年，二世兄辞职回京，全力经营家务十余年，但回天无力，终于把那所大宅及其他产业全部出售，分了家，一家人就各奔前程去了。王姑娘生的八个子女也都没有什么多大成就，最后连她自己也改嫁了。这岂不应了《红楼梦》里“树倒猢狲散”那句谚语了吗？

## 十二、禁书

《红楼梦》第二十三回：

> （宝玉）静中生烦恼……（茗烟）便走去到书坊里，把那古今小说……与那传奇角本买了许多来与宝玉开心。宝玉一见这些书，如获珍宝。茗烟又嘱咐他不可拿进园去。“若教人知道了，我就吃不了兜着走呢！”（第324页）

宝玉终于还是把《西厢记》等书带进大观园里去。有一天，他一个人偷偷地看这部戏曲，被黛玉发现，只得把书送给黛玉。黛玉从头看去，越看越爱，不顿饭时，已看了好几出了。但觉词曲警人，余香满口。一面看了，只管出神，心内还默默记诵。（第 325 页）

第四十回在行酒令时，黛玉偶不谨慎，引了几句《西厢记》和《牡丹亭》的曲文，被宝钗听出来，用眼色提醒黛玉。（第 560 页）到了第四十二回，宝钗向黛玉提出正式警告，劝她不要再看这些“杂书”，并且举了她自己的亲身经验为例：

“我们家也算是个读书人家，祖父手里也爱藏书，先时人口多，姐妹弟兄都在一处，都怕看正经书。弟兄们也有爱诗的，也有爱词的，诸如这些《西厢记》，《琵琶》，以及《元人百种》，无所不有。他们是偷背着我们看，我们却也偷背着他们看。后来大人知道了，打的打，骂的骂，烧的烧，才丢开了。”（第 583 页）

我也有过一次类似的经验。在这篇文章的第一段里，我已经说过我从小就是个小说迷。我开始读小说时，才十一二岁。王姑娘虽是一个乡下女子，却也读书识字，买了不少石印的旧小说。我在小学五六年级时，每天下了课，就钻进她屋里看小说。她住在正房西耳房里，紧临我家的院子。一直到天擦黑，家里人在院子里高声叫我回家吃饭，我才恋恋不舍地离开这个宝库。当我在西山中学念完三年初中以后，跳班考上中法大学附属高中二年级，因为离家远，继续住公寓〔一〕。何大妈的使女兰子跟我二弟认了不少字，也学会看小说。等她把王姑娘的藏书看完以后，就把她自己的积蓄交给我一部分，托我给她购买新读物。有一次我在东安市场给兰子买了一部《金玉缘》。在清朝末年，《红楼梦》变成了禁书，书铺把书名改成《金玉缘》，内容完全一样，照样出售。过了几天，兰子告诉我，她们二少爷，就是我们二世兄，把《金玉缘》没收了。当时我觉得很窘，后来才明白，在他们这种封建大家庭里，像《红楼梦》这类的书要当作淫书、禁书看待的。他们自己当然可以看，可是绝对不许家里年轻妇女或丫鬟们看的。想不到二世兄这位大学毕业、在中学教书的人，还有这种思想。

---

〔一〕公寓，论月出租的小旅馆，大部分都承办伙食，解放前在沙滩一带有很多这种公寓，租给北大和中法大学的学生。

## 十三、“凡山川日月之精秀，只钟于女儿”

《红楼梦》里有几句名言：

> 凡山川日月之精秀，只钟于女儿，须眉男子不过是些渣滓浊沫而已。（第 203 页）

有些大男子主义的人看了上面这几句话，大概会恨得咬牙切齿的。但证诸我邻居家庭的成员们，却觉得言之成理。在我上述的回忆里，多少何氏的男性继承人，大都是“一代不如一代”的不肖子孙，极少例外。可是女性的成员却不尽然：有的文采漾溢，书法秀丽，像何大妈与何三姐；有的争强好胜，为社会人民做出了贡献，如女医师何震，孙中山先生的保健护士何大姐，杰出的女科学家何泽慧（钱三强的妻子）与何怡贞等。钱三强与何泽慧都曾在法国留学。1941 年德军占领巴黎，法国贝当（Pétain）老将军组织偏安政府于矿泉疗养区维希（Vichy）城。里昂当时算作自由区，所以钱氏和许多在巴黎就学的中国留学生都转到里昂大学海外部来了。何泽慧并未来里昂。不久，钱氏又回到巴黎法国科学研究中心原子物理研究所去工作，何泽慧也在那里工作。我去巴黎比较晚，只是在一家中国同学处见过何泽慧一次。当钱氏给我们介绍时，我一听到她的名字，就问她是否认识北京教子胡同何家。她只轻描淡写地回答说："认得，是本家。"我说旧时我曾在教子胡同何家住过很多年，她未做任何回答，我也不好意思继续说下去。至于何怡贞，倒很爱聊天儿。我们叙起家常时，谈了许多有关何氏家族的事情。她最后的结论是："我们家里的事，你比我还清楚。"她这句话和贾政给贾雨村下的评语相伯仲：

> "岂知雨村也奇，我家世袭起，从代字辈下来，宁荣两宅人口房舍以及起居事宜，一概都明白，因此遂觉得亲热了。"（第 1312 页）

说起名字来，旧时封建大家庭给子女起名也颇有些讲究。创业的祖宗，在修订家谱时，往往选定一句名言、一副对联或一首诗，写在家谱的前言或凡例里，把诗文的第一个字分派给他的子侄辈，第二个字分派给他的孙子辈，如此顺序分派下去，每一代后裔都共有一个不同的字。比如说府尹的子侄辈的名字里都有一个"泽"字，他的孙子辈的名字里都有一个"滋"字。因此我一听到"何泽慧"这个名字，就知道她与何府尹家有亲戚关系。这固然是一个优点，可是这种命名法也有它的缺点：大家族人口众多，各地都有，从前交通不便，彼此不常通信，有时深恐起重了，所以有的名字起得离奇古怪。比如何四叔名泽觊，这个“觊”字就不常用，一般人不一定念得上来，所以他弃之不用而以字行（字受彤）。又如女医师何震，可能觉得原名“泽震”这两个字连起来念时不大顺口，所以就把“泽”字取消了。还有何大爷给小四儿和小五儿起的名字就颇为幽默：小四儿叫何滋铮，小五儿叫何滋铎。一个争，一个夺，道尽了封建大家族不肖子孙兄弟间的感情。探春说得好：

“咱们倒是一家子亲骨肉呢，一个个不像乌眼鸡，恨不得你吃了我，我吃了你！”（第 1066 页）

还有像冯姑娘那样，她家里贪图几百元的身价，把她卖给何家，大半辈子伺候一个大烟鬼。一旦府尹长子的家境拮据了，她的老丈夫接到逐客令，带着她离开教子胡同，迁居打磨厂。她不但毫不灰心，而且立刻鼓起勇气，跟着名护士何大姐学会了接生，谋求独立生活。她再回教子胡同探亲时，大家都尊称她为冯先生了。她这种勇气和毅力不值得我们称颂吗？又如兰子，身居低下的地位，在混浊的生活圈子里，在镇日奴役的条件下，还找出时间来学习文化，认字读书，并且这种发愤图强还不妨碍她忠心耿耿地把主人伺候得周周到到。怪不得连大爷、大妈都觉得这个孩子实在是有出息，才同意把她当作族侄女，嫁给一个好人家。不料二世兄的思想如此落后，竟然违反他父母的愿望，认为有辱门庭，愤然出走，以便要挟二老放弃这个对他毫无损害的行动。阶级的对比多么鲜明怵目啊：一个表现得大方，一个显得那么寒伧！

再举一个例子吧：张老二的女儿竟敢冒天下之大不韪，和比她大 20 多岁的表舅结婚，并且还努力工作，以自己的劳动成果养活那位饱食终日、无所事事的阔少爷。如果没有真诚的爱情驱使她，她肯做这么大的牺牲吗？在社会主义的新中国，连养了八个子女的王姑娘都可以改嫁——这在旧社会绝对是不可思议的事情；如果张老二的女儿不真爱五世兄，为什么她不要求离婚呢？况且他们两人的亲属关系比一般可以正常缔结婚姻的表兄妹要远得多。只因他俩辈分的差别就引起了社会上的非难。他们这种婚姻在外国是不成问题的。在中国封建伦常巨大的压力下，她敢冒犯一切不合理的忌讳，做一个叛逆的女性，和她所爱的人结婚，这种了不起的勇气也很值得我个人钦佩！

我半世亲睹亲闻的这几个女子，虽不敢说强似

前代书中所有之人，但事迹原委，亦可消愁破闷。（第5页）

因而援笔记之，如果这几个“小才微善”（第4页）的女子不因时代一去不复返而“并使其泯灭”，（第1页）那就不负我的期望了。

拉杂写来，记了不少幼年时代的经历和见闻，和《红楼梦》多多少少有些联系。这也非常自然，因为《红楼梦》描写康乾盛世一个官宦家族的兴衰灭亡，而我自己却亲眼看见一个光宣末世的官宦家庭走向末路穷途。这些旧时的回忆使我读这部小说时，感到特别亲切动人，后来把它迻译成法文时，自然也就比较得心应手了。

## 十四、翻译过程

翻译是从一种语言转移到另外一种语言的工作。想要做好这种工作，必须同时精通起点语言与终点语言。具备这个条件的人极其稀少。在一般情况下，大都需要一个精通起点语言的人和另一个精通终点语言的人共同合作，才能达到目的，我和我妻子做翻译工作就符合了这种要求。我的妻子是法国人，名字叫雅歌·阿蕾扎艺思。“雅歌”是我给她起的中国名字，一般音译为“雅克琳”。我们结婚后

1972 年 9 月夫妇二人摄于里昂自家附近的小广场

除了在学校里授课，在家里教育我们四个女子以外，没有任何嗜好。唯一的消遣，就是两个人都喜欢买书、看书。阅读只能增进个人的修养，对别人没有什么益处。我们是一对不同国籍、不同种族的夫妻。我们既然能够彼此了解，互相爱慕，为什么不设法在这危机四伏的世界上起一点积极的作用呢？战争的起因主要是利害冲突，可是语言的隔膜往往也会造成误会和争端。于是我们就开始把中国文学作品介绍给法国读者，使西方的朋友们对中国文化和中国人民多有一些认识，也许可以沟通中法两国的文化，并且促进两国人民的友谊吧。日积月累就翻译了不少的作品。

读了我们的翻译，有人表示惊奇，有人表示赞美。我很愿意把我们的经验告诉大家，做个参考。我们的经验，简单来说，可以用“爱”和“恒”两个字来概括。先说“爱”字，在中文和法文方面，尤其是文学领域里，在法国几乎没有职业翻译家，绝大多数都是业余翻译一些文学作品。主要原因是报酬太低，只靠翻译，无法生存。据我个人的经验，除去《家》的法译本，因为成了畅销书，我们获得一笔相当大的收入之外，其他的翻译都没有什么报酬。就连《红楼梦》，虽然联合国教科文组织曾经给我们一些翻译费，但是与我们所用的时间比较起来，那还是微乎其微的。翻译的报酬虽然如此低微，但是还得精工细作，

铎尔孟教授

绝对不可以粗制滥造，潦草从事。假如对于翻译工作没有特别的喜爱，我想很少人愿意问津于此道。第二个字就是“恒”。只有热烈的爱还不够，还得要有恒心。我和雅歌结婚已经40多年了，我们搞翻译也差不多同样长久的时间。而且夫妻之间，任何问题，毫无忌讳；耳鬓厮磨，随时随地，可以工作，我们的合作条件可能算是最优越的了。在这漫长的岁月里，除了家庭和学校必要的任务之外，我们很少有什么娱乐，大部分时间都是和书籍与稿件打交道。现在我们退休了，孩子们也都长大成人，我们老当益壮，趁着这有数的风烛残年，决心用全部精力搞翻译，希望能在中法文化交流工作上多做出一点贡献。

现在谈一谈《红楼梦》的法文翻译吧。这部中国名著文体复杂，包括中国所有古典韵文的体裁。假如只有我们俩承担这份工作，恐怕还是难以胜任的。幸亏教科文组织的《世界文学代表作丛书》有一条规定：在译者之外，还要请一位素有文学修养的人做校阅者。该组织为《红楼梦》法译本请的校阅者是铎尔孟（André d'Hormon）先生。铎先生，字浩然，是我在北京中法大学时代的老师，曾经给我们讲过法国古典戏剧、法国诗和中译法的翻译课程。他自己是一位诗人，精通法文格律诗，喜爱中国诗词，自己也写过一些法文诗，不过对于自己的要求更为严峻，总是随写随烧，没有任何诗篇传留下来。他在中国住了48年。1950年代初才返回法国，孑然一身。法国大企业家亨利·顾安（Henri Gouin）先生请他到华幽梦（Royaumont）国际文化中心去住。1954年11月与教科文组织签订《红楼梦》翻译合同以后，他把一生最后十年的精力完全贡献给这部法译本的修润工作。

我那时在巴黎东方语言学校教汉语，星期二下午没有课，就去华幽梦把每星期的新译稿交给他，他把修改过的稿子念给我听，有不妥之处，我们共同探讨，以期达到更合适的译法。十年如一日，风雨无阻。记得1955年1月3日星期一，学校开课。第二天下大雪，我还是照常去看他，在长途汽车上遇见唐珊贞女士〔一〕，她是去给浩然先生拜年的。到了那里，我们从旁门进去。大楼的门锁着呢，我们敲门，里面空洞洞，一个人也没有。我们走到后门询问看门人。据说文化中心每年在新年前后，休假两星期，铎先生暂时住在尚提驿（Chantilly）一家旅馆里。我们既然来到华幽梦，就是想回巴黎，也要等三个多小时以后，那辆长途汽车才从尚提驿开回巴黎。华幽梦离尚提驿虽然只有十公里，可是我们来时所乘的那辆长途汽车已经开走了，

〔一〕上海人，曾在巴黎高等试验学校的中国资料中心图书馆工作，现已退休，仍居巴黎，继续教授钢琴。她的父亲曾任中国驻巴黎大使馆武官之职，是浩然先生的老朋友。

没有其他任何交通工具。于是我们决定坐蹭儿车〔一〕去。走过公路旁边，向路过的汽车招手。因为大雪纷纷，不久就有一位好心人停下车，把我们送到旅馆门前。浩然先生看见我们俩冒着风雪，居然来给他贺年，自然兴奋感动之至。我们先把工作料理清楚，就到旅馆的客厅中，与唐小姐一起喝了杯茶，才与他老人家告别。

每年暑假，我都要到文化中心去住好几个星期，以便和浩然先生有充足的时间讨论《红楼梦》中所遇到的问题。这个国际文化中心设在一座13世纪修道院的残遗旧址。修道院是法国国王圣路易（Saint Louis）在1228年修建的，地处巴黎北郊20余公里之外，大树林的边缘。那里四周绝无人烟，极其清幽，是一个最适于写作的好环境。浩然师住在面向树林、二楼左角的那个房间里。据说圣路易曾经住过的。我们一般下午在他房间里工作。有时晚上需要继续讨论，我们就到三楼他私人的图书馆去畅谈，以免妨碍别人的睡眠。他的图书馆设在一间大厅里，墙壁四周书架上摆满他从中国带回来的书籍。一切主要工具书应有尽有，发现问题时，可以立刻查阅解决。他老人家习惯在夜里工作，早晨睡眠，所以早上我可以一个人在他图书馆里工作。他去世以后，全部

〔一〕 蹭儿车（cèngrchē），不花车费，白坐的车。

藏书都赠送给华幽梦国际文化中心了，里面有一些巴黎其他图书馆里所没有的书籍。唐珊贞女士曾经给这些图书做过初步的整理工作。我和浩然先生一直合作了十年，才把《红楼梦》一百二十回翻译完，修改完。可是他对于初次的修改稿仍然不满，于是从第一回起又开始第二次修润工作，可惜到了第五十回，他就因病溘然长逝了。

浩然师作古对我是一个极大的打击，然而祸不单行，雅歌正在那时又患重病，多年不能正常工作。我只好暂时停止这个翻译工作，去和几位同事搞了一部《汉语视听课本》。等到雅歌康复之后，我们又重新开始整理《红楼梦》的旧译稿：改换专名词的拼音，增添注释，编写引言，修改一些不恰当的地方等等。直到最后，仅仅两次修改校样，我们两人以全副精力去应付，一共用了 14 个月才完成了。只用这个例子就足以说明这项工作如何浩大艰巨了。现在《红楼梦》法译本问世以后，获得国内外一致的重视，我们非常欣慰，只可惜浩然师已无缘相见了。惟愿他的名字和这部由他修润的译文得以与世长存吧！

1982 年剑桥欧洲汉学会议讲演稿

8 月补充修改于沙堡

9 月里昂定稿

## 附：胡文彬谈《红楼梦》法译本的影响

李治华先生的法文译本《红楼梦》，从翻译、修改、校审到看校样，一共花去了27年的时间，1981年作为《七星文库》的名著丛书之一种出版。

《红楼梦》在法国的流传和翻译，进一步推动了中法文化交流。李译法文《红楼梦》出版之后，在法国引起了轰动。法国书评专家米歇尔·布罗多和玛丽·霍尔兹芒的评价文章说："全文译出中国五部古典名著中最华美、最动人的这一巨著，无疑是1981年法国文学界的一件大事。在此之前，我们只见过一些部分的不完整的摘译本，而且注释少而多误。现在出版这部巨著的完整译本，从而填补了长达两个世纪令人痛心的空白。"又说，法文全译本《红楼梦》的出版，"使人们就好像突然发现了塞万提斯和莎士比亚。我们似乎发现，法国古典作家普鲁斯特、马里沃和司汤达，由于厌倦于各自苦心运笔，因而决定合力创作，完成了这样一部天才的鸿篇巨著。""《七星文库》使我们结束了长达两个世纪对《红楼梦》愚昧无知的这种令人痛心的状态。"另一位法国著名书评家克洛德·罗在《从东方来的巨著》一文中评论道："中国有《巴尔扎克全集》和《司汤达全集》的译本，已有半个世纪了。然而，被称为‘武器及法律之母’的法国，享有参加掠夺圆明园的‘名誉’，两个世纪以来，却一直没有空暇去注意一本宇宙性的杰作，我们真该为属于中国的名著而骄傲了。”法文全译本《红楼梦》的问世，使法国及世界上的法文读者对中国18世纪的历史风貌，对中国几千年光辉灿烂的文化有了更亲切、更真实的感受，他们那种“相逢恨晚”的感情，我们也就很容易理解了。

作为“欧洲的汉学中心”，法国对《红楼梦》的研究和评价，也是令人瞩目的。从目前见到的材料看，法国对《红楼梦》进行具有学术性的研究，开始于1930年代，而研究者多属于旅法的中国留学生或华侨学者。70年代以来，法国的红学研究落后美国和日本。这表现在研究的人数和文章的数量两个方面。我个人认为，从50年代以后，特别是70年代以来，法国的红学研究主要体现在李治华先生的《红楼梦》翻译和他撰写的学术性很强的长篇序言中。

（摘自胡文彬《〈红楼梦〉在法国之流传》）

# 试论《红楼梦》中人名的迻译

翻译是一件吃力不讨好而又不为人重视的工作，可是它对于国际文化交流和民族间的相互了解起着非常重大的作用。有关翻译的问题很多，现在只谈一个细枝末节：中国文学作品译成外语时，如何处理人物的姓名？是音译呢，还是意译？这两种办法各有千秋。音译比较简易，它的好处是接近原来人名的发音，因此一般翻译家都采用这种办法。可是，像《红楼梦》这部小说描写四百多个人物，生活在数十个名称优美的楼台亭榭里，这就值得仔细考虑一下了。这么多中国人的名字音译出来，对于一个外国读者是很难读得正确而且记得住的。何况有许多人名读音非常相似，极易混淆。

我在开始翻译这部小说的时候，也是采用音译；可是，校阅者铎尔孟先生却主张意译。关于这个问题，我和铎先生讨论很久，最后我才接受了他的建议：放弃音译人名，改为意译。1981 年，《红楼梦》法译本由巴黎伽利玛出版社列入“七星文库”分为两卷出版以后，就有几位评论家对人名意译提出了保留意见，如巴黎大学比较文学教授艾迪昂伯先生给我的私人通信；克娄德·罗阿（Claude Roy）1981 年 11 月 28 日在巴黎《新观察家》周报上发表的一篇文章。我立刻给后者写了一封回信，为我自己的观点辩护。后来，有一位朋友把这封信译成中文，以石上流的笔名，在 1982 年 7 月号的香港《明报》月刊上发表了。不过，我认为这个问题还有深入研究的必要，所以写成这篇短文，就正于大方。

反对意译的评论家是有他们的道理的，主要理由就是人名意译以后与原来的发音不同。我们深切明了这个弱点。为了弥补这个缺陷，我们在每卷卷首列出两个音译意译人名对照表，一个按汉语拼音音序排列，一个按法文翻译音序排列；关于小说中的楼台亭榭的名称，我们也做了两个类似的对照表，以备读者随时检查之用。至于历史人物和地理名称，我们仍用音译。我们翻译的只是小说家臆想的人名和地名。现在我简略地陈述翻译这些名称的理由。

一、如果一部小说人物简单，地名有限，那么，人名地名音译即可，绝对用不着意译。可是，《红楼梦》的人物太多了，如果使用音译，势必造成许多混乱。举一个例子就可以说明。我们翻开法译本第一卷第 CXXII 页人名汉语拼音音序表，仅仅在这一页上就有四对完全同音的人名：两个 Jia Heng，两个 Jia Hua，两个 Jia Zhen，两个 Jia Zhi。贾氏是一个大家族，人口繁多，使用单音汉字命名时，这种现象是不易避免的。只看拼音，读者绝对无法分辨一对对的人物。可是译成外语，读者立刻知道第一个 Jia Heng 是佩上横玉的“珩”；第二个 Jia Heng 是杜蘅的“蘅”。至于两个 Jia Hua，因为这两个人的名字用的都是变化的“化”字，在中文里也是无法分辨的，好在这两个人物都不重要，不常出现。但是我们在翻译的时候，使用了两个法语同义词，就把这两个完全相同的人名区别开了。两个 Jia Zhen，第一个是珍宝的“珍”；第二个是蓁子的“蓁”。通过翻译，读者一目了然，完全没有混淆的可能。

二、中国人的姓名有姓、名、字、号的区别。姓和名是主要的，字和号是次要的，而且并不是每个人都有的。所以我们只谈姓和名。姓相当于法文的 nom de famille，是一个家庭的成员所共有的。中国人单姓的占绝大多数，复姓比较少。《红楼梦》四百多个人物里就没有一个姓复姓的。关于姓，我们只用音译，不用意译。中国人的名相当于法文的prénom，是一个家庭中每个成员所特有的。不过，中国没有一个通用名字表，父母给儿女起名时相当自由。名字有单名和双名的区别。如果用单名，同辈兄弟或堂兄弟所用的字可能都属于同一个部首。如果用双名，他们名字的两个字之一可能是相同的。我们举几个小说中人物的名字来说明吧。贾氏一共有五代：第一代兄弟二人都是单名，长兄宁国公贾演和他的弟弟荣国公贾源。他们两个的名字都是水字旁。“源”是源泉的源，和水的关系很明显。至于“演”字，现在只有“演变”的意思，是引申义，比较抽象；可是根据《说文解字诂林》，这个字原来的意思是“长流”，和水的关系还是很近的。

贾家第二代的兄弟和堂兄弟们取的是双名，比如贾代化、贾代善、贾代儒等。“代”字是他们名字里的共同因素。

第三代都是单名，贾敬是恭敬的“敬”，贾赦是赦免的“赦”，贾政是政治的“政”，他的妹妹贾敏是敏捷的“敏”。

第四代大都是单名，惟独贾宝玉是双名。他们所用的字都从斜玉旁。比如：贾珍是珍宝的“珍”，贾琏是古代宗庙盛黍稷之器的“琏”，贾珠是珠玉的“珠”，贾宝玉的名字当然要用“玉”的本字了。

第五代也是单名，所有的名字都是草字头。比如，贾蓉是芙蓉的“蓉”，贾兰是兰花的“兰（蘭）”，贾蔷是蔷薇的“蔷”，贾芹是芹菜的“芹”。

贾家人口繁多，通过他们名字的翻译，法国读者立刻分辨出来这五代人的辈分。但是，如果用音译，除了“代”字辈有特殊标志之外，其他四代就无法分辨了。

三、甲：一般的平民和仆人们有时有名有姓，有时有名无姓，只以排行做他们的名字，比如：荣国府的总管赖大，宁国府的总管赖二，贾政的随从李十儿等。仆人们有姓有名的：荣国府管家之一林之孝，刚才说过的赖二也有一个名字，叫赖升。

乙：已婚的女子有用婆家的姓和娘家的姓连在一起作自己的称呼的，比如张王氏，她是张大、张二和张三的母亲。有时只用婆家的姓，再加上自己在家里的身份，比如赖嬷嬷，就是上面所说的赖大和赖二的母亲；她的孙子赎了身价，不再是贾府的奴隶，而且做了知县，自然就起了一个冠冕堂皇的名字——赖尚荣。

丙：未婚的小厮和丫头们只以小名做自己的称呼。小厮如扫红、茗烟、兴儿、旺儿等，即使有姓，如旺儿姓来，但主人叫他时，并不用他的姓。“茗烟乃是宝玉第一个得用的”小厮，宝玉嫌“烟”字不好，就把他的名字改成焙茗。至于丫鬟们，因为有的从小被拐子拐走，卖给有钱人家做婢女，所以常常不知道自己的姓。即使有姓的女孩子，只要一当差，就不能使用父母的姓，而随主人之便赏给一个小名。比如英莲，本来姓甄，从小被拐子拐走，卖给薛蟠；薛宝钗就给她起了一个小名，叫香菱。后来香菱给薛蟠做妾，薛蟠的正室夏金桂觉得香菱这个名字不好，就给她改成秋菱。下面引夏金桂和香菱的一段对话，把婢女的地位和主人任意给使女改名的情况说得十分清楚：

> 金桂笑道："但只是我想这个'香'字到底不妥，意思要换一个字，不知你服不服？"香菱忙笑道："奶奶说那里话，此刻连我一身一体俱属奶奶，何得换一名字反问我服不服，叫我如何当得起。奶奶说那一个字好，就用那一个。"金桂笑道："你虽说得是，只怕姑娘多心……"香菱笑道："奶奶有所不知。当日买了我来时，原是老奶奶使唤的，故此姑娘起得名字。后来我自伏侍了爷，就与姑娘无涉了。如今又有了奶奶，益发不与姑娘相干。况且姑娘又是极明白的人，如何恼得这些呢。"金桂道，"既这样说，'香'字竟不如'秋'字妥当。菱角菱花皆盛于秋，岂不比'香'字有来历些。"香菱道："就依奶奶这样罢了。"自此后遂改了"秋"字……

探春说得好：

> “那些小丫头子们原是些顽意儿，喜欢呢，和他说说笑笑；不喜欢便可以不理他。便他不好了，也如同猫儿狗儿抓咬了一下子，可恕就恕，不恕时也只该叫了管家媳妇们去说给他去责罚……”

原来丫头们在主人眼里不过是个“顽意儿”，是个“猫儿狗儿”，那么，给她们改个名字，还算得了什么了不起的事吗？

丁：《红楼梦》三个主要人物（贾宝玉、林黛玉和薛宝钗）的贴身大丫头——袭人、紫鹃和莺儿的名字，现在单独来讨论。因为她们的名字都接触到翻译上的若干技术问题。

先说宝钗的丫头莺儿。

> 宝玉一面看莺儿打络子，一面说闲话，因问他“十几岁了？”莺儿手里打着，一面答话说：“十六岁了。”宝玉道：“你本姓什么？”莺儿道：“姓黄。”宝玉笑道：“这个名姓倒对了，果然是个黄莺儿。”莺儿笑道：“我

的名字本来是两个字，叫做金莺。姑娘嫌拗口，就单叫莺儿，如今就叫开了。”

莺儿还记得她的本姓，但是来到薛家，就不能再用她的本姓了。宝钗又嫌她的名字“金莺”拗口，这不过是一个借口而已。真正的原因，宝钗并没有说出来。原来宝钗有一个金锁，要拣有玉的才可以配成夫妻。宝钗认为“金”字是属于她个人的专利品，别人无权使用，尤其是一个丫头更不配使用，所以就把金莺的“金”字取消了。

从翻译技巧方面着眼，莺儿这个名字最简单：“莺”是一个名词，“儿”是一个表示物之小者的词尾，有时也可表亲昵之义。翻译成法文是 Petite Oriole。她原来的名字“金莺”是一上一下两个名词的重叠，翻译成法文，也是两个名词，不过前后次序颠倒一下，而且在二者之间，加上一个前置词 de，把它们连缀起来就行了。

现在说黛玉的丫鬟紫鹃。紫鹃的原名大概是“鹦哥”。后来，书中再也不提鹦哥了，可能黛玉觉得这个名字太俗气，就把它改成紫鹃。杜鹃是一种鸟的名称，同时也是一种植物的名称。杜鹃鸟的羽毛并不是紫色的，传说此鸟为古代蜀国帝王杜宇之魂所化，鸣声凄厉，能动旅客归思。又说它啼血化成杜鹃花。这种花又名映山红，花的颜色以紫红者居多，颇似殷红的血。我们把紫鹃译成 Cri de Coucou，再把这个法文名字译成汉语就是“杜鹃的啼声”，压缩成“鹃啼”或“啼鹃”均可，我们的翻译就是根据这个传说做的。曹雪芹文心极其细腻，他给黛玉的贴身丫鬟起这个名字一定有深刻的含义，我们猜想，可能是黛玉吐血早夭的预兆。

宝玉的贴身大丫鬟袭人，本姓花，原名叫珍珠。关于她改名这件事，书上是有交代的：

> 宝玉道：“只从太太吩咐，袭人天天晚上想着，打发我吃。”贾政问道：“袭人是何人？”王夫人道：“是个丫头。”贾政道：“丫头不管叫个什么罢了，是谁这样刁钻，起这样的名字？”王夫人见贾政不自在了，便替宝玉掩饰道：“是老太太起的。”贾政道：“老太太如何知道这话，一定是宝玉。”宝玉见瞒不过，只得起身回道：“因素日读书，曾记得古人有一句诗云：‘花气袭人知昼暖。’因这个丫头姓花，便随口起了这个名字。”

袭人是《红楼梦》人名里最难译的一个。法文的人名一般只用名词，最多在名词上边再加一个形容词，绝对无法使用动词。可是“袭人”这个名字就是一个动宾结构的词组。书中还有一个类似的名字“可人”，但是只提过一次，我们把它译成 Mignonnette（娇小可爱的意思），总算敷衍过去。可是，“袭人”的确是个难以克服的问题。幸亏宝玉把这个名字的典故引出来，我们按照诗的意思把它译成 Bouffée de Parfum。Parfum 就是香气，Bouffée 是一种既突然而又轻盈、向人袭来使人无法抵御的动作，把人笼罩起来的香气就属于这一类的动作。我们虽然没有能够按照字面把这个名字翻译出来，但是把它的精神大致表达出来了。袭人是一个面似忠厚而心藏狡诈的女人，所以曹雪芹给她起了这么一个含有贬义的名字。假如我们不把这些名字翻译出来，仅凭译音怎么能够使读者了解这些细节以及作者给人物命名的寓意呢？

四、最后，我们讲到三个主要人物的名字：贾宝玉 Jia Jade Magique、林黛玉 Lin Sombre Jade 和薛宝钗 Xue Merveilleuse Epingle de Coiffure。关于宝玉的译名，有些评论家不太满意。有人建议译成 Jade Précieux，可是 précieux 只有“珍贵”的意思，不能把宝玉的“宝”字的整个含义表达出来。这个“宝”字具有神奇的、超自然的意思，所以我们把它译成 magique。

这三个人的名字译成法文以后，就显得太冗长，无法经常使用。由于曹雪芹有时也用宝兄弟或宝哥哥代替宝玉，用林妹妹代替黛玉，用宝姐姐代替宝钗。因此我们为了行文方便起见，把宝玉译成 Le frérot Jade，把黛玉译成 La sœurette Lin，把宝钗译成 Grande sœur Joyau。

再说，曹雪芹喜欢用人名做文字游戏。如果不译成法文，只用音译，就无法让读者了解。下面举两个例子来说明。第二十七回，宝钗到潇湘馆去找黛玉：

> 忽然抬头见宝玉进去了，宝钗便站住低头想了想：宝玉和林黛玉是从小儿一处长大，他兄妹间多有不避嫌疑之处，嘲笑喜怒无常；况且林黛玉素习猜忌，好弄小性儿的。此刻自己也跟了进去，一则宝玉不便，二则黛玉嫌疑。罢了，倒是回来的妙。想毕抽身回来。刚要寻别的姊妹去。忽见前面一双玉色蝴蝶，大如团扇，一上一下迎风翩跹，十分有趣。宝钗意欲扑了来玩耍，遂抽取出扇子来，向草地下来扑。

这一双玉色蝴蝶象征着两小无猜、情投意合的双玉——宝玉和黛玉。即使宝钗无心捕捉这一双蝴蝶，至少曹雪芹是有意暗示宝钗的嫉妒之心的。

第六十二回，宝玉和众姐妹行酒令射覆的时候，宝钗和宝玉用自己的名字彼此作戏。

> 湘云说道："这用时事却使不得，两个人都该罚。"香菱忙道："不止时事，这也有出处。……前日我读岑嘉州五言律，现有一句说'此乡多宝玉'，怎么你倒忘了？后来又读李义山七言绝句，又有一句'宝钗无日不生尘'，我还笑说他两个名字都原来在唐诗上呢。"

请问，如果不把这三个人的名字翻译出来，只用音译，外国读者对于这类细节的理解，岂不完全落空？即使译者每逢这样的内容就加一条注，解释一番，读者也不免有味同嚼蜡之感吧？

# 谈《红楼梦》的法译诗词

## ——答香港《中报》月刊作者卢岚问

问：翻译《红楼梦》之前，在诗词方面，李先生你已经翻译过《元曲》、一些零散的古典诗词和艾青的《向太阳》。你觉得翻译这些诗词与翻译《红楼梦》都有什么不同？特别是，你是如何处理曹雪芹诗词中的隐喻、双关、谐音或文字游戏的？比如“贾不假，白玉为堂金作马”，“空对着山中高士晶莹雪，终不忘世外仙姝寂寞林”这类诗词，你是如何使外国读者了解其中的巧妙的？

答：的确，我曾经翻译过几本元代杂剧、二十多首元代散曲和一本艾青诗选。你问翻译这些作品和翻译《红楼梦》中的诗词有什么不同，我想主要的区别应该是：其他作品每种体裁有它的特征，而《红楼梦》里面包含中国古典韵文所有的形式，诗、词、赋、骈文、对联、谜语等无所不有。这个容纳各种不同体裁韵文的《红楼梦》当然要比只译某一种个别体裁的韵文要复杂得多，困难得多。另外还有一个困难，那就是翻译其他作品时，我可以避难就易，先读许多同类的作品，洗刷掉那些自己不喜欢的作品，然后把那些难译的作品也剔除出去，最后只剩下少数自己喜欢而又容易迻译的作品，翻译起来当然容易见效果。比如说我发表的那三篇元曲：郑廷玉的《布袋和尚忍字记》与《看钱奴买冤家债主》和秦简夫的《东堂老劝破家子弟》都是朴实无华、自然天成、曲白均佳而意义深远的作品，而且这三篇都由顾随先生在中法大学给我们讲过的，所以翻译起来十分得心应手。那些元代散曲也是在很多作品中精选 25 首，有些歌咏爱情，有些写景抒怀，几乎篇篇都是玉润珠圆，轻松活泼的妙品。比如说马致远那首脍炙人口的《天净沙》就写得实在好，拙译也差强人意，一并抄在下面，求正于读者：

枯藤老树昏鸦，
小桥流水人家，
古道西风瘦马。
夕阳西下，
断肠人在天涯。

Lianes desséchées sur un vieil arbre，corbeaux du soir，

Petit pont et cours d'eau，une maison，

Route antique，vent d'ouest，un cheval efflanqué，

Soleil bas du couchant：

Et，tout au bout du monde，un homme aucœur blessé.

翻译艾青诗选《向太阳》也是一样。我喜欢艾青的作品，他的诗决不矫揉造作，非常接近口语，流畅自然，而且意象极其丰富。我在选译之前，先把当时所有能搜集的艾青的诗集都读了，选择了20首我最喜爱的，译成法文，让法国女诗人Alice Arhweiller修润了一下就发表了。不过现在的一些法国出版家只愿意印畅销书，而诗的读者不多，不受出版界的欢迎，如果有机会，我当然还想翻译一些艾青的诗和其他现代中国名诗人的作品。

翻译《红楼梦》的诗词就大不相同了，无论诗的质量如何，难也罢，易也罢，译者毫无选择的余地，一概都得翻。结果自然难以保证全部译诗的质量，幸亏当时有浩然师的协助，不然的话，我一个人是无法胜任的。浩然是铎尔孟先生的号，他精于法文的格律诗，对中国诗词的了解

力也很深刻,《红楼梦》里诗词的翻译大都得力于浩然先生的修润，这是我应当声明的。即使这样，也不是全部翻译得都那么理想。我认为世界上很难找到一部十全十美的译作，现在我重读《红楼梦》的译诗，有些自己已经不太满意了。

现在再讲曹雪芹诗词中的隐喻、双关、谐音以及文字游戏，我认为这是一个语言文字的问题，汉语使用的是表意的单音方块字，印欧语系使用的是拼音文字，古代汉语大都是单音词，以后复音词才渐次增多起来，这些复音词的组合变化比较灵活，而且同音词也比较多，最适合于文字游戏，任何一种拼音文字都没有这么方便，这是无可奈何的情形。我认为翻译这些文字游戏诗主要还是以使读者能懂为主，其他都是次要的。如果只靠翻译不能达到这个目的，那只好求助于注解，就拿你提出的那句诗为例吧：

贾不假，白玉为堂金作马。

为了说明我怎样处理这个问题，先把第一个短句的法文译诗写出来，然后再把它译成中文，并且把法文注解也译成中文附在后边：

Leur nom se lit“Faux”, mais d’eux, rien n’est faux.

他们的姓虽然念“假”，他们的东西可不假。

注：荣国及宁国二府皆姓贾，“贾”字与真假的“假”字同音，因此产生了同音异字的文字游戏。

读者看了这个法文翻译和注解，大概可以理解这半句诗的含义了吧，后半句无须注解，其意自显。

空对着山中高士晶莹雪，终不忘世外仙姝寂寞林。

依上例，先把译文写出来，以后再把译文重译成中文：

En vain，luit à mes yeux l’éclat，
Comme de Neige，en sa montagne，
D’une vierge docte et sage，
Je ne puis oublier，fille de l’au-delà，
La triste Beauté du Bocage.
高才淑女光
山中雪一般
照耀我眼前

我不能遗忘
世外仙女林
凄凉的美人

这几句法文译诗没有加注解，因为关于“雪”与“薛”同音，和“林”字的字形字义都在“玉带树中挂，金簪雪里埋”那两句诗里注过了，这里自然无须重复，但必须声明一点：我们把“高士”直接译成“高才淑女”，因为宝钗是女性，如果按字面来译，那就非加注解不可，注解太多就会引起读者的厌烦。还有一点也是值得考虑的：《红楼梦》的法译本注解全部放在书的后面，对于读者检阅，甚为不便。我现在有一个完成《三国演义》法文全译本的计划，此书曾由法国里高（Louis Ricaud）先生与一越南教授翻译了前六十回，在西贡出版，他的译本的注解都放在每页的下边，读者看起来非常方便，现在弗拉马利永（Flammarion）出版社请我协助里高先生译完此书，我希望出版社能够继续使用这种排版的形式。

问：《红楼梦》的诗译读来节奏分明，铿锵响亮，无须任何诵读技巧，均能朗朗上口。这点使经过翻译的诗词，依然保持中国古诗的风味和艺术的完整。你是否采取法国格律诗的形式来翻译呢？你有否遇到过因为音律节奏问题，而影响到语意准确表达的情况？

答：承你过奖，十分惭愧，如果《红楼梦》诗词的迻译能够达到良好的结果，那都是浩然先生的功劳。我们是采取法国格律诗的形式来翻译《红楼梦》的诗词，大部分使用亚历山大体，即每行十二个音节诗，有时也用每行十音节诗，每行八音节诗，每行七音节或六音节诗，有时参差错综，变化多端，部分译诗都押韵，有时原作，比如说无韵的对联，只译成有节奏而无韵的诗句。关于韵律节奏影响译诗准确性的问题，我想留在下面再谈。

问：中国古诗的翻译不容易，因为它的语言极为简赅精练，表达力十分丰富，经过翻译的诗词，一般要比原诗的字数和行数要多，两句成四句，四句成八句，有的四行成了十二行。第四十五回的“秋窗风雨夕”，其中四句“……助秋风雨来何速？惊破秋窗秋梦续。抱得秋情不忍眠，自向秋屏挑泪烛……”经翻译后成了十三行，你认为这是否会损害诗歌语言的精练？

答：中国表意文字比印欧拼音文字简洁得多，古典诗词尤其精练，想用同样长短字句的法语来表达出来是不可能的，一般来说，一句五言或七言诗有时可以用一首十二音节法文诗来表达，有时需用两三首六音节或八音节的法文诗来表达完整的意义，你提出的这首诗，我仔细对照原诗看了一下译文，也觉得译文过于冗长，并且有些词句译文也欠正确，比如说："Après ces tristes réveils"一句在原诗中并没有这个意思，仅系因填韵脚而增加的句子，应该取消。原文"秋梦缘"译成"Des rêves en vain rêvés"，我想是与前两句的"m'aggraver"押韵的缘故，我现在把它改成"Des rêves de vert teintés"，译文既正确优美，又可与下文"tourmentée"押韵。原文"不忍眠"译成"Comment trouver le sommeil"也不恰当，我想改成"Je me recule au sommeil"就比较正确了，这是我疏忽的地方，请读者原谅，谢谢你提醒我，将来再版的时候一定修改。

这首《秋窗风雨夕》我不喜欢，我嫌它重复堆砌，无病呻吟，当然用它来表示黛玉一时缠绵忧虑的心情是可以的，这一首诗20句，一连用了15个"秋"字，幸亏译文中只重复了九次，五个"窗"字，三个"风雨"，两个"风"字，两个"雨"字……一般法文诗是极力避免重复字句（歌曲除外），所以我猜想浩然先生也不会喜欢这首诗，所以译文才比较差。不过我想曹雪芹也有自知之明，不然的话，他不会让黛玉把它"向灯上烧了"。黛玉在这里的烧诗与第九十七回临死前自焚诗稿的意义不同，倒是和第三十八回烧诗的情况有些类似，黛玉嫌宝玉的咏蟹诗不好，自己也写了一首。"宝玉看了，正喝彩时，黛玉便一把撕了，命人烧去，因笑道：‘我做的不及你的，我烧了吧！’”

问：《红楼梦》的诗译（以及全书的翻译），文字上的清楚、准确、一丝不苟是有目共睹的。但由于两个国家的社会和文化有相当距离，而且有些事物只存在于中国，而不存在于法国，即使字面上译得清楚明白，外国读者对书中某些事物亦不容易明白，对某些诗句的感受与中国读者不一样，你认为这种情况是否存在？

答：你说得很对。由于中法两国的社会和文化有相当的距离，又由于《红楼梦》究竟是两百多年前的文学作品，更增加了时间上的距离，里面有些事物不但法国人不易明了，就连许多现在的中国青年也不一定都能看懂，诗词的语言简赅精练，难懂的地方自然更多一些。我只举一首诗歌为例，来说明这个事实就够了。第一回贾雨村在甄士隐家中看见甄家丫鬟娇杏，觉得她眉清目秀，颇有动人之处，那丫头也回头看了他一两次，就以为她心中有意于他，狂喜不已，自谓此女了必是个巨眼英豪，风尘中之知己。到了中秋节，士隐又请雨村来家赴宴，雨村就口占五言一律云：

未卜三生愿，频添一段愁，闷来时敛额，行去几回头。自顾风前影，谁堪月下俦？蟾光如有意，先上玉人头。

这是一首情诗，乍一看觉得平凡易懂，所以许多旧时通行本《红楼梦》没有加注解（1953 年作家出版社版本；1957 年人民文学出版社启功注释本；1958 年人民文学出版社俞平伯校本和 1974 年人民文学出版社增注本对于这首诗都没有任何注释）。这可以证明一直到八年前中国出版界还认为这首诗没有加注释的必要。可是 1982 年 3 月人民文学出版社、中国艺术研究院红楼梦研究所校注本就给这首诗加了五条注解，分别列于第一、二、三句，第五、六两句和第七、八两句之下。除了注解以外，最后一句还有异文问题：程乙本作“先上玉人头”，因“头”字与第四句“行去几回头”的“头”字重复，所以从脂本、戚本改为“楼”字。在译文中我们避了“头”字的重复，所以还是采用了“楼”字。这个例子证明中国诗词一般也忌讳重复，倒可以给前一个问题有关《秋窗风雨夕》那首诗的评价加一个旁证。

在我们的译文里只给第一句“三生愿”做了一个注释，说是两个情人相爱，不但此生此世，而且转生之后，仍愿世世代代结发为夫妇，其他诗句并未做注释。觉得第二、三两句，通过译文，意义十分清楚，没有加注的必要，但是最后四句，因为我们只根据字面翻译，表面上看来似乎一清如水，并不难懂。可是我们并没有照顾到这几句诗引用的典故，所以内含的深意没有能表达出来，现在把新校注本所做的两个注解分别抄录如下，请读者看看在译本再版时，是否也应该把这两个注释加在译文后面：

> "自顾"二句 ——意谓风前自顾身影，有谁能赏识自己，成为我的终身伴侣呢？"自顾风前影"由"顾影自怜"化出。"堪"：能，配得上。"月下俦"（音：愁）：成婚配的意思。传说唐代韦固在宋城遇一老人在月下检天下婚姻之书，囊中有赤绳，一系男女之足，则必成夫妇（见李复言《续玄怪录》），后因称管婚姻之神为"月下老人"或"月老"，也用来代称媒人。"俦"：伴侣。
>
> "蟾光"二句——蟾光，指月亮，原意是：月光如有情意，希望先照玉人的妆楼，暗含若得科举及第，定先到玉人楼上求婚之意。"蟾光"句，亦寓"蟾宫折桂"，即科举及第之意。（参见第136页注2）玉人楼：美人居住的地方，"玉人"指娇杏。（第136页注2）"蟾宫折桂——晋代文士郤诜（读如：戏身）因长于答对策问当上了官，他认为自己'举贤良对策，为

天下第一，犹桂林之一枝，昆山之片玉’（见《晋书·郤诜传》）。后遂以‘折桂’比科举及第。又因传说蟾宫（月宫）中有桂树，所以又把折桂与蟾宫联系起来。”

问：第一回的《好了歌》，你把诗句译得短促、急遽，而第五回描写警幻仙姑那首赋，句子译得悠长、缓慢，我们应该怎样理解这两种截然不同的翻译手法呢？

答：跛足道人念的《好了歌》和甄士隐为这首歌所做的注解都是一种民歌，所以翻译时尽量使用短促急遽节奏的句子，以便使人易于听懂。至于描写警幻仙姑那篇赋就不同了，这是富丽堂皇、雍容华贵、神仙境界的一位鲜艳妩媚、风流袅娜的仙姑，并且原文的句子也比较长，尤其是作者所用辞藻典雅瑰丽，译文自然便悠长缓慢了。因为这是一篇给读者从容品味的作品。不过按我个人的兴趣，还是比较喜欢《好了歌》那样比较接近自然的民歌俗曲。乾隆甲戌（1754）年《脂砚斋重评石头记》抄本在这首咏警幻仙姑赋有一段脂砚斋写的眉批，抄录于下：

按此书凡例本无赞赋闲文，前有宝玉二词，今复见此一赋何也？盖二人乃通部大纲，不得不用此套，前词却是作者别有深意，故见其妙；此赋则不见长，然亦不可无者也。

脂砚斋评语中所谓“此书凡例本无赞赋闲文”是指曹雪芹在第一回楔子里批评当时一般佳人才子小说的一段文章而言。

至若佳人才子等书，则又千部共出一套，且其中终不能不涉于淫滥，以致满纸潘安、子建、西子、文君，不过作者要写出自己那两首情诗艳赋来。

至于“前有宝玉二词”是指第三回宝玉刚出场时，那两首《西江月》赞词而言。最后脂砚斋对咏警幻仙姑赋评语是“不见长”。《红楼梦》里的诗词绝大部分都是小说中不可分割的有机组成部分，很少像《西江月》二词与这篇赋这类的“闲文”，再有就是第十一回凤姐赏玩宁国府会芳园景致的那一篇写景的赋“黄花满地，白柳横坡……”，但是像这几个旧小说的俗套在《红楼梦》里是极稀少的例外而已。

问：曹雪芹通过旧书中人物的诗歌活动，为我们留下了大量诗词。但当我们谈起曹雪芹的时候，只说他是小说家，而不说他是诗人，可见他在小说方面的成就超过诗歌。

伏案（1979 年摄）

《红楼梦》中好的诗词不少，但平庸的也有些，其中原因是作者配合人物的需要，尤其迎春．不可能写得出好诗。这一类的诗歌，曾否给你的译诗工作带来困难？

答：翻译好诗比较容易，至少译者的兴趣浓厚，甘心绞尽脑汁，想尽办法用外语体现出原诗的精华。如果原诗平庸蹩脚，译者的担子将更为沉重。你既然提出这个问题，我就把第十八回咏大观园诗的译文都对照原文又仔细看了一遍。这些都是应制诗篇，理应颂圣，除了宝玉写的那几首突破樊笼略见诗人个性以外，其他的诗都很平平。可是译文却不但忠实于原文，而且篇篇还都看得过去，真真难为了浩然师。他修饰这些译诗时，为了每一首不知曾经度过了多少无眠之夜呢！记得在我们合作的那十年当中，我每年夏季都到华幽梦国际文化中心住好几个星期。我们那时讨论《红楼梦》中困难之处，一般是在下午，有时也在夜间。因为我无熬夜的习惯，每到晚十一时左右就不免要打呵欠，浩然先生就微笑说道："治华，你又困了，快去睡吧！"于是我就到我房间去休息，但他这时却开始他的工作了，有时一直熬到天明。他住在大楼左角面临树林的那个房间，我每夜三四点钟一觉起来，看见他房间的灯总还亮着，而且有时还听见他喃喃朗诵刚修改完的一段译文呢！

问：第一回的诗句中，有一句是“菱花空对雪澌澌”，“菱花”我理解成指日后的香菱，“雪”则指薛蟠或薛家。这句诗暗示当时还在襁褓中的英莲的未来命运。你把它译成：“La neige qui l’attend，qu’en peut la fleur attendre?”（雪伺花兮花何所期？）

请你帮助我们了解这句诗的翻译。

答：《红楼梦》第一回癞头和尚向甄士隐念的四句诗：“惯养娇生笑你痴，菱花空对雪澌澌，好防佳节元宵后，便是烟消火灭时。”这首诗头两句的结构显得有些松懈，原因是第二句用词不当，与上下文不连贯，以致给读者一个模糊的印象，兹略陈如下：

（一）“菱花”这个词一般指镜子，参看《汉语词典》（北京商务印书馆 1957 年版第 342 页）、《辞海》（上海辞书出版社 1979 年版第 1348 页），《西厢记》卷三第三折，〔双调新水令〕“恰对菱花，楼上晚妆罢。”吴晓铃注解：“菱花——镜子，古代镜子是铜的，一面磨光，一面有许多图案和一个纫。镜子背面的图案最通常的是菱花。”还有《红楼梦》第五十七回“宝玉笑道：‘我看见你文具儿里头有两三面镜子，你把那面小菱花的给我留下吧，我搁在枕头旁边，睡着好照，明日出门带着也轻巧。’紫鹃听说，只得与他留下。”可见曹雪芹自己也知道“菱花”

常常指镜子。所以在这句诗里，读者不容易了解这两个字的明显含义。

（二）即使说“菱花”不指镜子而指一个人，那么“香菱”这个名字初次见于第七回，读者在第一回里如何能未卜先知呢？既然不能知道“菱花”指的是什么人，当然无法把它与上句“惯养娇生”的英莲联系起来。

（三）“空对”这两个字用得也不恰当，因为英莲那时尚在襁褓中，是士隐夫妇的掌上明珠，正过着幸福的童年生活，怎么能说她这时就与“雪澌澌”相对呢？若说此句系指香菱日后的遭遇，那么要等到第七十九回“薛文起悔娶河东吼”和第八十回“美香菱屈受贪夫棒”时，读者才明了这些情况。但在第一回里，绝对无从得知，除非读者把全部《红楼梦》看过一遍后，再从头看起，看到这首诗，才恍然大悟说：“原来菱花指的是英莲呀！”或者有幸看到1982年3月的新版《红楼梦》的注释，也可以立刻获得明确的认识。但是无论注解多么详尽也弥补不了原著的缺陷，相反，这些注释恰好强调这句诗的弱点。

癞头和尚对士隐说：“施主，你把这个有命无运累及爹娘之物，抱在怀里作甚！”士隐认为是疯话，可是当和尚向他念了四句诗后，“士隐听得明白，心下犹豫，意欲问他们来历”。为什么这四句诗会使士隐改变态度呢？大概是因为他觉得后两句可能喻示他一家不幸的命运，可是对他女儿的未来，他仍然无从推测。因为“菱花”这两个字不能使他联想到他的女儿，那么怎么办呢？唯一的办法就是改动原文，只消把第二句诗里改两个字就弥补这些缺陷：

怜花空待雪澌澌

改文平仄调谐，在诗律上不发生任何问题，“怜花”谐音“莲花”，是雪芹惯用的手法，读者看到的是：

“怜花空对雪澌澌”，“怜”是一个动词，它的主语是念这首诗的癞头和尚，他现在可怜莲花（英莲）将来无所期待于澌澌的雪，所以他对士隐说：“我笑你这个傻子，无论你怎样想惯养娇生你的女儿，她将无所期待于澌澌的雪，所以我可怜她！”这样就把“菱”和“对”两个字所引起时间上的矛盾性与动作上的不可能性完全取消了。

可是士隐耳朵里听见的却是“莲花空待雪澌澌”，因为和尚刚对他说女儿是个“有命无运累及爹娘之物”而感到不愉快，一心惦念着他的女儿名字中的一个组成部分，而“英”字按《现代汉语词典》（北京商务印书馆

1977年版，第1233页）的解释是“花”字的同义词，那么“莲花”也就是“英莲”的意思。这样士隐才会明白他女儿未来的厄运。因此“菱”字在这句诗里造成的缺陷也就烟消云散了。

我们的译文虽然不是完全按照这个改法进行的，可是异曲同工，也是弥补了原文的缺点：

Je rls de toi qui veux choyer cet être tendre!

La neige qui l'attend, qu'en peut la fleur attendre?

这两句译文的结构非常严谨。

（一）这个“惯养娇生”的人儿，cet être tendre que tu veux choyer，读者一看就会联想到士隐怀抱中的英莲。第二句里的“花”字“la fleur”，无疑地指英莲（Charme de Lotus），因“花”系泛指，既可指英莲现有名字中的莲花，也可指她日后改名香菱中的菱花。

（二）第二句包含两个短句，第一个短句有省略的成分，l' 这个代词指“花”（l' = la = la fleur）。第二个短句是一个倒装句（法文诗中常用这一种句法），也有省略的成分：

en = de la fleur = de la part de la fleur

现在把省略的成分补足，改“写成一个”普通的句子：

La neige qui attend la fleur，que peut attendre la fleur de la part de la neige?

这个句子虽然冗长一些，可是清楚多了。这个句子两次使用 attendre 这个动词，可是两处的含义不同，用在第一个短句中，attendre 是“窥伺”的意思，在第二个短句中，它有“期待”的意思。现在把这个法文句子译成中文：“窥伺着花的雪，花能期待于雪什么呢？”

第一个短句中的 attend 是直陈式现在时，相当于汉语的持续态“窥伺着”，二者都表示动作从现在开始将继续到未来。第二个短句中的 peut“能”是一个能愿动词，其下面所属的动词 attendre 或“期待”的效果将发生于未来。这个中文句子太长，不像诗，兹精简如下：“雪伺花兮花何所期？”

尤其妙的是译文的第一句中也用了一个能愿动词 veux，“想要”表示士隐虽然企图长期“惯养娇生”他的女儿英莲，但是事与愿违，在冰刀雪剑、严阵以待的威胁下，娇花艳朵，除了将要遭受雪的摧残蹂躏以外，还能期待些什么呢？法国读者用不着知道小说后面的情节，只要看这两句译诗就可以有上述的预感，因为译诗把曹雪芹心中想写的而在他原诗中并未能表达的意境完全烘托出来了。浩然师惨淡经营、苦心孤诣所获得的这种点石成金的译法实在令我钦佩之至。

1982年6月19日于里昂

# “温都里纳”一词原文的商榷

在我做《红楼梦》法文迻译工作的过程中会遇到不少的困难，其中之一就是这部小说里引用了许多西洋物品，而其中几种罕见物品的汉语音译的名称尤其难以找出原文来。比如“汪恰洋烟”（过录庚辰本第五十二回），头疼药“依弗哪”（同回），金星玻璃——温都里纳（同上第六十三回）。

早就听说方豪先生写过好几篇文章专门讨论《红楼梦》所记的西洋物品。可惜身居海外，不易寻找材料，所以一直没有机会看到这些文章，最近才由陈庆浩先生转赠方氏《从〈红楼梦〉所记西洋物品考故事的背景》的抽印本一份。看了以后，觉得洋洋大文，详征博引，深为钦佩。不过方先生在考证上边所举的三个音译词的原文时，有一个推测错了：温都里纳；其他两个："汪恰"与"依弗哪"没有查出来。虽然在方氏发表此文以前，周汝昌先生已在他的《红楼梦新证》中写道："西洋药膏子'依弗纳'，其原文已有人考出"（第514页），可惜周先生并未引出该词的原文来，不知有何所据。

现在只把我对于温都里纳一词研究结果提出来就正于方先生。

先引《红楼梦》原文。

> （宝玉）忙又说："海西福朗思牙，闻有金星玻璃宝石，他本国番语，以金星玻璃名为'温都里纳'，如今将你比作他，就改名唤叫温都里纳，可好？"芳官听了，更喜悦："就是这样罢。"因此又唤了这名。众人嫌拗口，仍番汉名，就唤"玻璃"（过录庚辰本第六十三回）。

方氏文中说："法文玻璃是verre，小玻璃品叫verroterrie，只有vitrine（玻璃框之类）读音像'温都里纳'。"（第129—130页）

为了加强他的论证，方氏又引了下边一段文章：

温都里纳一词原文的商榷

周汝昌撰《红楼梦新证》第七章《新索引》第六十六节“温都里纳”条曰：今按“福朗思牙”之为“法兰西”必无可疑，而“温都里纳”定即法文vitrine之译音，其本意为玻璃匣柜之类，与曹雪芹所谓“玻璃”正合，音亦极确。雪芹口中能道出法文单字，此真一奇！

我认为法文vitrine一词的读音与“温都里纳”相差甚远，至于它的含义：“玻璃柜”或“玻璃匣柜”与“温都里纳”一词的意译，即宝玉所谓“金星玻璃宝石”或“金星玻璃”都迥然不同，这四个复合词，除去都含有“玻璃”一词为其共同点之外，并无其他相似之处，周氏这种削头去尾、只留中段的考证法是不能说服任何人的。所以我敢说“温都里纳”绝对不是法文vitrine的译音。我认为“温都里纳”的法语原文应该是aventurine。下边先抄一段法文词典中的定义：

aventurine：1. Pierre d'un jaune brun，semée de petits points d'or. 2. Aventurine artificielle，verre ou poterie imitant cette pierre précieuse.（*Larousse universel*, vol. I, p. 174)

译文如下：

温都里纳：1. 内涵金星之棕黄色宝石。2. 人造温都里纳，仿此宝石所制的玻璃或陶器。(《拉鲁斯词典》，第一册，第 174 页)

我们有了上边的证据才能说“温都里纳”定为法文 aventurine 的译音，因为“温都里纳”这四个中国字恰好是这个法文名词后四个音节的译音，至于第一个音节“a”，是按照汉语译音的习惯省略了去的。如 America 之类为“美利坚”就是一个例证。这个法文名词的本义为“金星宝石”或“金星玻璃”，与曹雪芹所谓“金星玻璃石”或“金星玻璃”正合，其译音亦极正确。

1970 年新正写于法国里昂

# 《红楼梦》与《追忆逝水年华》

众所周知曹雪芹的《红楼梦》与马塞尔·普鲁斯特的《逝水年华》及其续编《韶华重现》是两部世界文学名著。可是直到1981年,《红楼梦》法文全译本在伽利玛出版社“七星文库”里问世以前，除了少数汉学家以外，法国读者一般都不能阅读这部小说的全文。更可惜的是，直到今天，普鲁斯特的作品还没有被译成汉语。因此想比较这两部著作就感到困难。可是我们还想架起一座桥梁，如果变作研讨的起点，就是我们最恳切的衷心愿望了。

乍一看，这两部作品之间差别很大。首先，它们的形式不同:《红楼梦》只是一部小说，而《追忆逝水年华》是一系列小说的组合。其次，它们产生的年代不同:《红楼梦》是一部18世纪的作品,《追忆逝水年华》及其续编是20世纪的作品，最后几部分是在1922年作者逝世以后才出版的。

可惜我们对于曹雪芹的生平认识有限，连他生卒年月确切日期都不知道，有关作者的生活，大都语焉不详。零零碎碎遗留下来的一些记录，使研究者对于他的传记只能做一些推测性的假设。

相反地，对于普鲁斯特，我们可以说洞悉一切。他1871年生于巴黎，1922年卒于巴黎。他的家庭属于高级资产阶级。跟弗洛贝尔一样，他的父亲也是一位医生，一位拥有辉煌前程的医生，1870年和一位以色列族富裕经纪人的女儿冉娜·维耶结婚。马塞尔体质孱弱，从童年起就被哮喘所折磨，曾在贡多赛中学受到良好的教育，并且对于贝格松当时在巴黎大学讲授的哲学非常感兴趣。1892年获得文学学士学位。他父母经济状况富裕，使他无须寻求职业。他应聘为马扎林图书馆的无俸职员，经常请假，一生悠游岁月，因此被人视为一个不认真做事的人。表面上似乎轻佻，实际上他对当时各个重大事件都不曾忽略。当德雷菲斯上校受人诬告，蒙冤被判为德国间谍的事件发生以后，从1894年起，法国出现两派，这种情形持续了十年以上，马塞尔站在拥护上校派，并且以清晰的目光指出各政党所犯的错误。

1895年他的祖母去世，1903年至1905年他的父母相继去世，使他思想成熟，行为严肃起来。

1905年以前，他发表过一些随笔、故事之类的文章，并且还写过一部三卷本的小说《让桑特依》。在这部著作里，他隐隐约约地谈到同性恋爱，这是一个对他极为重要的问题。这部小说在他死后30年，1952年才出版。唯恐伤害了敏感、道德顾虑重重的母亲，他等长者逝世以后，才开始撰写《追忆逝水年华》。但又发生了另外一个令他烦恼的问题：自己的健康是否允许他完成这部著作？疾病使他日渐衰弱。1913年他自费出版该书第一部《斯万家那边》。从1914到1918年，第一次世界大战的四年之间，普鲁斯特没有发表任何作品，可是在这期间，他始终没有停止写作。战争的影响，个人健康不佳，使他过着半隐居的生活。虽然他没有断绝尘世的交往，他的生活却更多地与其著作融为一体。

1919年，小说第二卷《如花少女倩影下》获得龚古尔文学奖。成功的喜悦给他增添了不少精力，虽然病魔缠身，在他生命最后的两三年中，他做出了惊人的成就。1920年出版了《盖尔芒特家那边》上卷；1921年出版了该书的下卷和《索多姆和戈莫尔》上卷；1922年出版下卷。与此同时，他还撰写了死后才出版的下列各部：《女囚》《逃亡的女人》和《韶光重现》。1922 年 11 月 18 日与世长辞。

幸亏有他的通信集、亲友们的见证、他人保存的许多作者的画像和照片，足以让我们对于普鲁斯特拥有全面而深刻的认识。这些认识，丰富了我们对他著作的了解。对于曹雪芹，没有这些资料使我们感到十分惋惜。

至于这两位作家的生活方式、文化背景和风俗习惯的差异，因为篇幅有限，我们暂且不提。我们认为最重要的是他们用不同的眼光观察人的命运。

在曹雪芹的身上呈现出中国思想的二元论：重时效的、以人在社会上活动为主的儒家思想，和宣扬归返自然、远离尘世、求得解脱的佛老思想的矛盾充分地体现出来。轮回转生的佛教道义使他用超然的态度对待人生的变化。把死亡也看作变化之一，人物的命运在生前死后继续演幻。宝玉和黛玉邂逅于太虚幻境，同时堕入红尘，然后再到别处投生，随着岁月流逝的情感，全部消失。但是悬崖撒手出家以前的宝玉，先中了第七名举人，并且给贾家留下了后代，这是儒家思想的遗迹。他爱与自己言和意顺而思想一致的林黛玉，但是对于代表孔孟之道的理想美人薛宝钗，他也不能无动于衷。这两种思想上的矛盾，在宝玉挨打的一回里达到了顶点。

普鲁斯特的敏感，是犹太基督教思想培育出来的。他的父亲属于一个信仰天主教的家庭，作家在青年时代受过很严格的宗教教育。他的母亲却是一个犹太女子。这两种教育在作家的青少年时代打下了双重烙印。虽然他从来不用宗教或形而上学的角度衡量自己，虽然他是一个艺术至上主义者，可是通过小说中的人物，在作者内心的路程上出现了《圣经》《创世纪》所记载的对失乐园的缅怀。《追忆逝水年华》就是追求失去了的童年。童年时代的一切都是天真无邪、辉煌灿烂的：斯万家那边或盖尔芒特家那边柔情脉脉的漫步，母亲温馨的亲吻，祖母的纵容，甚至对父亲粗暴的训斥也仿佛有无限的眷恋。但是童年一旦度过，必须离开这个天堂。于是产生了种种堕落继而犯罪的情感；请求宽恕和赎罪的愿望；而最后感悟，摸索前进。但是与佛教的理论正相反，这一切都应该在唯一无二的今生里完成，因为犹太教和天主教徒都不相信轮回之说。所以时间飞逝的感觉给这个追求带来了哀婉动人、慷慨激昂的情绪，与佛教的清心寡欲、清净自如的境界，形成了鲜明的对比。

在有关同性恋的问题上，犹太基督教的烙印也出现在普鲁斯特身上。《红楼梦》里有许多同性恋的暗示和描写，作者都不加道德批判地记载下来，好像这在中国旧社会里是一件不言而喻的事情。相反地，普鲁斯特是一个同性恋者，因为犹太教和基督教都禁止这种行为，他就不敢明言自己的倾向。代言人用轻蔑和憎恶的口气介绍男同性恋者查律斯或女同性恋者维尔迪兰夫人，至于他自己，和代言人虽然有同样的癖好，他却设法掩饰。有些文学评论家认为，代言人所爱的姑娘阿尔贝蒂娜，实际上是一个女性转变成的娈童。

表面上看来，这两部著作还有另外一种区别：曹雪芹用一个忠实而公允的见证人客观地叙述故事；普鲁斯特用第一人称叙述故事。可是我们很快就感觉到，虽然曹雪芹自己并不介入，可是他汲取了自己青少年时代生活在一个由荣华富贵趋于没落崩溃的贵族家庭里的经验。我们知道，他的亲友曾经请求他把一些直接与他家庭有关的事件做了一定的修改和删节。尽管表面上维持了相当的距离，可是自传素材却总是隐藏在其中。

普鲁斯特采用第一人称。他的小说开卷语是："长久以来，我就有早眠的习惯。"他利用这个属于日常琐事的生活细节对读者吐露真情。但是这只是一个幌子，全书从头到尾，那个以"我"自称的人物并非作者本人，而是一个隐姓埋名的人物，普鲁斯特把自己的感情、判断和他对人对物的看法借给代言人，但并非完全对之认同。因此，在这两部著作里，使用了不同的手法，两位作者把自己的影子投入故事里，同时还让自己创造性的想象力有充分发展的余地。相隔着一个半世纪，我们遇到了两部同样是真实经验和虚构故事熔于一炉的混合物。自传素材的运用，在回忆青少年时代的往事中特别明显。曹雪芹巧妙地重现了宝玉在一座全部模仿自然之美而由人工一手建成的大观园里的生活。这个青年公子和他的姐妹们，使唤着一群秀美年轻的丫环，过着无忧无虑的生活。若干年以后，忧愁和死亡才开始降临。

至于普鲁斯特，利用代言人的声音，详尽地回忆他幼年时代明媚的日子：空伯莱（作者虚拟的地名，实指巴黎西南96公里的伊利耶）家园里的暑假，他备受宠爱，欣赏着一带繁花盛开的山楂绿篱，他和一位令人心怯、名叫吉尔贝特的小姑娘初次邂逅，后来他成了这位小姑娘的朋友。回到巴黎，在香榭丽舍林荫路旁的花园里，他同一些美丽的小姑娘们游玩，那时又遇见了吉尔贝特。不久暑假又到了，这一次是在海滨，小姑娘们长大了。普鲁斯特给描写这一段生活的小说起了一个富有诗意的名字：《如花少女倩影下》。像《红楼梦》一样，时间使这些幸福黯淡无光且凋零败坏了。而且尤其使人伤心的是，我们前面已经说过，对于普鲁斯特来说，跟曹雪芹不同，时间是一去不复返的。

这两部小说不仅仅是个人对往事的回忆，它们也描写了作家所处时代的一幅巨大的社会画卷。几乎触及每个社会层面，尤其着重于描写贵族和上层中产阶级社会。

在《红楼梦》里，一般的平民百姓有吏卒、奴仆、丫环、农民等。在这些老百姓中，刘姥姥是一个着意刻画、栩栩如生的人物。但是作者特别注意描绘自己家庭所属的簪缨贵族。他叙述他们的荣华富贵，也无情地揭露他们的丑恶腐败。贾家的衰败和没落，首先是无人经营家事，其次是本身的伤风败俗。

在普鲁斯特的著作里，我们几乎找不到农民。一般的民众由那些手工业者和仆人们为代表。最有风趣的是那个名叫弗朗索瓦兹的老年女仆，代言人乐于记载她用辛辣的口吻说的那些直言不讳的话。他尤其喜欢描写贵族豪奢而轻佻的生活，在普鲁斯特初入社会时，曾经被这种生活所迷惑，并且自幸参与其间。在这些亲王、公主、公爵、公爵夫人、侯爵等人面前，上层中产阶级、作者本人所属的阶层，是用一种略带讽刺的口吻，或者完全鄙视的态度表现出来的，比如谈到那位模仿贵夫人企图主持沙龙的维尔迪兰夫人的时候。这位夫人守寡以后，两次再醮，终于变成德·盖尔芒特公主，此时才博得代言人的好感。

普鲁斯特并不是盲目地被贵族社会所迷惑，正如曹雪芹描写大观园里的豪宴时，自己并不入迷。曹雪芹揭露贵族的腐败，普鲁斯特也用尖锐的讽刺拆穿上流社会喜剧的内幕。比方说，他叙述盖尔芒特公爵从这个沙龙到那个沙龙，目的只是要引用他妻子的一句风趣话。作者还揭露这些大人物自私自利而且近于残忍的轻薄行为，比如说这位公爵听说他的一位亲戚临危垂亡，并未有所触动，倒是怕他真死了，自己不能去参加舞会。他就禁止自己的妻子探问病人的消息，因为如果不晓得死讯，他还可以不改变原来的计划，欢欢喜喜地去参加舞会。

普鲁斯特使用多种多样的讽刺手法，而从未陷入于浮夸或说教性的愤慨。他观察、描写、养精蓄锐、鞭挞敌人。他仿佛不仅憎恨这些浮华不实、徒慕虚荣的贵族，而且也憎恨自己：在某一时期曾经是一个幼稚的冒充风雅之士的人，而且还沾染上这个社会里的怪癖和成见。

这两位作家在批判他们自己生活过的那个世界时，都保持着一定的距离：因为家族失宠没落，曹雪芹脱离了他幼年时代享受过的豪华生活，贫困潦倒的经验使他从另外一个角度对待一切事务，而疾病逼迫普鲁斯特过着相当孤独的生活，他只得放弃那些他已经看出是空虚无聊的社交。因此这两位作家都是在不以自己意志为转移的情况下，远离了他们曾经生活过的世界。

他们使这个世界再现，同时在读者的眼前展开一幅庞大的画卷。在他们笔下，主要的人物被精确详细地刻画出来，次要人物则只抓住某一显眼的特点进行表现。尽管数目众多，可是每个人物都分得清清楚楚。每个人物的发型、服装、每一件连衣裙或是一件长袄短褂，都详细地着意描绘。比如说，在一次春游时，奥代特·德·克雷西夫人在她藕荷色的拖裙上撑开了她的阳伞，或是奥丽雅娜·盖尔芒特穿着一件黄棕二色的连衣裙走进一间金黄、嫩红的客厅里。

外界的精确描写还陪衬着内心深刻的心理分析。从宝玉和黛玉两小无猜的初恋时期，到黛玉对宝钗渐次发生嫉妒，曹雪芹深入写出每种感情的细微差别。普鲁斯特也同样地使我们看见代言人在幼年时代对吉贝尔特·斯旺小姐所发生的爱情，过了几年，这个爱情淡薄了。后来代言人细腻地分析了他对阿尔贝蒂娜女士的感情：从无动于衷到好奇心，再到爱情。他越觉得这位姑娘对他有所隐瞒而想逃避，他对这位姑娘的爱情越激烈。这类的分析并不限于爱情。普鲁斯特，或者是他的代言人，详细地谈到他和母亲之间的柔情，他对祖母深挚的敬爱，他对音乐家万特耶和画家艾勒斯提尔的景仰之情。但是这些感情都不是稳定不移的，而是随着生活与环境的韵律而反复变化。有时我们惊异地发觉充满我们内心的某种感情，不再占有我们整个的生命。这就是普鲁斯特所谓的“心灵的间断”。

曹雪芹早就举出了这类的实例。比如说，黛玉死后，宝玉痛苦若狂，好像无法平静，全家不得安宁。但几个月以后，他被新婚的妻子宝钗的美貌所吸引，也就真心相爱了。“心灵的间断”起了作用。

这两位作家在故事结构方面所用的技巧也很接近。众多的人物造成了繁复的情节。一波未平，一波又起，此起彼伏，连续不断。叙述不是单线进行的，有些好像彼此毫无关系的组成部分，终于连缀在一起，事后才发现其中的关联。在《红楼梦》第一回里，人们不知道甄士隐到底与那个荣华富贵的贾家有什么关系。可是渐渐地就发现甄的女儿英莲被拐子偷走以后，卖给薛家，改名香菱；薛家上京，投奔贾家，香菱变成薛蟠的妾。

在《追忆逝水年华》的开端，人们也看不出来那时还是一个儿童的代言人和富裕犹太经纪人斯旺·盖尔芒特公爵及公爵夫人有什么关系。人们只知道斯旺认识代言人的家庭。但是代言人并不认识公爵这一家人，只是遥闻其名而深表敬仰而已；他也不知道斯旺是公爵家的常客，后来，在他青年时代，被人引进这个名门高第，惊奇地发现斯旺竟成为公爵夫人沙龙的密友。同样，这样一个富贵家庭与中产阶级的维尔迪兰夫人好像毫不相干，反而似乎有敌对之意。可是后来，维尔迪兰夫人竟成了盖尔芒特公主。

四分五裂地介绍人物，紧密交错地穿插情节，使这两位作家有时受到责备，说他们的故事太繁复，缺乏条理。这种烦乱只是表面的，小说的主线可能隐藏在故事的细节中，可是始终未断。再说，每个作家都关心自己是否被别人了解，而且把读者当作同谋，直接与他说话。曹雪芹向读者说："看官！你道此书从何而起？"并且在书中也按照中国说书的传统，时常与读者对话（可以参看每回结尾的套语）。普鲁斯特也很注意这个问题。他也时常与读者对话，并且有一套特别用语。比如说"我们以为……我们看吧……后文可以看到……作者想要说……请读者注意"等等。作家主要关心的是与读者保持联系，读者感到作家想请他做见证人，所以就对故事的发展更加注意。

在《红楼梦》法文全译本问世之前，法国只有寥寥几本关于该书的博士论文，而且都是中国人写的。全译本出版以后，各种论文渐渐出现。今年暑假初，我收到一份巴黎大学中文系的硕士论文，作者是幽兰·艾斯康德女士。我看了以后觉得很有意思，就把《追忆逝水年华》重看了一遍，找出这两部小说的许多共同点。有些地方我的观点可能与幽兰女士不同，有些地方也受到她的启迪。我时常听到一些已经读过《红楼梦》译本的法国朋友说："这部小说使我想到普鲁斯特的作品。”我希望中国的翻译工作者尽早地把《追忆逝水年华》译成汉语，看看中国读者是否也会说：“看普鲁斯特的小说让我想到《红楼梦》。”

1985 年 9 月写于里昂

# 《故事新编》法译本前言

## 一、小引

鲁迅在原著序言中说他的创作意图，“是想从古代和现代都采取题材，来作短篇小说”。所以这八篇故事的渊源都来自古代传说或史实；但作者也不免在里面掺杂一些对现代人的讽刺。在表面上平淡叙述的幌子下，他抨击腐败、丑恶、虚伪、落后的精神——作者周围社会的阴暗面；但同时他也竭力从几个伟大形象里指出中国人民的光明面：创造人类、炼石补天的女娲，善射的羿，治理洪水的禹，复仇化身的宴之敖者，舍己救人的墨子。这些人物组成了“中国的脊梁”（鲁迅语），同时也表现出这些哲理小说的深刻意义，而“油滑之处”只是一些极其皮毛的因素而已。

Lou Siun
CONTES ANCIENS
À NOTRE MANIÈRE
traduit du chinois
et présenté par Li Tche-houa
Connaissance de l'Orient
Gallimard

法译本《故事新编》封面

这八篇故事写于1922至1935年之间。本书的次序并非按照写作年代，而是按照故事发生前后来排列的。

鲁迅曾经是一个进化论者。他当时主要的理想是民族解放和个人解放。为了达到这两个目的，他主张“第一要著，是在改变他们的精神”。最要紧的是仔细观察中国人民的精神，把其中的“愚蠢”和“衰弱”挖掘出来。根据观察的结果，他发现中国社会的万恶根源在于封建制度的残余，不但应该改变人们的精神，更应该改变社会制度。但是如何改变呢？他那时还没有一个清晰的概念。他先从下列两件工作着手：首先揭发中国社会的缺陷，然后再把外国的文学作品和理论介绍过来，以便激发国人的思想。

鲁迅当时对日本作家厨川白村的作品甚感兴趣，于是在1924到1925年之间，翻译了他的《苦闷的象征》和《出了象牙之塔》。这两篇著作都受了弗洛伊德理论和伯克森哲学思想的影响。或许在同一时期，作者制订了以自己的方式叙述女娲传说的计划。按照中国传统说法，女娲曾经创造人类，并且炼五色彩石，修补因人类战争而破坏的苍穹。因此原名《不周山》的第一篇故事受到一些弗洛伊德学说的影响就不足为奇了。

## 二、《补天》

女娲造人的传说见汉代应劭所著的《风俗演义》。女娲补天修地之说，见数种古籍，《淮南子》所记最详。鲁迅相当忠实地遵循了传统资料，但他也有所发展和美化。他最特殊的贡献是对于“女娲氏之肠”十位神祇的阐释和卫道者小丈夫的引进。通过这个在女娲两腿之间的古衣冠人物对女娲的指责，作者抨击了社会人世的虚伪。也就因为这个小丈夫的告密，禁军才左杀右伐地攻到女娲尸体的旁边，并且在她的肚皮上安营扎寨。然后侵略者突然改变口气，自称为女神嫡派，女娲氏之肠。

如果我们把上述这一节与作者纪念辛亥革命黄花岗七十二烈士的文章对照阅读，就可以发觉鲁迅对这些虚伪的渔利者的讽刺多么辛辣了。鲁迅被革命先驱者的牺牲，后继者过少，渔利者过多，不但把别人的成果占为己有，还任意剽窃和歪曲等劣行引起的苦闷，与对“女娲氏之肠”这个寓言的讽刺颇有相似之处。

## 三、《铸剑》

鲁迅不满他的第一篇故事，他认识到“油滑是创作的大敌”，古衣冠小丈夫在女娲两腿之间的出现，“不但不必有，且将结构的宏大毁坏了”，他决定放弃这类作品的写作，但外界的事故改变了他的决定。

1926年3月18日，北京学生因为抗议日本帝国主义者干预我国内政，徒手请愿。执政府卫兵开枪，杀死47人，击伤150人，使之成为“民国以来最黑暗的一天”。鲁迅也上了通缉名单，他与许广平一起匆匆离开北京，分别去了厦门和广州。10月，心怀愤怒的鲁迅，写出以复仇为主题的《铸剑》。

这是八篇故事中唯一没有油滑成分的作品，全篇除了复仇雪耻之外，没有其他隐喻。因为鲁迅那时受到暴力的威胁，没有言论自由，撰写这篇小说时，耿耿于怀者，唯复仇而已。

## 四、《奔月》

帝尧时代的神话故事，见《淮南子》。鲁迅着力塑造了羿这个形象，把古代其他名射者的事迹都安排在羿的名下，以更突出他的形象。但是这位具有超人武艺和淳朴心灵的弓箭手的周围，尽是一些品行不端的人：他的妻子偷窃了他的不死之药奔入月中；他的门人学会了他的全部本领，就想杀害他——这个人物的真实模特是一度常来鲁迅家的青年作家高长虹。

## 五、《非攻》

这篇的内容不是神话传说，而是历史故事。

墨子，中国古代著名思想家，创立了与道家和儒家并称的墨家。他不但是一个理论家，还把他的学说付诸实行。他的利他主义、苦行主义和坚忍不拔的意志，竟使他最对立的人也不得不赞扬。这篇故事叙述的是墨子游说楚王，请其放弃攻打宋国的计划。其中含有作者对于时事的两个隐喻：墨子指责他的学生曹公子劝宋国人民去死，暗讽实行不抵抗政策的国民党政府；募捐救国队募去了墨子简陋的行李，暗讽国民党政府在不抵抗的同时却策动民众，用各种方式进行募捐，以饱私囊。

## 六、《理水》

这篇的中心人物大禹，是中国最早的夏王朝的建立者，很多古籍都记载了他疏导江河、平息水患的功勋。他正直刚毅，关心人民疾苦，与百姓共患难，备受人们的爱戴。他反对贪官，坚信真理必胜。这些杰出的性格，都有非常成功的刻画。

对时事也不免有一些隐喻。1931 年夏季巨大的水灾就被用作本篇的背景，而防洪经费却被挪作贩卖鸦片之用，或移作内战之用，发行公债、募捐所得的大部分则进了执政者的腰包。鲁迅还暗讽了几位当代文人，1932 年北京文教界 30 余人关于“文化城”的建议，被他改写成了“文化山”。

## 七、《采薇》

以纪元前的伯夷、叔齐为主人公。鲁迅在这两兄弟的性格里发现许多矛盾的地方，都属于一种消极、徒劳的反抗，结果只能导致全盘失败，俱被饿死。恰如鲁迅在一篇杂文中所说：“生在战斗的时代而要离开战斗而独立，这样的人，实在也是一个心造的幻影，在现实世界上是没有的。要做这样的人，恰如用自己的手拔着自己的头发，要离开地球一样。”

## 八、《出关》

这篇故事把中国古代两位圣贤搬到了一起。一个是主张清静无为、任物自化的道家创始人老子，另一个是儒家领袖孔子。儒、道两家虽然是两个对立的学派，有时却又相辅相成，许多中国文人在官场上遵循儒家繁缛的礼节，而在私人生活上却履行修身养性的道家思想。

鲁迅说：孔、老相争，孔胜老败，是我的意见。孔、老均尚柔，孔以柔进取，老以柔退走。前者是“知其不可而为之”，后者是“无为而无不为”。要无所不为，就只好一无所为，因为一有所为就有了界限，不能算“无不为”了。我同意关尹子的嘲笑，于是加以漫画化，送老子出了关。（大意）

## 九、《起死》

一出独幕剧。登场的人物是道家思想的代表人庄子，及他用法术使之复活的汉子、巡士。主要素材来自《庄子》中的一个寓言。不同于寓言的是，汉子真的复活了，他的衣物已烂掉五百年，找不到了，他向庄子索要。庄子虽能说会道，却无法给他解释明白，然而又不能再把他送回阴间。只好狂吹警笛，招来巡士，帮助他逃出自己缔造的是非圈子。作者把这位想“游乎尘垢之外”的庄子安排在一个进退维谷的场合里，要批判的则是庄子的无是非论。

## 十、小结

《故事新编》色彩丰富，语言生动，读之使人入迷于中国神话、历史和思想，“并没有将古人写得更死”。（鲁迅语）这八篇故事是如实写来而又别出心裁的八个“生活片段”。这部创作的另一个同样伟大的优点，就是它的现实性，鲁迅从来没有脱离现实去单写古人，而是通过古人来褒贬时人和丑恶。

写于 1958 年夏<br>自译于 1988 年 9 月<br>（编入此书时略有删减）

# 《家》的翻译与巴金

大约在1950年左右，明兴礼博士预备写一篇博士论文，研究中国现代作家。他想翻译巴金的中篇小说《雾》，让我帮忙，并且还借给我巴金的《激流》三部曲：《家》《春》《秋》；《爱情》三部曲：《雾》《雨》《电》和几本老舍的小说。我读了以后，大为惊异：我国有这么多伟大的作家，写了这么多动人的作品，为什么我却一向钻研法国文学和中国古典文学，对我国现代文学竟会漠不关心？从此就大量读起我国当代文学作品来。

在这些作品中，我特别喜爱巴金的《家》，于是就向那位法国朋友表示了想把这部小说译成法文的意思。他非常赞同，立刻把他自己的那本《家》送给我。我大约用了两年的工夫把这部小说翻译完了。明博士又给我介绍了一个法国出版社，那个出版社想在他们新编的《外国文学译丛》内出版几部中国现代小说，并且自己刊行了老舍的《骆驼祥子》，是从英译本转译的。

出版社审查了《家》的译稿以后，觉得很有意思，不过稍嫌太长，恐怕法国读者不易接受，就问我是否可以删节一下。为了迁就法国读者的兴趣，我就小心翼翼地做了一些删节工作。审稿员看了我的删节本，表示很满意，并且请我替他们找一幅彩色封面，我就请友人李凤白同志画了一张封面，他们也接受了。过了一个时期，因为《外国文学译丛》销路不佳，出版社就把这个丛书取消了，《家》自然也就无法付梓。

后来李凤白同志和他爱人戴尼丝（Denise Lebreton）夫人回国，负责北京外文出版社法文组工作，有出版《家》法文译本的计划。他知道我的译本早已完成，就写信问我是否愿意在国内出版？我当然同意。我告诉他这是一个节译本，他就询问作者的意见。巴金说如果需要删节，他愿意自己删节，于是他就寄给我一个删节本，他是用大刀阔斧的办法，整页整页地删，并且还取消了两章，又把较长的一章分成两章。全书本来有40章，经过修改以后剩了29章，篇幅至少减少了四分之一。外文出版社印行《家》的英译本大概就是根据这个删节本进行的。我看了这个删节

法译本《家》封面

本，觉得非常可惜，犹豫不决，我那时正翻译《红楼梦》，工作非常紧张，就把《家》的出版计划暂时搁置下来。

等到《红楼梦》一百二十回法文译稿结束后，我又想起《家》的译稿，就问同事米·露阿（Michelle Loi）夫人是否可以替《家》的法文译本找一个出版的机会。她问了几家大出版社，都碰壁了，最后还是瑞士艾贝尔（Eibel）出版社答应出版这个译本。不过这个出版社成立不久，规模尚小，每种著作最多印5000册。他认为《家》的译本印行后一定会有大量的读者，就和弗拉马利永（Flammarion）出版社合作印行此书。艾先生还想在《家》的法文译本问世时，邀请巴金来法访问，他托我和巴金联系，征询作者的意见。我先和我国驻法大使馆文化处联系，问他们是否应该通过大使馆和巴金联系，文化处许澄骅秘书说我可以直接给巴金写信，只要他本人愿意来法访问，大使馆一定协助办理来法手续。于是我就给巴金写了一封信，并且把艾贝尔的邀请书也寄给他。不久巴金回信，接受邀请。后来国内为了表示更为隆重一些，安排了一个以巴金为首的中国作家代表团来，成员有《文艺报》主编孔罗荪，诗人、散文家徐迟，《收获》编辑、巴金女儿李小林和翻译高行健。今年四五月间，他们一行五人来法访问了差不多三个星期，轰动了法国舆论界。

记得4月25日早6时，我就乘车到艾先生家，约他同往巴黎戴高乐机场欢迎中国作家代表团。那天早晨下大雨，7时许飞机准时到达，远远看见白发如银的巴金慢慢地健步向我走来。他和我握手。我们虽然以前从来没有见过面，可是通了十几封信，也彼此交换照片，所以一见如故，谈得很融洽。能够和景仰多年、神交已久的这位中国伟大作家在巴黎会晤，对我说来是一件极不平凡的事，也是我一生中最大的荣幸。法中友协秘书长在安排乘车时，就把我安排在友协副会长的车上，与巴金父女同车返巴黎。离别了半个多世纪的巴黎又呈现在巴金的眼帘，他怎么会不深深感动呢？

陪他们到旅馆，请他们到房间去休息后，我就回家准备第二天的介绍词。因为4月26日中国作家代表团来访问巴黎第八大学，我是该校的汉语教员，同事们就请我在放映《家》的影片之前，向学生们简单地介绍一下巴金和代表团的其他作家。电影放映完了，代表团来到，巴金亲自给同学们作了一个讲话，继而第八大学校长举行酒会，亲自招待中国贵宾。

在访问期间，差不多每天我都和代表团在一起，和巴金在一起的机会更多。代表团虽然有四个作家，可是大多数的法国朋友都想见一见巴金，我和代表团的译员分任口译工作。

最使我感动的是去玛伦河畔沙多·吉里小城参观的那一天。50多年前，巴金曾在这个小城住过一年多，那时因为他身体不大好，医生劝他离开巴黎，到外省去休息。他就到这个有接待中国留学生传统的小城一个中学来寄宿，一边学习法文和德文，一边继续写他的第一部小说。1928年8月写完这部小说，抄在五个硬皮的练习本上，寄给他一个在上海开明书店工作的朋友。朋友觉得小说写得不错，就寄给《小说月报》了。那时主编郑振铎在国外，由叶圣陶代理编辑工作。叶老决定在《小说月报》上发表这篇小说，那是使巴金一举成名的《灭亡》。沙多·吉里距巴黎约150公里，我们乘汽车前往。因为中学学生人数增多，修建了一座新教学楼，原来的校舍仍然保存如旧。校长陪我们参观了几个教室之后，就去看巴金曾住过的房间，楼下仍是食堂，楼上本来都是些单间的屋子，现在前边一部分已经改建成一套学监住的房子，后边还有两个单间，无人居住，其中一间就是巴金曾经住过的。巴金说这个房间是新裱糊过的，好像比从前小了一些。学监称赞巴金的记忆力很强，为了扩建他的住房，占据了这个房间的一部分。随行记者们在房间里给巴金拍了几张照片，我们就去参观校园。新教学楼占据了校园的一部分，也拔掉了许多大树，巴金深为惋惜。

与校长告别以后，就去市政府参加欢迎典礼。市长和巴金致辞以后，市长赠送给巴金两个纪念章，一块是本城的纪念章，一块是拉封丹（La Fontaine）的纪念章。原来法国 17 世纪著名寓言作家拉封丹就出生在这个小城，想不到三个世纪以后又有一位世界闻名的小说家也曾侨居于此。典礼结束，我们去古娄米埃（Coulommiez）小城午餐。代表团在巴黎一直都在一个大饭店用餐，也参加过几次宴会，可能觉得所有的菜饭都不如这个小饭馆做得美味可口。我想大概是乡下食品新鲜，做得又特别仔细的缘故吧。此城特产乳酪，同行的几位法国朋友和久居法国的我，自然十分欣赏，就连平常不吃乳酪的各位代表们，也都品尝了这个异国风味。

用毕午餐，我们去拜访法国现代大作家维尔高尔（Vercors），他的名著《海的沉默》早已有中文译本。他和夫人住在一个由旧时磨坊改建的别墅，四周小溪环绕，遂以“岛上磨坊”为名。水声淙淙，风景清幽，维氏夫妇常年住在这里，以便写作，每星期去巴黎小住一两天，一来取信件，二来看朋友。只有采取这种避世之策，才能获得一个清静的写作环境。巴金把《家》的英、法文译本送给维氏，维氏也把他的几本近著送给巴金。巴金说国内正在计划翻译几部维氏新作，并请维氏夫妇今年秋季去中国访问。维夫人给我们预备了极其丰盛的茶点，交谈了两个多小时以后，就到花园里去拍了几张照片，然后向主人告别，回到旅馆时已经7点钟了。晚上还有华侨组织的欢迎宴会，我自己跑了一天觉得有点疲倦，尤其怕晚上再用晚餐，就回家休息去了。可是巴老仍然神采奕奕地参加了宴会，第二天一早上，他说宴会进行到11点才散。主人们问我为什么没有去，好在大家都是自己人，也许会原谅我这次的失礼吧。

至于巴金是否可以获得本届诺贝尔文学奖的问题，笔者曾经多方探询。据有关方面消息，决定奖金的会议极其保密，在正式揭晓之前，任何人也不知道获奖人选的名单。但由于文学奖一向对于出版事业关系重大，有些国家的出版界在奖金颁布前数月即派专员前往瑞典首都斯德哥尔摩采访，有时可以得到一些非正式消息。根据这些非官方的情报，巴金大有获得本年度诺贝尔奖的希望云云。

巴金平易近人，谦虚诚恳，对人热情，喜欢帮助别人，没有一点大作家的架子。他在1933年写的一篇题名《朋友》的文章结尾，有下面几句话：“一个朋友说过：‘我若是灯，我就用光明来照彻一切黑暗。’我不配做一盏明灯，那么就让我做一块木材吧。我愿意把我从太阳那里受到的热放散出来，我愿意把我自己烧得粉身碎骨给人间添一点点温暖。”

的确，我在巴金身边得到了火一般的温暖。只提出我亲自体验的二三件事，就可以说明巴金如何实践他这个充满热情的誓愿。结束访法的前一天，他交给我一张自己抱着外孙女端端（小林之女，端午节前后出生，以此命名）的近照，一本《家》的法文译本和两封外国读者的来信，他说自己来不及付邮，托我把它们寄出。相片寄给比利时一位夫人和她残障的儿子，他们收藏名人照片及签名，请巴金送他们一张照片和签字；书寄给法国某小城的一位读者，因为法译本当时在外省还买不到，巴金就自己送给他一本，在扉页上题了下面一句话：“送给一位素不相识的法国读者。”

当我知道巴金计划在80岁以前将完成两部长篇小说时，就写信问他是否已经开始写第一部？能否把题目和内容用一两句话告诉我？他今年3月6日来信说：“我的下一个长篇刚刚开头，写一对知识分子夫妇在‘四害’横行期间的遭遇，名字是《一双美丽的眼睛》。”我又对他说明想把这部小说译成法文的计划，征求他的意见。他3月27日来信说：“我这个长篇大约明年年底以前写完。你要翻译，我当然同意。这个小说不一定写得好，不过我要用全力写。”

巴金知道我自己只有他的《激流》三部曲，就对我说，等他回到上海时，就给我寄一部《巴金文集》。不过因为在“文化大革命”期间被红卫兵取走了几部，可能他自己存的也不全了。我最近收到他寄来的两个邮包，内有《文集》十三卷，只缺第七卷，我想现在他自己所藏的可能更不全了。他这种不为自己，非常关心别人的热诚，实在体现了一个伟大作家的风度。我虔心祝愿我们这位伟大作家健康长寿，再多多给人类贡献几部不朽的杰作！

1979 年 6 月 10 日于巴黎

## 附：巴金致李治华的三封信

治华先生：

十一月十六日来信收到，谢谢。艾先生邀请我访问法国，我打算接受，有两个原因：一、我 50 年前到过法国，在巴黎住过一个时期，在法国才学着写小说，写了我的第一个长篇，因此走上了文学的道路，我对法国人民有感情，很想在搁笔之前看看今天的法国；二、中法友好是两国人民的愿望，我愿意在加强两国人民友谊这方面尽我的微薄的力量。但是我有一些难题需要解决，请您替我考虑：一、我平日不善于讲话，从未做过报告发表过演说，我希望避免这方面的安排；同少数的或个别的记者交谈当然可以，但我不愿举行记者招待会。二、我 50 年前到法国，法语并未学好，现在已经忘记，到法后生活与活动两方面都需要一位译员，这个问题是否能解决。三、艾先生邀请我的爱人同去，但萧珊已于 1972 年去世，倘使我需要人照料，是否可以带我的女儿同行。四、我的身体最近不怎么好，但我一直在工作，做一次短期出国旅行没有问题，不过由于年龄关系，日程不能过于紧张。这些就是先决条件，倘使能够顺利解决，我就可以进行这次愉快的旅行。当然，还需要得到外交部的批准，不过我估计这个问题容易解决，我相信使馆的同志会协助办理。我另外给艾先生写了一封信，请您看后转交。

巴　金

（一九七八年）十一月廿七日

治华先生：

巴黎一别，一个月过去了。我在苏黎世休息了一个星期，接触了瑞士美丽的大自然，日子过得很愉快。但回到北京后却又忙起来，回到上海，身体有点支持不住，差一点病倒，最近在家休息。您托我带给令弟的东西，已由他本人取去，我想他一定早给您去信了。这次在里昂受到您亲切接待，很感谢，希望还有机会再见到您。有什么资料盼寄点来。上次《新观察家》记者来采访，说是要发表文章，不知发表没有。我介绍的谌容的小说和我的新著《创作回忆录》已于今日另封航邮寄上，请查收，包封上的邮票请寄还，我的儿子和外孙女都要它们。祝好！问候您的夫人。

巴　金

（一九七九年）十月三十日

治华先生：

好久没有给您写信了，近况如何？甚念。近三个月我身体很不好，写字困难，在家养病，每天挣扎着写三五百字，写信或写文章。您译的《红楼梦》已收到，很感谢。这个译本在法国受到欢迎和重视，是意料中的事。我祝贺您和尊夫人十年辛勤劳动取得的成就。我身体差，杂事多，小说的写作进行得很慢，今年估计写不完，倘使下半年能顺利进行，我会跟您联系。本来意大利朋友邀请我四月初访问意大利，我因为有病不便旅行，只好婉辞，否则我们又可以在巴黎见面了。别话后谈。

祝好！向尊夫人问好。

巴　金

（一九八二年）三月廿二日

# 《长夜》法译本译者前言

1981年5月，我和法国友人巴迪先生一同去四川旅游。我们那时正进行一项有关老舍的工作。探访了老舍抗战时期的故居，并且在几个图书馆里搜寻了他当时发表的许多文章以后，我们就由重庆坐船下三峡到武汉，乘飞机返北京。6月初，巴迪先生独自回巴黎，我在北京多逗留一个星期，以便与家人团聚，并拟拜访姚雪垠。我曾在1978年12月号《诗刊》上读过他批评徐迟论诗的一篇文章，内容深湛精辟，我非常想认识他。因为他的作品大部分由中国青年出版社印行，所以通过当时在该社工作的欧明华夫人赵小芹介绍，就见到了这位久已仰慕的作家。

他在家里接待了我，并且留我在家午餐。姚夫人做了

1985 年在北京与作家姚雪垠（右）会面

美味的鲜鱼和饺子款待客人。姚雪垠身材健壮，仪表轩昂，双目炯炯有神，使我联想起《长夜》主人公陶菊生的眼睛，这位名溢中外的作家却平易近人，他向我亲切和蔼地谈论自己的著作、计划和创作方法。在我访问的时候，他正撰写长篇历史小说《李自成》第四卷。他使用录音机口述，由他的秘书誊写出来，经他修改以后，再由他夫人打字清稿。他很满意自己的写作条件。

姚雪垠很希望我能把《李自成》译成法文。但因我也已入暮年，不敢企图翻译这部卷帙浩瀚的巨著，就请他指定一本比较短的作品，以便介绍给法国读者。他说有两部旧作：《长夜》和《春暖花开的时候》都不太长，但已绝版，不久即将重印，出版以后就寄给我。我回到法国以后，当年秋天接到《长夜》的重印本。作者还写了一封信，允许我在翻译过程中，遇必要时，做一些适当的删改，我拿起这本趣味盎然的小说，就不忍释卷，一口气读到最后一页。我只是在作者的《为重印〈长夜〉致读者的一封信》中删夫了一些法国读者可能不太感兴趣的段落。

作者说这是一部带有自传性的小说，虚构的成分很少。小说的主人公，14 岁的陶菊生就是作者自己的写照。1924 年冬天，他和二哥与另外两个学生，在回家乡的路上，被土匪掳去；别人成了肉票，他自己受到土匪头子的钟爱，被认为义子。他们在这群强盗中生活了一百天。第二年春天，杆子被地方小军阀联合红枪会打散，他被义父派人送回家乡；他二哥死里逃生，被军队救出，后来也回到家里。一直到1945年，这件极不寻常的遭遇，在作家心中孕育了20年，到了他文笔炉火纯青时，才撰写出来，所以这部小说结构严整，前后伏线相互照应，深得“曲径通幽”的手法，使读者时时刻刻悬系在紧张的情绪中。

除了曲折委婉的情节之外，《长夜》还成功地刻画了许多人物形象。有些人的性格比较简单，像瓢子九和独眼龙红字李二等。有的人就写得比较复杂，比方说复仇打孽的赵狮子凶狠异常，但是当他和孩子们游玩笑闹时，又显得那么轻松和悦。爱捡小便宜的陈老五时常受到伙伴们的讥笑，一直到他临死之前，读者才知道他完全是为了赡养自己的妻子和五个孩子。杀人不眨眼的刘老义不但性格豪爽义气，而且还有些儿女情长：他抢到了一个小姑娘，痴心诚意地娶她为妻；等到发现她是自己义兄的表妹时，为了不伤弟兄间的和气，只好放弃了这门婚事。王成山是一个诚实朴质的青年农民，被生活逼迫下水，昼夜梦想着得到一支枪，好容易拼着性命夺到了一支，又被管家下命令退还给敌人，他是多么失望啊！他虽然鲁莽，但对菊生却照顾得亲切周到。菊生的第二个义父薛正理内心矛盾重重，他因家贫，被族人逼上梁山，而不安心于强盗生涯，因而时常沉默不语，唉声叹息，有时对管家们的措施也表示不满。他的老娘和妻子又盼望他早日洗手，因此更加重了他的苦闷。智勇双全的管家李水沫曾引起菊生的景仰崇拜的心情，但是自从他打过红枪会，残杀无辜农民以后，在菊生眼里渐渐失去了威信。这位绿林的野心家刚愎自用，终于一败涂地。薛七少凌驾于众人之上，在幕后操纵着一切，是一个阴险暧昧的人物。

写得最栩栩如生、活跃眼前的典型人物当然是陶菊生。这个活泼、倔强而热情的孩子颇识时务。为了拯救他二哥和自己的性命，他两次不惜委曲求全地做了土匪的义子，但仍念念不忘他的家庭，尤其是他的母亲。等到杆子解散后，他自由了，刘道尹的表老爷再想认他为义子时，他却严辞拒绝，以便早日与家人团聚。他在杆子里的时候，不知不觉染上蛮横的习惯，学会了粗野的口吻和强盗的黑话；他很快就习惯了这种流浪的生活，并且对某些土匪也发生了一定的感情，虽然对他们的行动不能无所非议，但是对于正直的青年农民王成山和地位最低的“甩手子”卖唱的老张，他却寄予无限的同情。

我们觉得《长夜》既与中国伟大的古典小说《水浒传》遥遥一脉相承，又具有新颖的题材、丰富多彩的语言和深刻的心理描写，堪称一部富有创造性的著作。

1984年记

## 附：姚雪垠谈《长夜》

1984年1月，《长夜》的法译本在巴黎出版，立刻在法国的读书界引起了很大兴趣。这年10月，我应邀访问法国。到巴黎以后，密特朗总统给我一封亲笔签名的信，对我的访法表示欢迎之意。巴黎第三广播电视台的记者对我做一次录像采访，使我与全法国读者见面。随后我从巴黎去马赛访问，马赛市政府授予我马赛纪念勋章。据当时法国国务委员兼马赛市市长德菲尔先生（前几年病故）说，这种勋章只授予两种人：一是初到马赛访问的外国元首，二是到马赛访问的对国际有贡献的文化名人。法国许多报刊对《长夜》发表了评介文章，法国朋友收集了一部分。但我对这一类评介文章并不重视。根据我的经验，文学艺术与科技不同，应该以我们自己的思想和主张为准，决不迷信外国。法国读者之所以喜欢《长夜》，是因为这部书的内容在法国人眼中十分新鲜，富于传奇色彩。有一天法共中央委员兼《人道报》副刊主编卢·阿兰去旅馆访问我，谈《长夜》这本书。我回想着他既是法共中央委员，当然在理论修养上与一般读者不同，于是我就谈到中国如何沦为半封建半殖民地，农村破产后，农民如何大批变为土匪以及我在少年时如何在土匪中生活一百天。他听了很感兴趣，问道："你为什么不早点儿写出来？"

我回答说："从'九一八事变'以后，尤其是从'七七事变'以后，中国进步知识分子的主要任务是从事抗日活动，所以直到抗战结束时我才动笔写《长夜》。"

最有趣的一件事是，我在巴黎逗留期间，法兰西学院一批汉学家请我演讲，给我出的讲题是《中国当代历史小说的道路》。《李自成》只有日译本第一卷，没有欧洲文字译本。这些法国汉学家是通过中外新闻媒体知道我写了一部在中国颇为轰动的历史小说，所以给我出了那个讲题。

演讲的地方是一个小房间，听讲的不到20位老学者，使我惊奇的是，他们不用翻译，听我带着河南口音的中国普通话毫不困难，始终面带微笑。演讲有40分钟，在演讲结束时，一位汉学家问道："《长夜》是不是您的代表作？"

我说："我听说近几年在法国写历史小说和传记文学很时兴，但为争取销路，历史小说加一些恋爱故事，也有的加入色情细节。《李自成》已经出版了前三卷，共约230万汉字，完全靠它写出了中国封建社会后期历史生活极为丰富的内容，被称为百科全书式的长篇小说，艺术上表现了中国气派和民族风格，赢得广大读者，在中国可以说家喻户晓。所以，《长夜》这部小说具有独特的成就，是我40岁以前的代表作，而《李自成》是我中年以后的代表作。《李自成》好比一座高山，《长夜》好比高山旁边一座颇值得游览的小山。用中国古人的话说：如泰山之与梁父。"

听讲的汉学家们都对我的话微笑点头。

我抗日战争末期在东北大学（迁到四川三台）教书，日本投降后到了上海，写完《长夜》，又写了一本传记文学《记庐镕轩》。上海解放后到私立大夏大学任教授，兼副教务长，又兼代理文学院长。1951年秋季，上海几个私立大学合并为华东师范大学，我坚决离开教书岗位，要求回到河南家乡，完成"农村三部曲"的创作梦想。后来不但不敢提起这一创作计划，连我出版过一本《长夜》的事也不敢告人。所以在河南和武汉，一直没有人知道我写过一本《长夜》。党的十一届三中全会以后，中央正式宣布了以后不再搞运动了，极"左"思想受到了批判，被称为知识分子第二次得到解放。不知怎么，人民文学出版社编辑部看到了解放前在上海出版的《长夜》，同我商量，由他们重新出版，遂于1981年1月出版解放后的第一版，印了11万册，这才引起了读者和中国现代文学研究者的注意，也才有可能由李治华先生译为法文，于1984年1月在巴黎出版。现在人民文学出版社又拟将《长夜》编入“中国现代长篇小说丛书”中，特写此文，略谈一些有关此书的情况，以供读者参考。

1995年10月7日

（摘自《为重印〈长夜〉致读者的一封信》）

# 《人啊，人！》的书名翻译

戴厚英的《诗人之死》、《人啊，人！》和《空中的足音》是表现中国当代知识分子命运的三部曲，第四部长篇小说《水滴》现在也已脱稿。我在译完《红楼梦》和巴金、老舍的代表作之后，又受巴黎门槛出版社之约译《人啊，人！》。

戴厚英由一个人道主义的批判者经过反思转变为拥护者，经历了一次炼狱般的否定之否定，写出了为中外文学界瞩目的《人啊，人！》，1985年被译成英文在美国出版，曾轰动一时。今年初，德文、荷兰文和日文版相继问世。现在法文版已由巴黎门槛出版社出版发行。这个译本是由我和内子雅克琳·阿蕾扎艺思与巴黎第七大学中文系李平副教授三人合译的。

在翻译过程中，书名的翻译颇为棘手。我们围绕《人啊，人！》三个汉字，绞尽脑汁拟出了七八个名称，但没一个令人满意。因为直译出来不但音节刺耳，且缺乏意味。我们请教门槛出版社主编，他让我们在小说的词句中另选一个题目。于是我从原著作后记中找到一个既概括全书精神且富有诗意的句子："我写人的血迹和泪痕，写扭曲了的灵魂的通路和呻吟，写在黑暗中爆发出的心灵的火花。"采用其中"黑暗中的火花"作为法译本书名。获得出版社同意之后，我又征求作者的意见，她今年9月17日来信说："《人啊，人！》除日文用原名，都改了名，我很同意。只是英译本题名《墙石》很叫人费解。《黑暗中的火花》太文雅了，也好。"

据我的理解，日本与我国文化十分接近，而且日语也使用不少汉字，所以翻译这个书名并不困难，可以直截了当采用原文。但是译成西欧文字就比较麻烦了。比如英译本的书名为 *Stone of the Wall*，若再译成《墙石》，似乎有欠正确，应译为《长城石》才好。因为这里"Wall"特指中国的长城，而非一般的墙壁。这个书名也是由原著词句中产生的，"长城上的每一块砖，都好像是一个人……烽火台上几乎每一块石头都刻上许多人的名字……石头就是我们的花名册"。（第44页）《长城石》指的就是中国人。

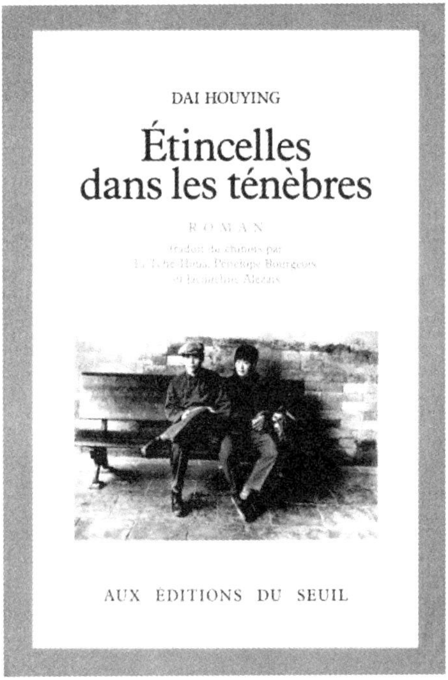
DAI HOUYING
Étincelles dans les ténèbres
ROMAN
AUX ÉDITIONS DU SEUIL

法译本《人啊，人！》封面

用它来代替《人啊，人！》岂不恰当！可见英译者在选择书名时也颇费了一番心血啊！

1987年11月2日　于法国里昂

## 附：《人啊，人！》法译本序（戴厚英）

《人啊，人！》能够译成法文和法国读者见面，我很高兴。我对法国并不熟悉，但对法国文学却不十分陌生。在我所喜欢的作家中就有雨果、罗曼·罗兰和萨特。我想，既然我能理解法国作家的作品，法国的读者也一定能够理解我的作品。无论如何，我们寻求幸福和理解的愿望总是相同的。

《人啊，人！》是我的第二部长篇小说，于1982年春天由广东省花城出版社出版。六年来，它先后印刷了六次，发行近50万册。众多的读者和广泛的影响使它被我当作我的成名作。

我不是，也许不可能是一个出色的作家，但是我敢说，我是一个诚实的人，《人啊，人！》是一本诚实的书。我写的都是我的真实感受和思想。我不想讨好什么人，因而也不想歪曲什么，掩盖什么，回避什么。而这些，正是我的读者所喜爱的。他们不再需要作家摆出一副教育者的姿态对他们说三道四，他们需要平等的、倾心的交谈。他们把我看成可以信赖的谈心对手。

当然，正如俗话所说，好事多磨。我和我的《人啊，人!》的经历中也有令人不愉快的时候。由于《人啊，人!》热烈地呼唤人道主义，一些人对我进行了猛烈的抨击，使我在相当长的时间里日子很不好过。但是，这种抨击并没有最终影响我和《人啊，人!》的命运。

我一直在继续写作,《人啊，人!》也于今年由花城出版社又一次再版。这也可以说明中国的历史确实翻过了最沉重的一页，以中国特有的方式和速度前进着。

感谢李治华先生和李平先生，是他们为《人啊，人!》与法国读者见面提供了机会。两位先生我都不认识，但他们愿意翻译《人啊，人!》使我对他们产生了亲切的感情。而且，李治华先生祖籍是中国安徽亳县，与我故乡颍上县属于一个行政地区，于是我们之间又有了一层乡谊。这一偶然的巧合，特别使我感到愉快。

# 《长江漂流外史》序

该书编者语：1986年，三支漂流探险队——中国队、洛阳队和美国队——分别从长江源头竞漂中国第一大河。洛阳队漏漂一千公里，美国队在金沙江上游巴塘遇险后即告结束，只有中国队于1986年11月25日胜利漂抵长江出海口，完成了漂流长江全程的伟大创举。作者吉胡·阿莎，四川彝族人，是三支队伍中唯一女漂流队员，当时只有21岁。为人不但热情勇敢，而且富有文采，将漂流探险的亲身经历写成《长江漂流外史》：惊风恶浪，出生入死；高山峻岭，渺无人烟；熊豹豺狼，出没无常；溪边月下，儿女情长。此皆作者亲身经历，虚构小说，无以伦比。该书中文版尚未出版，由著名翻译家苏欣仁先生译成法语，今年7月在巴黎卡乐芒·莱维出版杜印行。法译本将于今秋参加法兰克福书会，希望届时这份中文手稿获得在中国出版的机会，并且被翻译成其他外文。

当读者翻开此书时，将有幸读到一部原文尚未发表的译著。本书用汉语撰写，直到译本付梓以前，只有作者和译者二人洞悉内容。巴黎卡乐芒·莱维出版社决定先发行法文译本。这个卓识远见的措施将会受到广大读者的欢迎，因为这部处女作，有时虽略显拙稚，但大体说来，却堪称刚劲有力而风格独特的著作。

本书叙述1986年举世瞩目的扬子江漂流探险。作者吉胡·阿莎来法后写于1990年10月至1991年2月之间。她虽然强调此书不是一本自传，但将散见于各章节中的自叙情节连缀起来，便形成一幅作者的自画像。

吉胡·阿莎，1964年月11月1日生于四川凉山彝族自治州金沙江左岸的雷波县。父亲是黑彝贵族，母亲出自西藏洛桑名门。父母偏疼长子及幼女，而不甚怜爱他们这第二个孩子，就给她起个小名叫阿冰，学名阿沙。直至1987年，作者发表著作时都署名阿沙，只有在撰写此书时，才改名阿莎。

她对父母这种偏心甚感痛苦，尤其是母亲老爱说她“长得一点也不斯文，倒像个男娃儿”。她一直都在讨好母亲，但从来都没有使母亲满意过。因此她的幼小心灵遭受到深刻创伤。

这位孤芳自赏的少女对她祖父吉胡·木呷的为人行事充满着无限向往。祖父早在她出生以前就去世了，但她时常缅怀这位桀骜不驯、独立自主的民族英雄。这位财力雄厚的大奴隶主曾率领他的家族利用金沙江天险为据点，分别同国民党和共产党的军队顽强作战过。最后，于1956年被困在老君滩上一个多月，弹尽粮绝，和最后几个战友全部被机枪扫射身亡。阿莎不但继承了祖父的宽大额头，并且还因袭了他勇敢和豪放的性格。她的顽强并不亚于祖父，七岁时，不识水性即跳入一条小河，想搭救一个小伙伴，要不是一个在河边劳动的农民把她们拯救起来，两个小女孩早已被冲进金沙江去了。后来在漂流期间，她曾多次施展自己的慷慨和骁勇的本领去挽救处于困境的队友。

热情早熟的阿莎15岁即钟情于童年挚友杨某，大学期间，前者在成都警官学校，后者在西南师范大学，四年之间，鱼雁频繁。将毕业时，阿莎在信中吐露真情，而未获得对方的肯定答复。她在西昌刑警队工作时，偶然在街上遇见她的好友与另外一女郎携手漫游。初恋的失败使阿莎痛不欲生，吞服大量安眠药企图自杀，幸亏被刑警队长及时发现，送入医院抢救复生。队长迷上了她，给她写诗求爱；队长妻子发觉之后，大发雷霆，闹得满城风雨，臭名远扬。气愤之下，阿莎委身于一个她不爱的已婚男子，她说仅是为了复仇，并且找回做人的尊严。

1985 年被父母调回雷波公安局刑警队工作，这时她心情恶劣，无以自遣，竟爱上了当地的著名美男子、父亲的年轻司机。怀孕以后，请人为他俩秘密办了一张结婚证书，就去医院“合法”流产，之后又办了一张离婚证书，以便了结这一段恶姻缘。正当家庭和职业都使她窒息到极点的时候，她报名参加了长江漂流探险队，以期改变生活，重新做人。然而沙漠一般的航行生活，如何自甘寂寞？她先与沙某，露水夫妻，一夜恩情；继与王某，溪边月下，儿女情长。本欲真心实意，委托终身，不料对方见异思迁，另有所恋。愤慨之余，遂将二人情诗，以及信念之物，全部付之一炬，从而王某在伊心中永远“死”去。于是，孤独之情又一次笼罩在她心头。

漂流这条未被人类征服的雄伟长江是多么令人激动的冒险行动啊！她从童年起就迷恋着这条波涛汹涌的河流。在三支竞赛漂流队中，要数美国队经验最丰富、器械最完善。阿莎在一千名报名人中被筛选为三支队伍中唯一的女航行员，其他女队员都属于后勤行列。她说漂流探险带给她的收获远远超出最初的预料。

阿莎想写的并不是一部客观的漂流史，而是一篇充满主观印象和个人反思的亲身经历、完全真实的故事。在这次历时二百天，漂浮一万里的长途航行里发生过多少重大事件和鸡毛蒜皮的琐事！她在本书中所记载的，是在当时所有的新闻报道和纪实文学都没有写过也不可能发表的那些真实内幕，因此我们称之为“外史”。利用她那女性独有的敏锐感觉、深刻的观察力、热烈的性格和犀利的笔锋，阿莎描绘了一些栩栩如生的肖像，发出了一些尖锐的批评，渲染了一些雄伟壮观或诗意盎然、离奇古怪或令人作呕的场面。她对某些友好人士深表同情，但若有人想侮辱她，则不免轻搔微刺或挖苦痛骂。特别对于电影导演老徐和她的情敌新闻记者小孙二人，阿莎津津有味地猛烈抨击。因为后者的阴谋诡计使她没有获得自己应得的一等功。阿莎愤慨不平，觉得自己被众人遗弃，突然发现无论在男人中间或者在女人中间都没有自己的位置。但是像她祖父一样，她永远不会低头，永远继续奋斗下去。所以在本书结尾处写下了一个充满挑衅和报复意味的法国谚语：

“笑到最后，才笑得最美！”

1991 年 5 月 17 日写于里昂

# 中国文学在法国传播的历史及意义

## 一、元代杂剧在法国

第一部译成法文的中国文学作品是一本元代杂剧《赵氏孤儿》，作者是纪君祥。1731 年，由一位在中国的法国传教士马约瑟（Le Père de Prémare）译成法文，删去全部曲词，只保留了对白部分。1735 年，收在杜哈德神甫（Le Père de Halde）编撰的四大巨册《中华帝国全志》第三卷中。此书出版后，很快就销售一空，次年再版，不久即译成英文和俄文出版。1755 年《赵氏孤儿》法译本单行本问世。

《赵氏孤儿》取材于《史记》，剧情简述如下：

春秋时代晋国的文臣赵盾与武将屠岸贾不和。屠向晋灵公进谗言，把赵家满门良贱完全杀死，就连赵盾的儿子赵朔，虽是晋成公的姐夫，也被迫自刎身亡。临死之前他含泪嘱咐已经怀孕的公主好好抚养遗孤，如系男孩，起名“赵氏孤儿”，以期日后为赵家报仇。不久公主果然生下一子，屠岸贾派兵围住赵府，强迫公主交出婴儿。公主暗中召来御医程婴，将孤儿托付给他以后，用自己的裙带自尽而死。程婴把婴儿藏在药箱里，带出府外，把门将军韩朔，同情孤儿，放走程婴后，自刎而亡。屠岸贾没有搜到孤儿，大发雷霆，假托君命，要把晋国半岁以下、一个月以上的幼儿全部拘捕到帅府，尽行杀戮。程婴藏好赵氏孤儿，把自己的一个与赵氏孤儿同龄的儿子送到公孙杵臼家，然后去帅府家告发公孙私藏孤儿。屠岸贾大喜，立刻带他到公孙家，叫他棒打公孙，搜出假孤儿，屠亲手杀死婴儿。公孙大骂屠岸贾，然后触阶自尽。

屠以为斩草除根，去了心腹大患，为了向程婴表示信任和感激，就把程子认为义子。其实程子早已被屠杀死，而被认的义子却是真正的赵氏孤儿。20年后，孤儿长大成人，练得一身武艺。程将赵、屠两家历史原原本本地画成一幅长卷，给孤儿看，并向他说明真情。孤儿此时方知其义父乃是不共戴天的仇人，于是禀明国君，亲手杀死屠岸贾，终于报仇雪恨。

这部残缺不全的元杂剧颇受法国读者的欢迎。法国大文学家伏尔泰十分欣赏此剧。他认为《赵氏孤儿》最能表现中国精神，一切传记，无论是当代的，还是未来的，都无法与之比拟。这五幕剧代表了孔子的全部道德观念。不过他对该剧的艺术形式有些批评，他认为《赵氏孤儿》写得比较粗糙，不如法国18世纪戏剧那么细腻，但却远远超过法国14世纪的同类作品。另外《赵氏孤儿》不符合古典戏剧的“三一律”，尤其是没有爱情描写，是其一大缺陷。在《赵氏孤儿》的启示下，伏尔泰用类似的题材写了一部充满爱情的戏剧《中国孤儿》。简介如下：

年轻的成吉思汗在发迹前仅以铁木真为名，曾来北京寻求职业。他在一座王府门前遇见一位美貌少女，一见钟情。询问邻里，得知她是王爷的女儿，名叫伊达梅。他不揣冒昧向王爷表示求婚之意。王爷以蒙汉不通婚姻的理由拒绝了他，他扫兴而去，心中暗想将来必报此仇。

几年之后，成吉思汗的武功所向无敌，威震世界，率兵攻破北京，宋朝皇帝亲手杀死年幼公主，又将尚在襁褓中的太子托付给大臣尚德，然后自刎身亡。皇后、皇族数百人尽遭杀戮。

尚德把自己与赵宋遗孤同龄的儿子放在太子的摇篮里，藏在皇陵中，把遗孤藏在别处。成吉思汗当年钟情的伊达梅此时已是尚德夫人，听说丈夫所做的掉包计，十分悲痛，把儿子从皇陵中抱回来，并且责怪丈夫。尚德则对妻子晓以大义，动之以情，夫妇两人正在争论时，成吉思汗突然到来，发现眼前的贵妇人乃是当年令自己倾倒的伊达梅，不觉旧情复发。伊达梅请求他不要杀死她的儿子和赵宋遗孤。成吉思汗只答应不杀她的儿子，但不能放过赵宋遗孤。尚德恳求以自己的生命代替遗孤。伊达梅则请求以自己的死换取尚德和遗孤的性命。这对夫妇的崇高品德感动了成吉思汗，并且使他更爱伊达梅，立即表示只要伊达梅愿意做他的皇后，他就可以释放尚德和遗孤。伊达梅请他暂时退下，让她与丈夫商议对策。伊达梅请丈夫先杀死她，然后再自尽。尚德无计可施勉强同意，但不忍下手，几次举刀，都不成功。伊达梅已在催促，尚德终于颤颤抖抖地举刀欲刺。这时隐在一边窥伺的成吉思汗大喊一声："住手！"原来他已被尚德夫妇的崇高品德所感动，答应他们不但不杀赵宋遗孤，并且尽力保护他，而且还要拜尚德为师，学习中国的精神文明。

伏尔泰的《中国孤儿》虽然脱胎于纪君祥的《赵氏孤儿》，但与原剧情节相差甚远。伏尔泰在他的作品里表现了他所理解的中国精神，也就是忠君爱国的儒家思想。他认为这种精神具有巨大的威力，不仅使中国成为令人羡慕的国家，而且还感化了野蛮的征服者。

1755年8月20日，《中国孤儿》在巴黎喜剧院首次公演，获得空前成功。同年10月5日在枫丹白露演出，王公贵族争相观看。自此以后，此剧时常在法国演出。1965年由名作家马尔罗（Malraux）发起，从2月21日起，已连演了18场。

既然以元杂剧开始，我们就看看元曲在法国传播的简况。

19世纪初期，巴赞（Bazin）在《中国戏剧》（1838）一书内翻译了另外几篇元代杂剧。1854年他又出版了《元朝世纪》，介绍多种元杂剧的梗概和片段的译文。此外他还翻译了高明（字则诚）的《琵琶记》传奇（1841）。

19世纪后半期，儒莲（Stanislas Julien）重新翻译《赵氏孤儿》。他的译文是完整的，曲词和对白俱备。从此法国读者才能欣赏这部元曲的庐山真面目。另外他还翻译了王实甫的《西厢记》（1872—1888年译）。这部中国文学瑰宝由五本杂剧组成，能够译成法文实在不简单。

20世纪，路易·拉露阿（Louis Laloy）翻译了叙述昭君和番的《汉宫秋》（1912），1935年又出版了充满道教思想的《黄粱梦》。因为拉露阿不但是汉学家，而且还兼任巴黎歌剧院院长之职，所以《汉宫秋》的法译本曾于1912年在巴黎艺术剧院上演。1942年10月30日《黄粱梦》的改编本由法国广播电台播送。同年11年13日《汉宫秋》

的改编本也在法国广播电台播送。

笔者自己曾有撰写博士论文的计划，正论文的题目是《元曲研究》，副论文是一篇元杂剧的法文翻译。我选的是郑廷玉的《看钱奴》，以便与法国17世纪莫里哀的名著《吝啬人》做比较研究。在动手翻译之前，我先对照原文看看前人的翻译，发现里面错误太多，无法借鉴，只好自己另起炉灶。我的论文没有做完，却翻译了五本元杂剧：郑廷玉的《看钱奴》、《忍字记》，秦简夫的《破家子弟》，石子章的《竹坞听琴》和马致远的《汉宫秋》。前三种以《忍字记及其他元杂剧》为题于1963年出版，1991年出版袖珍普及本与法国广大读者见面。最后一种是应法国电视台邀请翻译的。他们本来想拍成电视剧，但此计划未能实现。几年前还有两位青年汉学家出版了一本以《水浒传》故事为题材的元杂剧法译本。

## 二、儒家的经典著作

早在明代末年，天主教耶稣会在华负责人意大利传教士利玛窦1582年来广东传教，1592年到北京，翌年著书介绍中国的《四书》，18—19世纪有些耶稣会的法国神甫翻译了《四书》和《五经》。20世纪初法国传教士古甫洛尔（Convreur）出版了比较系统、比较严肃的儒家经典著作译本。他的译本对于初学汉语的人非常方便，每页分成上下两部分，上边列有原文和法式拼音，左下方是法文翻译，右下方是拉丁文翻译。1919年法国汉学家葛兰言（Marcel Granet）出版了他的博士论文《中国古代的节日与歌曲》，里边选择了不少篇《诗经》。这才是真正美好的翻译，可惜不是全部的。至于《论语》，那要等到1986年皮埃尔·里克芒斯（Pierre Ryckmans）的译本，才算是质量优美的译文。

## 三、历史部分

沙畹（Ed. Chavannes）翻译了司马迁的《史记》三分之一强，1895年至1898年出版。现在有青年汉学家继续翻译此书未完成的部分。

## 四、子书部分

老子《道德经》有多种译本，《庄子》、《列子》有耶稣会教士微盖尔（Wieger）中文、法文、拉丁文对照本。比较好的译本要算是“七星文库”收纳的《道教哲学家》，其中《道德经》《庄子》是我的朋友刘嘉槐所译，《列子》是比国汉学家格兰帕斯（Grynpas）所译。

## 五、纯文学作品

A. 诗词

我们先谈谈中国诗词的法文翻译。最早介绍中国诗的汉学家是艾尔威圣·德尼侯爵（Marquis d'Hervey de S. Denis），1862年出版了《唐诗》，选择了李白、杜甫及其他31位诗人的作品。1870年他又出版了屈原《离骚》的法译本。

我的老师铎尔孟在满清末年就去了中国，在那里住了48年，1954年又回到法国。他是前北京中法大学的创办人之一，曾任教于北大和中法两大学，兼任中法汉学研究所所长之职。这个研究所出版了《法文研究》杂志，主要介绍法国文学，每期后面都附有《中文选读》一栏，以便发表中国文学名著的法文翻译。有些作品是铎老师亲手翻译的，有些是别人翻译而经他修改的。他自己翻译了四五十首中国诗，质量甚佳。尤其是中法文对照，读者可以同时欣赏原作与优美的翻译。

以后有梁宗岱翻译的《陶渊明诗选》，罗大冈翻译的《唐人绝句百首》（1947），同年他还发表了另外一种著作《先是人，然后是诗人》，介绍了七位中国诗人：屈原、陶渊明、李白、杜甫、白居易、李贺与李清照。在每个诗人评传以后都附有译诗多首。

1954年联合国科教文组织决议出版以西欧文字翻译东方文学代表作的计划。法语部分聘请巴黎大学比较文学教授艾蒂昂伯（今译艾田朴，Etiemble）负责。他创立了“东方知识丛书”，由伽利玛出版社出版，介绍中国、日本、越南、印度、菲律宾以及阿拉伯的文学作品。这个丛书的翻译水平比较高，除译者外，尚有校阅者负有校正错误及修润文字责任。到现在已经出版了70多种东方文学作品的法译本，中国文学占了20多种，其中有一部《中国古典诗选》是一个集体翻译，由八位法国汉学家和八位旅法中国学者合作。这个选集本来应该由铎尔孟先生主持，但因他给我修改《红楼梦》法译本，占去了他全部时间，无力顾及诗选工作，改由当时法国汉学权威戴密微（Paul Demiéville）主持其事。戴教授是我的论文导师，他为选集写了一篇长序，并做最后翻校工作。我个人担任元散曲的迻译。

此外，“东方知识丛书”还出版了多种中国诗词的法译本。比如梁佩贞的《李清照词全集》，保罗·雅荷伯（Paul Jacob）出版的四种译著：《唐诗选》《李白诗选》《唐代禅宗诗选》和《陶渊明全集》，译文十分精美。加拿大蒙特利尔大学教授张维本（Chang Wei-penn）和吕西安·德里渥（Lucien Drivod）合译了中法对照的《王维诗选集》。

此外还有布瓦盖兰（René Boisguerin）出版的《春花秋月——唐宋词选》(1985)；北京外文出版社出版的《唐宋词选一百首》(1987)；云石（音译）和杰克沙丹（Jacques Chatain）合译的《唐宋词选》；吉叶尼（Jean-Pierre Diény）所译的《古诗十九首》和《古诗源》；程纪贤撰写的《中国诗的风格》后附唐诗选译；台湾文化大学教授胡品清译的《中国诗选》(1957)；1991 年克鲁德·罗阿（Chaude Roy）出版的《偷诗贼——中国卷》是他和罗大冈、陈定民、赵无极等人合译，最后由让·莱维（Jean Lévy）校阅的。

B．古典短篇小说

中国的古典短篇小说集以《今古奇观》流传最广，其中大多数故事都已多次译成法文，但至今尚无全集的译本。

罗大冈以《古镜记》为题选译了从隋唐到宋明的小说、故事十篇。

莱维安教授从凌濛初的《拍案惊奇》前后集中选译了12 篇有关狐仙的故事。他还和苟尔德曼（René Goldmann）合译《京本通俗小说》。

邓若凯（Jancues Dars）翻译了《清平山堂话本》。

蒲松龄的《聊斋志异》虽然已有四五本法文选译本，

但至今尚无全译本。笔者参与了“东方知识丛书”的选集。

C. 古典中篇小说

早在1826年，雷慕沙（Abel Rémusat）神甫就和一位姓黄的中国神甫（Arcade Hoang）开始合译《玉娇梨》，后由儒莲补全（1892）。儒莲还翻译了《平山冷雁》，当时颇受法国读者欢迎。

D. 古典长篇小说

四种中国长篇小说的法译本被纳入法国最享盛名的文学丛书“七星文库”。1.《水浒传》是笔者旧日学生邓若凯翻译的，译文极佳。2.《红楼梦》是我和内子雅歌合译，由铎尔孟老师修润的。3.《金瓶梅》是我另外一个学生莱维安所译，因为此书有些山东土话，不很好懂，所以译文有不少错误。4.《西游记》也是莱维安所译，质量大有进步，除了一些小错误之外，译文颇值得一读。“七星文库”用圣经纸印刷，只有两小册，皮革封面，装订异常精美。《三国演义》是里高（Louis Ricaud）、王家煜和让·莱维三人合译，因为弗拉马利永出版社没有圣经纸印刷的丛书，所以此书以六大本的形式出版，价格太贵，不易出售。此外还有张馥蕊译的《儒林外史》，盛诚译的《老残游记》，班巴诺（Jacques Pimpanea）译的《肉蒲团》。曾朴的《孽海花》也被译成法文，前几年在巴黎出版。

E．“五四”以后的新文学作品

先说新诗的法文译本。胡品清出版了一部《中国现代诗选》、鲁迅的散文诗集《野草》、《闻一多诗选》、《冰心诗选》、《郭沫若诗选》和他的《女神》诗集，《戴望舒诗选》。关于艾青，有我和法国女诗人艾尔维莱尔合译的《向太阳》，法国东方语言学院出版了一部《艾青诗选》，北京外文出版社出版了艾青的两部诗选，都是燕汉生和法国女作家苏珊·贝尔纳（Suzanne Bernard）合译的。

戏剧方面有郭沫若的历史剧《屈原》，老舍的《茶馆》和《全家福》，曹禺的《雷雨》。因为诗和戏剧的读者不多，所以这方面的译文比较少，小说的翻译就多了：

1. 鲁迅：我和雅歌合译的《故事新编》，北京外文出版社出版的《鲁迅小说选》，巴黎出版的《阿Q正传》；散文集有《朝花夕拾》《华盖集》《坟》和《花边文学》。可惜鲁迅的两个短篇小说集《呐喊》和《彷徨》还都没有全译本，原因相当复杂，如果有时间，再和大家谈。

2. 茅盾的《子夜》《春蚕》和《虹》。

3. 叶圣陶的《倪焕之》。

4. 巴金的《寒夜》和《憩园》是拉法特夫人（Marie-José Lafitte）所译；我和雅歌翻译了《家》；《春》和《秋》是窦威尔（Edith Dauverd）夫人翻译的；蒲若华和李平翻

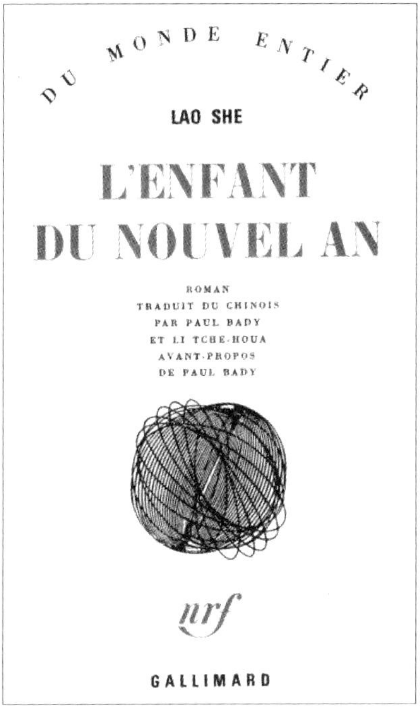
DU MONDE ENTIER
LAO SHE
L'ENFANT DU NOUVEL AN
ROMAN
TRADUIT DU CHINOIS
PAR PAUL BADY
ET LI TCHE-HOUA
AVANT-PROPOS
DE PAUL BADY
nrf
GALLIMARD

法译本《正红旗下》封面

译了《复仇集》；黄育顺翻译了《长生塔》；《春天里的秋天》是北京外文出版社出版的。

5. 老舍：程纪贤翻译了《骆驼祥子》；弗朗索瓦·蓬赛夫人（F. Poncet）翻译《猫城记》；我和几个学生合译的以《北京居民》为题的老舍中短篇小说选；我和巴黎第七大学教授巴迪（Paul Bady）合译了《离婚》和《正红旗下》；另外1989年出版了《牛天赐传》。

6. 丁玲：《太阳照在桑干河上》和《大姐》。

7. 沈从文：《茶桐的摆渡》和以《湖南一小兵》为题的沈从文中短篇小说选。

8. 李劼人：《死水微澜》。

9. 柔石：《二月》。

10. 萧红：《生死场》。

11. 郁达夫：《迟桂花》。

12. 张天翼：《大林和小林》。

13. 周立波：《暴风骤雨》。

14. 赵树理：《三里湾的变迁》和《赵树理小说选》。

15. 高玉宝：以其名为题的童年回忆录。

16. 钱锺书：《围城》。

17. 杨绛：《干校六记》和《洗澡》。

18. 王蒙：《蝴蝶》和《布尔什维克的敬礼》。

19. 我和雅歌合译了姚雪垠《长夜》，戴厚英《人啊，人！》，白桦《妈妈啊，妈妈》。

20. 残雪：《天堂里的对话》。

21. 邓友梅：《烟壶及其他短篇》。

22. 韩少功：《诱惑》。

23. 刘绍棠：《乡土小说选》。

24. 陆文夫：《美食家》和《井》。

25. 莫言：《红高粱》。

26. 汪曾祺：《岁寒三友》。

27. 张洁：《沉重的翅膀》。

28. 张抗抗：《北京人》。

29. 张辛欣：《在同一地平线上》。

30. 张贤亮：《绿化树》和《男人的一半是女人》。

31. 遇罗锦：《冬天的童话》和《春天的童话》。

至于台湾的新文学作品很少译成法文，据我所知大概有：白先勇的《桂林童年回忆录》、陈若曦的《殷县长》、李昂的《杀夫》。

中国文学在法国的传播，从18世纪起到现在，将近三个世纪。因为起步较早，而且法国大文豪伏尔泰模仿《赵氏孤儿》撰写的《中国孤儿》这一炮打得又特别响，所以在很长一段时期里，法国汉学都占着领先的地位。20

世纪 50 年代，又有“东方知识丛书”主任艾迪昂伯教授对出版中国文学名著事业不遗余力，以致中国文学的法文翻译，尤其是长篇小说方面，达到了蔚然可观的成绩。当然这些译品的质量不一定都那么整齐划一，有的比较好，有的差一些。然而有一个可喜的现象，就是青出于蓝，后来居上。新的译品往往比老的译品有明显的进步。这大概与我国的开放政策有关，中国派了大量的留学生和研究人员到国外研究深造，同时外国留学生到中国内地、台湾或香港深造的也不在少数。这些留学生汉语水平当然要比从前闭门造车时代老一辈汉学家高明一些，至少在理解力和日常会话方面。此外中外互派代表团参观访问对于文化交流也起着不可忽视的推动力。这种现象并不只限于法国，日、英、美、德各国都是后起之秀，在文学传播方面都有很多长足的发展。

文学作品感人至深，鲁迅先生放弃医学，改习文学以便实现他救国救民的理想，就是一个铁证。笔者本人在十五六岁时，首次阅读张竞生翻译的卢梭《忏悔录》，受到极其深刻的感动。从那时起就对法国发生了无以言状的向往。1937 年在北京中法大学毕业后，获得来法深造的机会，一直住到现在，将近 56 年之久。在这半个多世纪里。除了教学以外，绝大部分时间都贡献在中国文学传播方面。

我认为这种工作非常重要，它可以扩大并且加深民族间的认识和了解，因此或者可以避免战争和侵略。我想在座诸位在大学执教，或在研究机构任职的不在少数，希望大家能够以身作则，多做一些中外文学传播工作，以期世界各国早日获得互相了解、和平共处的环境。

1997 年欧洲汉学会议讲演稿

# 译诗的困难

我从《翻译通讯》1984年第2期上读了杭州大学中文系副教授飞白先生题名《译诗漫笔——谈谈诗感》的一篇文章。他在这篇文章里把自己译诗的经验、困难和技巧叙述得淋漓尽致，堪称佳作。他举的例子涉及英、俄、法三种文字的诗，并且每篇都附有原著，俾使读者可以同时欣赏原诗的神韵和译文的功力。

法文诗，他选的是魏尔伦的名诗《无词之曲》集中的《被遗忘的小咏叹调·之三》。他前后二次尝试把这首诗译成汉语。第一种尝试是直译："只译出了词句而丧失了音乐，随之也损失了情调与意境。结果竟把《无词之曲》译成了它的反面——《无曲之词》。"第二个尝试是在这段直译上加上几段韵脚，他使用"江洋"一韵到底。形式上仿佛是一首诗了，“可惜，这样的韵脚全是‘贴’上去的，与诗并无关联，不能使读者的心弦与之共鸣”。最后，译者详细地分析了这首法文诗的旋律。该诗共十六行，每四行分为一小节，每行六个音节；每小节中，第一、第三和第四行押韵；而且一、四行的韵还是同一个词。这种单调的回旋韵最适于表达诗人忧郁缠绵、如泣如诉的感情，由于译者抓到了诗人反复咏叹的四组回旋韵，又对词义、句法等信息都做了比较灵活的处理，所以他的第三个尝试，无论在情调或意境上，都与原诗较为接近，可以说是一首比较成功的译品。

但是飞白先生对自己的要求非常严格，他的翻译未能遵守原诗的节奏，所以他还不很满意。“但要兼顾原诗的全部音乐信息，则是我力所不及的，例如，此诗每行六音节的节奏我就无法遵守，只得忍痛放弃。”

我想中国文字素以简练灵活著称。《诗经》绝大部分是四言诗，后来的诗也大都以五言诗或七言诗为主。魏尔伦这首每小节四行、每行六音节的诗颇像我国的绝句体。如果把它译成每行六个字的诗，岂不更妙？于是我就不揣冒昧，在飞白先生的原译基础上进行了轻微的加工：每一行删去了几个字，有时更动了一两个字，就改成一首每行六个字的诗了。我把两首诗细细品读以后，觉得原译比较清楚，新译比较含蓄，但是诗味可能更浓厚一些，也许在情调和意境上更能接近原著。朗诵的效果也可能更好一些，还有魏尔伦这首诗曾经受到他的挚友神童诗人蓝波一句诗的启示，笔者亦代为补足。

现在把魏尔伦的原诗、飞白先生的原译和拙译一并顺序列在下面，就正于原译者及广大读者们。

ROMANCES SANS PAROLES

Ariettes oubliée Ⅲ

Paul Verlaine

*Il pleut doucement sur la ville*

*Arthur Rimdaud*

Il pleure dans mon cœur
Comme il pleut sur la ville.
Quelle est cette langueur
Qui pénètre mon cœur?

O bruit doux de la pluie
Par terre et sur les toits!
Pour un cœur qui s'ennuie,
O le chant de la pluie!

Il pleure sans raison
Dans ce cœur qui s'écœure.
Quoi! Nulle trahison?
Ce deuil est sans raison.

C'est bien la pire peine
De ne savoir pourquoi,
Sans amour et sans haine,
Mon cœur a tant de peine!

## 无词的浪漫曲
## 被遗忘的小咏叹调·之三

**飞白　译**

泪水流在我的心底，
恰似那满城秋雨。
一股无名的愁绪
浸透到我的心底。

嘈杂而柔和的雨，

在地上、在瓦上絮语！
啊，为一颗惆怅的心
而轻轻吟唱的雨！

泪水流得不合情理，
这颗心啊厌烦自己。
怎么？并没有人负心？
这悲哀说不出情理。

这是最沉重的痛苦，
当你不知它的缘故。
既没有爱，也没有恨，
我心中有这么多的痛苦！

## 无词的浪漫曲
## 被遗忘的小咏叹调·之三

**李治华　译**

细雨柔和落满城。
——蓝波

泪水湍流心底
恰似满城细雨。
一股无名愁绪
浸透我的心底。

嘈杂柔和的雨
地上瓦上絮语!
为了惆怅的心
轻轻吟哦的雨!

泪水流得无理
心啊厌烦自己。
怎么?无人负心?
悲哀说不出理。

最沉重的痛苦
是你不知缘故,
既无爱亦无恨,
我心良多痛苦!

1984年3月5日写于里昂

# 我的翻译经验

翻译是一件不受重视的工作，翻译工作者所获得的报酬很低，尤其是文学翻译。国内的情形我不太清楚，但在法国，如果想靠翻译中国文学作品来谋生，是绝对不可能的，所以人们只能用业余时间进行翻译工作。我认为这非常不公平，因为翻译并不是一件简而易为的工作。一位作家只须用一种文字就可以创作，而一个翻译家却至少要精通两种文字。一个作家的声望，在他本国无论多么高，如果不凭借翻译，也不会流传到外国。翻译的文笔虽然不敢说能与原著媲美，但总要相去不远，才能胜任。今天，交通工具极为发达，周游世界轻而易举，可是想了解一个国家的文化，还必须通过翻译，这种需要，由于国际关系日渐频繁而变得更加迫切了。据我个人的推测，翻译家的地

2002 年，李治华夫妇与艾青夫人高瑛
在中国现代文学馆艾青塑像前合影

位和待遇，在不久的将来，会逐渐改善的。

我自己的翻译经验，可以用四个字来概括：爱、恒、选、时。

一、爱。如果对这个工作没有深挚的热爱，谁也不肯贡献他宝贵的光阴。我对中、法两国都有深厚的感情，自认为应该负起交流中法文化的使命，秉承这种虔诚的动机，就不会计较工作的艰辛和报酬的高低了。

二、恒。我从20世纪40年代中期开始从事中译法的工作，直到今天，40年来始终未曾懈怠过。以翻译《红楼梦》为例，如果没有坚强的毅力，那是无法胜任的。

三、选。中国的文学作品汗牛充栋，介绍哪些作家、哪些作品，选择的正确与否是成功的关键。比如中国现代文学作品，我选择了鲁迅的《故事新编》。这个集子里的八篇故事，既充分利用古代传说记载，又讽刺了时事现状，刻画了我国历史上几个伟大的英雄人物，堪称中国文学的杰作。1959年法译本出版后，颇受读者的欢迎。

50年代法国女诗人阿丽丝·艾尔维莱尔访问中国，带回艾青当时已出版的几本诗集，请我协助她翻译一部艾青诗选。我把这些诗集反复读过后，选出20首诗，译成法文，经女诗人润色后，1958年以《向太阳》为名在巴黎出版，很快就销售一空。

我早期的译作、巴金先生的《家》1979 年出版后，立刻成了畅销书。1981 年，姚雪垠先生向我推荐了他的自传性传奇小说《长夜》，法译本 1984 年出版后，也得到法国读者的重视。

这三位中国作家先后被邀请访问法国，而且都获得了法国的荣誉勋章。对于一个翻译工作者来说，这也是足以自慰的事。

四、时。时间的因素也不容忽视。第二次世界大战后，中国引起了西方人的重视和好奇，读者对中国文学作品逐渐发生兴趣，阿尔斗出版社的“外国文学丛书”，就出版了由英文转译的老舍名著《骆驼祥子》。他们也想出版我翻译的《家》，但由于前几部作品销路不佳，就取消了《家》的出版计划。这可以说明 40 年代时机尚未成熟。如果出版了，也不过销售三五千册，绝对不会像 1979 年出版时产生那么大的轰动，而且还由法文转译成另外四种西欧文字。

我在翻译工作上的成就，也不全是我个人的功劳，可以用八个字来总结，这就是：父传、师教、自修、妻助。

我认为翻译，无论是汉译法，还是法译汉，都需要中、法两国人合作，才能达到比较完美的效果。

1985 年 8 月写于沙堡

# 谈翻译

记得在一本国内出版的法文杂志上，看到一篇介绍敦煌壁画的文章，上面画着一头雄牛，下面的说明文字只有一个法文字：Le bœuf。笔者看了，大笑不止。有的读者也许不谙法语，请看《法汉词典》第136页关于这个字的注释："（去势的）雄牛。"这个注解过于文雅，可能有人看不懂；再查《汉语词典》第508页："去势，谓割去雄体之生殖器。"壁画作者仅以寥寥数笔，就使这头牛雄姿毕露，足见上述译文稿很成问题。若说限于译者的法语水平，倒还情有可原，但是负责审稿的法国专家怎能放过这种贻笑大方的翻译呢？不过有些报刊只能算作消遣刊物，看完一扔了事。笔者藏书甚多，无处存放，也只好把读过的报刊赠送友朋，因此上文所说的杂志名称、出版年月以及页码皆不详，尚祈读者见谅。

书是不忍抛弃的，尤其是心爱的。邓友梅的《烟壶》就是我最欣赏的小说之一。法文译本由北京外文出版社1988年印行，列入“熊猫丛书”。初读觉得译笔流畅，总的印象尚佳。对照原文再读，就发现不少错误。小的不说，仅举两个比较严重的为例，愿与译者商榷。

第一例：“除去交租交粮，三节到主子家拜贺，平日自在经营他的田土，并不到府中当差。”（《烟壶》，香港南粤出版社1987年初版，第9页，第8—9行）

法语译文（Exemptés du fermage ou de la redevance en céréale et de présenter leurs vœux au maître à l’occasion des trois fêtes, ils n’assuraient pas de service à 1a résidence. 见《烟壶》法译本第30页，第27—30行）再译成汉语，成了：“免交租或免交粮，还免三节到主子家拜贺，并不到主子家当差。”译者不但漏译一句，而且把前两个分句的意思译得恰恰相反。

第二例：“这阳世之间有我不多，没我不少。”（《烟壶》第21页，第9—10行）

法语译文（Mon existence n’a pas grande importance et il vaudrait bien mieux que je disparaisse. 见《烟壶》法译本第55页，第15—第17行）再译成汉语，成了：“我

的存在不大重要，最好还是灭亡。”

译文与原意大相径庭，无异痴人说梦。译者署名是一个法国姓氏，所以初读还不蹩脚，对照原文再读，就显得呓语连篇了。

随着交通发达，世界各国交流日广，翻译的重要性与日俱增；可是翻译工作者并不受重视，而所获报酬偏低，尤其是文学翻译，这是中外的共同现象，所以粗制滥造的译品充塞市场也就难免了！

1991年1月

# 谈艺

# 评介《骆驼祥子》的两个法译本

《骆驼祥子》是老舍先生长篇小说的代表作。老舍生在北京，长在北京，他的小说常以他最熟悉的北京为背景，《骆驼祥子》就是一个典型的例子。

1945年，《骆驼祥子》由伊万·金（Evan King）译成英文在美国出版，立刻成为畅销书。第二次世界大战结束，经过数年沉默之后，法国文艺界渐次恢复繁荣，不但出版了一些新、老法国作家的作品，还发表了一些外国小说的译本。出版《骆驼祥子》第一个法译本的出版社名叫阿尔斗（Arthaud），总店设在格勒诺布尔（Grenoble），原以出版旅游书籍闻名，这时也开始出版一套外国文学丛书。先印了几部美国和苏联小说，继而打算出版《骆驼祥子》法译本，准备从英译本转译，彼此意见相左。不久，

《骆驼祥子》的第一个法译本问世（1948），译者为让·普马拉（Jean Poumarat）。我买了一本，对照原文看了几页，发现错误百出，不堪卒读。

1973年，《骆驼祥子》的第二个法译本由巴黎罗贝·拉丰（Robert Laffont）出版社出版，我看了以后，觉得与前一译本迥然不同。新译本是巴黎第三大学东方语文学院中文系程纪贤（François Cheng）教授所作。程先生的译文非常流畅，读起来像是一部直接用法文写成的小说，令人钦佩。不过，在我记忆里，仿佛老舍的原著较为丰富充实。后来，邂逅程氏夫妇，谈起《骆驼祥子》的翻译，程氏说这是一个集体译作，他的夫人和女儿曾经参与其事。程夫人是法国人，他们的女儿程安兰在法国出生，攻读中文，曾在北京留学，翻译过《论语》。程氏屡次在法国农村度假，着意汲取农民俗语以活跃译文，并先后数易其稿，但他自己对现译文仍不满意，表示日后如有机会当再加修改。

以《骆驼祥子》的原文对照程氏译文，我觉得程氏利用法国农民口语来翻译老舍著作的做法实应提倡。译文灵活传神，大体来说，堪称忠实，但仍不免有一些微小出入。下面试举几个例子，愿与译者商榷。所引原文均依据香港南华书店的翻印本，因为这个本子可能与译者所用的版本比较接近；但有时亦参考北京人民文学出版社1982年印行的《老舍文集》第三卷本。在列出程氏译文的同时亦列出普氏译文。后者的错误举不胜举，我们只在程译有待商榷处，顺便引出普氏译文。这样，读者可以洞察普氏译文，同时对伊万·金的英译本的质量也可以略测一二。为了使不谙法语的读者易于了解问题之症结所在，我们每引一句译文，立刻把它译成汉语，附在后面，无须重译时，则仅在拙见中略加说明。

例一：

1. 原文 106 页，4 行；"几出溜便到了团城"，《文集》82 页，4 行："几溜便到了团城"，脱"出"字。

2. 程译 102 页，倒数 4—5 行：

Il atteignit la muraille en quelques enjambées.

（几步便到了城墙。）

3. 普译 149 页，2—4 行：

Tout à coup, il trébucha et tomba au pied du mur de ronde qu'il avait failli heurter.

（忽然，他几乎撞在巡逻道的城墙上，在墙下面摔了一跤。）

4. 拙见："团城"是一个专有名词，指一座圆形建筑物，位于金鳌玉蛛桥的东边，北海公园南门的西边，里面陈列着一尊玉佛。关于"团城"可参看《北京游览手册》，北京出版社 1957 年版，51 页“团城”条；Guide Nagel : *Chine*, Paris, 1967, p. 498 : “La ville ronde”（那智尔：《中国旅游指南》，巴黎 1967 年版，498 页“团城”条）。程氏把“团城”译为“城墙”，似乎不够准确。“出溜”是北京口语，即滑行之意。祥子心情不佳，不愿迈大步，顺桥而下，滑行几步就到了团城。此句描写情景逼真。至于普译，无异痴人说梦，不知所云。笔者试译如下：

En quelques pas glissants, il atteignit la Citadelle ronde.

例二：

1. 原文 124 页，7 行：“祭灶那天下午”。

2. 程译 105 页，1 行：

Le 25, jour des sacrifices aux dieux du Foyer, dans l'après-midi.

3. 普译 175 页，17—18 行：

L'après-midi du jour des offrandes au Dieu du Fourneau de Cuisine.

4. 拙见：旧俗于农历腊月二十三日对灶神举行的祭礼日“祭灶”，有些省份于腊月二十四日举行，但绝没有二十五日举行的。程氏可能把中国祭灶和西方圣诞节的日期（公历 12 月 25 日）弄混了吧？

例三：

1. 原文 124 页，8 行："卖糖瓜（儿）的"。

2. 程译 105 页，5 行：

Les marchands de tang-kua—fruits enrobés de sucre—

3. 普译 175 页，17—18 行：

Les marchands de melons sucrés.

4. 拙见："糖瓜（儿）"是用关东糖（即麦芽糖）加工制造的一种食品，其状如瓜，故名。程氏先用音译，然后加注解如下："用糖包裹的水果。"这个解释指糖葫芦甚恰，指糖瓜（儿）则不妥。普氏译为"甜香瓜"，也不对。笔者试译如下：

Les marchands de sucres d'orge en forme de petits melons.

例四：

1. 原文 127 页，12 行："自行车往北向后门去了。"

2. 程译 107 页，12—13 行：

Le cycliste tourna vers le nord en direction de la porte Hiang-heou.

3. 普译 180 页，27—28 行：

La bicyclette tourna au nord en direction de la Porte Après.

4. 拙见：北京的城门有前、后之分，而没有“向后门”，程氏大概一时疏忽，把前置词“向”放在这个专有名词里去了。原文 272 页，“后门”又出现了一次，程氏把它译成 la Porte Arrière，十分得体；可惜他没有据以更正前面的错误。至于普氏，把“后门”译成 la Porte Après（以后门），足见其译文水平之差。

例五：

1. 原文 166 页，3 行：“眼看着就咚咚擦啦！”

《文集》125 页，注：“咚咚嚓，娶亲时鼓乐声，隐喻娶亲。”

2. 程译 135 页，26 行：

Bientôt，ça va “frotter”！

（不久，就要摩擦起来了！）

3. 普译 230 页，31—33 行：

Sous les yeux du propriétaire, le tour de magie s'effectue, et pft... un coolie-pousse cesse d'être un coolie-pousse.

（在车厂主人的眼前，扑漉一下，一道魔法把这个拉车的变成了另外一个人！）

4. 拙见：“擦”字当动词使用时，的确有“摩擦”的意思。但是在这个句子里，“擦”字与上面两个“咚”字连缀使用，成为一个象声的副词：“咚咚”形容鼓的声音，

“擦”形容镲的声音，合起来形容旧时结婚时乐队的声音。全句的意思是说，祥子不久就要结婚了。《文集》把“擦”字改成“嚓”，就可以避免这种混淆了。至于普译，简直是想入非非，丝毫不着边际。笔者试译如下：

Bientôt，ce sera le tralala des noces!

例六：

1. 原文 166 页，7—8 行：“你才真是哑巴吃扁食，心里有数儿呢。”

《文集》125 页，12—13 行：“你才真是‘哑巴吃扁食——心里有数儿’呢。”

2. 程译 135 页，32—136 页，1 行：

On dirait un muet qui a avalé un fruit amer ; il le sait mais il ne peut pas le dire.

（这才是“哑巴吃黄连——有苦说不出”呢！）

3. 普译 231 页 12—14 行：

Regardez-moi ce muet qui ne perd pas une bouchée de viande.

（你瞧这个哑巴连一口肉都不放松。）

4. 拙见：“哑巴吃扁食——心里有数儿”和“哑巴吃黄连——有苦说不出”是两个不同的歇后语，不容混淆。“扁食”是中原方言，即“饺子”。这个歇后语的意思是说，哑巴吃了多少个饺子，虽然说不出来，但是心里却很明白。笔者试译如下：

Tu es comme “un muet qui mange des raviolis; il le sait, mais ne le dit pas!”

例七：

1. 原文 186 页，13 行：“而后自己抹了脖子。”

2. 程译 151 页，10—11 行：

Et après, il se serrerait le cou lui-même.

（而后卡自己的脖子。）

3. 普译 262 页，4—5 行：

Il le sentait bien à sa propre gorge.

（他自己的脖子上有这种感觉。）

4. 拙见：“抹脖子”与“卡脖子”是两个不同的动作；前者是用刀割脖子（多指自杀），后者是用两手掐紧脖子，置人于死地。笔者试译如下：

Puis, il se trancha la gorge.

例八：

1. 原文 306 页，14 行：“松鹤松狮。”

2. 程译 243 页，24 行：

Lions et cigognes en bois de pin sculpté.

（松木雕刻的狮子和仙鹤。）

3. 普氏译本无此一段。

4. 拙见："松鹤松狮"不见于一般汉语词典；《文集》227 页，22—23 行也未加注解。在我幼时，这两个名不见经传的东西并不是什么稀罕物儿，那是旧时出殡用的松柏枝扎成的仙鹤和狮子。笔者试译如下：

Lions et cigognes formés de branches tressées de pin et de thuya.

《骆驼祥子》是一部乡土色彩极其浓厚的小说，描写北京名胜古迹、街道市容、时令气候和风土人情淋漓尽致、细腻入微，令人读了恍如身临其境。而且作者运用纯粹的北京口语，有时还掺杂一些北京土话，读起来特别够味儿。程教授不是北京人，没有在那里长期住过，所以翻译起来有时十分吃力。尤其是一些北京特有的物件（儿），如"糖瓜（儿）"、"松鹤松狮"等，如果没有见过这些东西，只凭字面猜测，必然发生错误。更为严重的是，译者对原著做了一些删节：有时删去几个字句，有时成段删削，甚至整章略掉，如第十章。原著 24 章，而译文只有 23 章。如此大量删节，译序竟未加以说明，似欠恰当。

1983 年 1 月，中国图书展览在里昂市立图书馆举行。笔者曾与该展主持者之一、北京外文出版社法文组负责人陆馥君女士谈起中国文学作品的法文翻译问题。她说，一位法国朋友曾经试图把程氏译的《骆驼祥子》与原文对照阅读，但因译本删节过多，以致内容往往前后脱节；而且国外的法译本也不易买到；所以北京外文出版社有重译这部小说的计划。我希望《骆驼祥子》的第三个法译本能够成为一部符合“信、达、雅”要求的佳作。

# 罗大冈的中文诗和法文诗

## 一、诗歌晚会

法国里昂市文献处理出版社于1987年12月5日在第五区青年文化馆举行诗歌晚会，介绍该社今春出版罗大冈用法文创作的诗集《破盆中的玫瑰》。该社本来邀请作者亲自来参加盛会。但诗人7月11日给我来信说：“我年近八十，身体衰弱多病，不能作长途旅行，已经去信向社长请假。我向他推荐老兄代表出席，以壮声势。尊夫人如能和老兄 同参加，当然更好。”因此我和雅歌应邀参与这次诗歌晚会。这个青年文化馆建成不久，规模宏大，设备完善。大厅外面有一个大玻璃橱，里面陈列着诗人的放大近照，中、法文诗集，手稿及其他译著多种。主持人陪同我们浏览以后走进会场时，听众已经在里面等候了。先由

1985年在北京大学与老同学罗大冈（左二）会面

让·阿尔贝蒂尼先生叙述他结识罗大冈，并且为作者在法国接洽法文诗集出版事宜的经过，分析了诗集的三个组成部分，在其中选了三首诗朗诵，篇名如下：《清晨细雨》、《幸运的是睡倒者》、《萤火虫》。笔者以诗人老友的身份介绍他的生平和著作，并且比较他中文诗和法文诗的造诣。因为我谈到《萤火虫》及其姊妹篇《大胆女郎》，听众要求我朗诵后者，虽然在座者都不懂中文，还是赢得了热烈的掌声。本文就是在我那天讲话的基础上撰写的。

## 二、诗人的生平

罗大冈1909年5月21日生于浙江绍兴长塘镇，中国社会科学院外国文学研究所研究员、北京大学教授。20世纪30年代初，诗人和他的未来爱人齐香是我在北京中法大学的前后同学，他们比我高四班，1930年9月我考入中法高中二年级，他们进大学本科三年级。1933年我进大学一年级，他们已经大学毕业，成绩优良，双双公费留法，到里昂大学文科进修。1937年我到达里昂，他们已去巴黎预备博士论文。1940年他们进修结束，思念祖国，归心似箭，明知法国去远东的客轮已经不能到达上海，只能到西贡，还是准备冒险乘末班客轮返回。6月12日在马赛上船，14日就从无线电得悉巴黎陷落的消息。他们的船出直布罗陀海峡，沿西非海岸南航，没有抵达好望角，只在黑角、达喀尔、卡萨布兰卡（达尔贝达）等港停留一个时期，在海上漂荡共五个多月之久，同年11月下旬返马赛。当时巴黎是德军占领区，里昂尚称自由区，所以他们就到里昂来了。他们这次归国计划未能实现，我却有幸又和他们重相聚首。那时他们已经结婚，并且有了一个小男孩，名叫罗永。罗家三口在里昂没住多久就到日内瓦去了。1947年4月乘大战后第一班法国客轮回国。

## 三、诗人的著作

罗大冈从青年时代起就对诗极感兴趣。他在今年3月作家出版社出版的《无弦琴》后记中写道："大约十五六岁时，我开始写诗。最初将诗作发表于初中校刊上。怕同学讥笑，遂用笔名以掩丑。自此以还，业余写诗成为我唯一的消遣。间或发表在报刊上，每次皆用不同的笔名，使人想不到我在写诗。"他的大学毕业论文就是关于法国19世纪象征派诗人阿尔贝·萨曼（1858—1900）的研究。因为论文水平较高，在《中法大学月刊》上发表，我在当时就阅读过了。1939年他在巴黎大学获得文学博士学位，论文题目是《白居易的双重灵感》。1944年他在日内瓦《文学杂志》上发表六首法文诗，并且在瑞士巴荀尼埃尔（La

Baconnière）出版社出版了三本译著：《唐人绝句百首》（1943），《古镜记——宋、元、明故事选译》（1944）和《先是人，然后是诗人——屈原、陶渊明、李白、杜甫、白居易、李贺、李清照小传及其诗选译》（1948）。归国以后，他就把法国优秀文学作品多种介绍给中国读者，其中关于法国诗的有《艾吕亚诗钞》（1954）、《阿拉贡诗文钞》（1956）。法国著名文学刊物（《法兰西新杂志》）1981年9月号发表了他的《没字碑》及其他诗篇约十首。皮埃尔·赛盖尔在他主编的《八五年诗钞》第六辑发表了《破盆中的玫瑰》中的一些诗篇。

## 四、两本诗集

今年5月文献处理出版社给我寄来罗大冈的法文诗集，读了以后，深受感动，就给作者写信祝贺，又说我预备写一篇书评。因为法文诗集预告他的中文诗选不久将问世，我问是否可以引用一些作者自译的诗句。他回信说诗是不可翻译的，他的两本诗集中虽然有些同名的诗，但绝非迻译，而是一些截然不同的诗篇。10月我接到他的中文诗选，现在把这两本诗集做一个简单的介绍。

《无弦琴》共收入55首诗，分为三辑。第一辑《流星群》19首；是诗人最近十年之作。第二辑《静静的小窗》11首，是1947年返国后，至1965年“文化大革命”前夕之作。第三辑《残云》25首，是少作之残迹。卷尾有后记一篇。

《无弦琴》的命题出自梁昭明太子的《陶渊明传》：“渊明不解音律，而蓄无弦琴一张。每酒适，辄抚弄以寄其意。”罗氏在后记中写道：“若陶渊明有琴意而无琴弦，我写诗不拘格律，亦犹陶公之有琴无弦。故以《无弦琴》名吾诗。”《无弦琴》谐音无限情，这些诗篇是作者一生感情升华的结晶。

法文诗集共收30首诗，也分为三辑。第一辑《野果集》12首，其中大部分是少作，也有几首是近年改写的旧作。第二辑《没字碑》8首，是十年动乱中的创作，第三辑《玫瑰与净盆》10首，是最近十年之作。卷前有1987年11月7日故去的法国诗人兼出版家皮埃尔·赛盖尔的序言和作者的“致法国读者”。卷后附作者1981年11月在法兰西书院（Collège de France）所作的讲演稿《有意识的呓语》。封底还有阿尔贝蒂尼所写的诗人简介。

该集封面上的中文标题《破盆中的玫瑰》与法文书名略有不同。法文书名译成汉语是《玫瑰与净盆》，诗人自己说这是一个“超现实主义风格的标题”。卷首有作者手书的中文解题，抄录如下：

玫瑰与净盆

培植艳丽的玫瑰表现人们对生活的热爱。破旧的净盆象征艰难困苦的时代条件。不论条件多么困苦，人们千方百计地在使玫瑰花开得更艳丽。

## 五、改写旧稿

我们对照两本诗集阅读，就会发现其中有 12 首是作者所谓的“改写旧稿”。特点是从一种文字改写成另一种文字：有些旧稿是中文诗，改写以后，就成了新的法文诗；有些旧稿是法文诗，改写以后，就成了新的中文诗。我按照《无弦琴》的页数顺序把这些新篇与旧稿的题目排列在下面，中文诗题在左边，法文诗的译题在右边；星号表示改写的新篇；每首诗的创作年代写在括号里。

| | |
|---|---|
| 小树在哭泣*（1981） | 被囚禁的树木（1980） |
| 挽歌（1980） | 故去了一个*（1981） |
| 清溪笛韵（1953） | 清溪少女*（1981） |
| 散步*（1955 年改写旧稿） | 清晨细雨（里昂 1936） |
| 乞丐（1962） | 乞丐*（1970） |

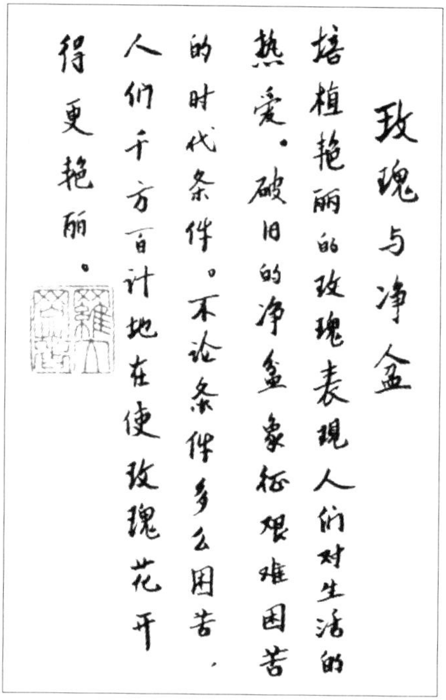

玫瑰与净盆

培植艳丽的玫瑰表现人们对生活的热爱。破旧的净盆象征艰难困苦的时代条件。不论条件多么困苦，人们千方百计地在使玫瑰花开得更艳丽。

诗集中的罗大冈手迹

| | |
|---|---|
| 大胆姑娘（1960） | 萤火虫*（1981） |
| 怀乡病（三）*（1948） | 树（1945） |
| 怀乡病（五）*（1948） | 雨（1945） |
| 怀乡病（六）*（1948） | 点头（1945） |
| 怀乡病（十二）*（1948） | 白云（1945） |
| 候鸟（1960 年修改） | 候鸟*（1980） |
| 野果（未标年代） | 野果*（1970） |

上列 24 首中、法之诗，有些题目相同，有些内容相似，但确如作者所说，绝非翻译，而是截然不同的作品。我们在其中选择两首中文诗《乞丐》《大胆姑娘》和它们的姊妹篇两首法文诗《乞丐》《萤火虫》，略加分析、比较，以便探讨作者中文诗和法文诗的造诣。先录作者的中文诗，后列拙译作者的法文诗。

## 乞丐

（1962）

每天，一个老乞丐从我门口走过，
我仿佛认识他，他似乎也认识我。

没有人看见过他伸手求乞，
也没有人知道他怎样生活。

龙钟老人拖着沉重的脚步，
谁晓得他天天走向何处。

他颤颤巍巍地穿过街面，
大伙都装作没有看见。

有时他点点头，有时摇头微笑，
对周围的世界显然有他的思考。

有人说他年轻时是个诗人，
这使我想起法国诗人拉马丁。

拉马丁是没落的风雅贵族，
才华出众在当时名闻全国。

他的《湖上吟》曾经风靡欧洲，
他每出一部诗集读者排队争购。

老年的拉马丁居然穷到没有饭吃。
冬季，和穷人们排长队等候施粥。

拉马丁，拉马丁，
你为什么没有留下老年的诗篇？

你对于世态炎凉有深刻的体验，
难道你对人生就这样没有好感？

谁念过你的《湖上吟》，
不为你年轻时的爱情所感动？

直到今天还有人念《湖上吟》而落泪。
可是到了老年，你居然心如死灰。

哪怕你写一首悲歌留给后人，
也算是对人生的一点情分。

可是你摇头，你苦笑，你宁愿沉默，
你对无情的人间竟这样没有话说。

人类社会本来就充满矛盾极不简单，
历史上何止一个拉马丁到老年要饭？

有时候历史让诗人变成乞丐，
有时候乞丐又可能变成诗人。

每天，一个老乞丐从我门口走过，
我仿佛认识他，他似乎也认识我。

## 乞丐*

（1970）

一个乞丐在街上走过，
我仿佛认识他。

一个乞丐在街上走过，
大伙都一语不发。

一个头发雪白的乞丐
颤颤巍巍地走向远方。

太阳，大阳，蜜色的光辉啊，
沉醉着匿名诗人的诗歌！

一个乞丐在街上走过，
像缺少诗意的日子那么孤独、凄凉。

一个乞丐在街上走过，
引不起任何人的关心。

得啦，无须你们关心，
日以继夜，长逝如斯。

“诗是人生最可珍贵的东西。”
这不算什么，却是他对我的唯一寄语。

这两首诗都属于自由体，中文诗36行，法文诗16行。前者写于1962年，后者写于1970年。中文诗里除了作者所见的乞丐之外，还叙述法国大诗人拉马丁老年沦为乞丐之事。这个故事鲜为中国广大读者所知，可能新颖动人；不过，对法国读者说来，未免老生常谈。而且这个故事占去19行，超过全诗半数，也许有喧宾夺主之嫌。故事后面又有四句谴责社会之诗，略含说教意味。所以作者在法文诗里干脆取消了这两段赘笔。此外，乞丐年轻时是诗人，在中文诗里，只是个传闻。在法文诗里，这个传闻由乞丐亲口对作者所说的一句话证实了。新的诗句增加了无限的说服力和感染力。于是作者以点石成金之术把一首繁缛冗长的中文诗改写成精粹凝练的法文诗。

## 大胆姑娘

（1960）

一群大胆姑娘
黑夜里
打着灯笼到处寻求配偶。

天下哪有这样的事？
你不信，
可到池塘边亲眼证明。

除了天上繁星池中蛙鸣，
这时刻，
周围没有任何动静。

你只要凝神注视，
黑暗中
点点闪光在来回游行。

大胆姑娘发出热烈的号召，
小伙子
被她们的灯光激发了爱情。

小伙子也点亮自己的灯，
只不过
和姑娘们的灯火略有不同。

不同的灯光互相吸引，
就这样
一对对临时夫妻陆续形成。

天下万物各有求爱的方式。
打灯笼
办喜事自然界只有萤火虫。

# 萤火虫（歌曲）*

（1981）

萤火虫，萤火虫，我的小姐妹，你们今宵挑灯飞舞飘荡，

是否等待来自远方的情郎？

黑夜无边，

希望一线。

萤火虫，萤火虫，我的小姐妹，我瞧你们盘旋在池边的潮湿草地。

你们旋来旋去，不停不息，寻觅什么东西？

欲寻途径，

必须提灯。

萤火虫，萤火虫，我的小姐妹，借给我一盏灯，我也跟你们一起飞翔。

我要到遥远、遥远的地方，那里有一线光明，有如不可抗拒的爱情。

夜尽天明，

燃起提灯。

《大胆姑娘》是一首24行的自由诗，《萤火虫》是一首自由体与散文诗交替使用的混合体歌曲。前者写于1960年，后者写于1981年，前后相隔21年。中文诗把萤火虫比作打着灯笼寻偶的大胆姑娘，譬喻新鲜，词句俏丽，确是一首轻盈愉快的歌曲。法文诗改为诗人和萤火虫的对话，这些挑灯寻爱的昆虫对诗人说："黑夜无边，希望一线；欲寻途径，必须提灯。"夜尽天明，萤火虫灯熄火灭；诗人接过火把，燃起提灯，到遥远地方寻求那一线有如不可抗拒的爱情似的希望去了。法文诗寓意深远。怪不得作者在"致法国读者"里面说："我发觉在表现某些深刻的感情时，我的法文诗比我的中文诗表现得更好些。"

里昂1987年12月13日初稿

1988年2月8日修改

# 评罗大冈的法文诗集

罗大冈的法文诗集《玫瑰与净盆》卷首有作者手书的中文解题：

## 玫瑰与净盆

> 培植艳丽的玫瑰表现人们对生活的热爱。破旧的净盆象征艰难困苦的时代条件。不论条件多么困苦，人们千方百计地在使玫瑰花开得更艳丽。

可惜这个中文解题没有译成法文，以致法国读者看见这个书名大都表示惊讶，直到读了其中与诗集同名的诗篇以后，才能明了书名的含义。更有甚者，笔者曾将拙稿给两位三四十岁颇有文学修养的中国进修生阅读，他们问我：为什么《玫瑰与净盆》如作者所说，是一个“超现实主义风格的标题”？我给他们解释说：“超现实主义诗人喜欢用一些荒诞不经的字句，比方说，净盆就是尿盆，用溺器来做书名，岂不有些荒谬吗？”他们恍然大悟地说：“原来如此，我们还以为‘净盆’是祭供神佛的器皿呢！”可见诗人使用的辞藻还是太文雅了一些。

作者在诗集卷首的“致法国读者”这篇文章里说：

> 我在年轻时学会背诵许多法国古典和现代诗。不时背诵着玩。有时记忆不佳，背不下来，凭着自己的想象力弥补遗漏的诗句。久而久之，我就写起法文诗来了，像一个婴儿扶着母亲的手臂学习站立。

他还特别强调，这是直接用法文写的诗篇，不是由作者或别人从中文译成法文的。在他的中、法文两部诗集中有一些题目相同或内容相似的诗篇，诗人自己称这些诗为改写旧作。

我注意到法文诗集中的一首《被囚禁的树木》，这首诗标明的写作日期是1980年。可是诗中有下列两节：

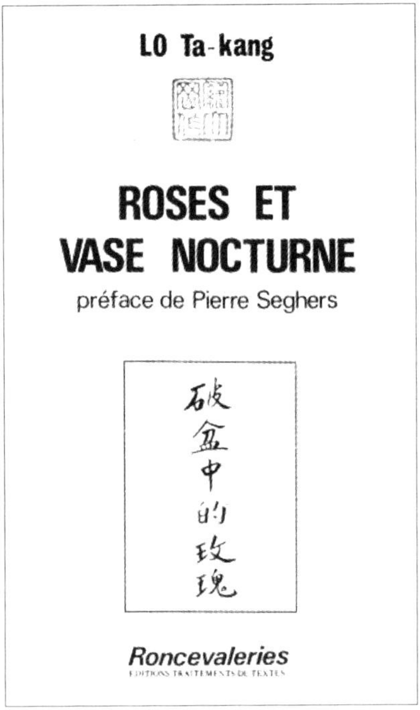
LO Ta-kang

ROSES ET
VASE NOCTURNE

préface de Pierre Seghers

破盆中的玫瑰

Roncevaleries
EDITIONS TRAITEMENTS DE TEXTES

罗大冈的法文诗集

没调教的小狗在无法自卫的树下撒尿。
至少也和牵着它们的主人同样可笑。

没有人告诉大树说，在它们未老之前，早就要被砍伐，以便栽上一些更驯服的小树。

1980年诗人生活在北京，那时北京的狗早已绝迹，即使在解放前有狗的时代，狗也是到处乱跑，绝对没有用锁链牵着遛狗的习俗。至于树木未老即遭砍伐，以便种植小树，那是法国大城市美化市容的一种措施，在中国亦不见经传。因此我对此诗的写作年代有所怀疑，就向诗人询问，他去年12月29日复信说："此诗我早即有初稿，真正的写作日期应作1940。1980年凭回忆重写，故作1980。"1940年作者尚在巴黎，那就不足为怪了。1981年作者另写了 篇中文诗，题名《小树在哭泣》。时变境迁，只好把上引两节割爱，而添上了一条光明的尾巴。这样一改，不但失去了法文诗中喜剧的幽默色彩，而且也冲淡了悲剧的壮烈气氛，使中文诗显得比较黯淡无神。

作者在《无弦琴》后记中说："我一生所作的诗篇大约有百余首。"这些诗篇虽然有些遗散，但诗人经常玩赏，反复思索，不时重写；即如《被囚禁的树木》的初稿写于

1940 年，40 年后，因为旧作遗失，他又凭记忆重写一首新诗。新旧二稿相距 40 年之久，足以证明诗人对自己的作品极其珍爱，和他对字句千锤百炼的功力。

反复阅读这些诗篇以后，我们发现诗人歌咏的主题大约可以分为四类：一、怀乡；二、爱情；三、诗的探索；四、灾难的岁月。

## 一、怀乡

罗大冈 1909 年 5 月 21 日生于浙江绍兴长塘镇，在青年时代就远离家乡，就读北京，从此没有回过老家。对故乡眷恋之情时时萦绕心头；诗是心声的表现，因此以怀乡病为主题的诗篇占集中很重要的地位。《无弦琴》有一组中文诗写于 1948 年。其中第三、第五、第六、第十二首是由法文诗集中的《树》、《雨》、《点头》、《白云》四篇旧作改写的新篇。这四篇旧作是作者 1945 年在瑞士写的。确如诗人所云，如果将这四首轻盈淡泊而意义深远的散文诗，逐字逐句地译成汉语，将会索然寡味，而诗人自己改成的四首中文诗不但能与之媲美，而且还远胜一筹。我不揣冒昧，把《我的故乡在歌唱》的第一节译成中文：

我的故乡是一阕横笛和洞箫的合奏曲，

回音缭绕在茂林修竹和翠碧田园上。

故乡啊，故乡！你在我心灵深处歌唱。

如今我流落在遥远、遥远的异邦。

再把法文诗《候鸟》末节的译文录在下面：

我希望有一天，像你们一样长上翅膀，飞越地球，回到我的故乡——世界最美好的地方！

诗人殷殷乡思溢于言表，沁人肺腑。

## 二、爱情

天下最真纯、最强烈的感情莫过于爱情，多情善感的诗人岂能不写情诗？我们在诗集中看到三首：《清晨细雨》（里昂 1936）、《沉默的对话》（里昂 1936）和上文提到的《雨》。第一与第三两首又改成中文诗，即《散步》与《怀乡病（五）》。关于诗的主题，《散步》末节画龙点睛：

那是一个微雨迷蒙的日子，

无意之中我们写下了一页难忘的情诗。

第一首叙述一对情侣在清晨细雨中散步，他们带着一柄小伞，却没有撑开，因为不好意思像法国青年们那样拥抱着在街上行走；他们也不愿喋喋不休地谈情说爱，因为：

他们喜欢恬静。真正的幸福是沉默无言。

第二首是由这一句演绎出来这一对情侣的无声对话。只是一次散步就写成上述的五首诗，足以证明这次出游在诗人情史中所占的地位，而且前两首又都是1936年在里昂写的。这是诗歌集中仅有的标明写作地点和日期的两首诗。感谢诗人有心或无意的安排使笔者得以推测这对情侣当年出游的情景：1936年他们住在里昂中法大学海外部，宿舍是由一座军营堡垒改建的，坐落在该市西郊山峦的起点。他们大概是选择了一出校门向右转的那条路，因为那条路在1930年代，平时就车少人稀，雨中当然更为清幽。我们一般都是星期日下午出游，他们却选择了早晨，以便避免遇到别的同学。笔者还可以推测出来这情侣就是诗人和他的爱人齐香。他们在北京中法大学时就是同班同学，1933年毕业，一同由学校保送至里昂深造。诗人写完这几首定情诗不久以后，就和齐香到巴黎去预备博士论文，而且在那里结婚。1985年11月笔者偕内子雅歌曾造访罗、齐二位老友。他们从1949年就执教于北大西语系，住在燕东园的一座一楼一底别墅式房舍里，他们住楼上；环境清幽，而且还有一位绍兴阿姨给他们做美好的家乡菜。他们在那里“数十年如一日，埋首于自己爱好的工作，研究、评介、翻译法国文学，专心致志，基本上不受干扰”。真是一对志同道合、情投意合、白头偕老的伴侣。多么令人羡慕景仰啊！

诗人的爱并不限于男女私情，也延伸到其他人，甚至于植物界，比如说匿名诗人的乞丐、《故去了一个》里的裁缝。诗人对他们有特殊感情，也许是因为他们也都写诗；总之《挽歌》的第一节说得非常明白：

世上无论多么有名的人死掉，
我内心从没有感到唱悼歌的必要。
可是一个平常的缝工，我的兄弟，
他离开了我们，我心里不能平静。

作者对在破旧净盆中种植艳丽玫瑰花的少妇也有一种不可抑制的敬爱：

我把这首诗，如果它也配称诗的话，献给眼前站在茅屋门外的夫人，庄严自豪有如一位君临殿前的公主，等待着万民的山呼崇拜。

是的，我崇拜她。

——《玫瑰与净盆》

至于他对树木感情的自然流露，那只消阅读下面一节诗：

多可怜啊，被囚禁在大城市里的树木！它们的命运使我感到同病相怜。

——《被囚禁的树木》

## 三、诗的探索

诗是什么？这大约是每个诗人都会探讨摸索的课题。作者在他中文诗集中把诗比拟成：

流星即使本身不会发光，
在摩擦时也能闪闪照人……

我写了一些诗，
无非是生命的渣滓。

它们缺乏磨炼，
显得黯淡无神。

一旦把我的诗稿当废纸燃烧，
化为灰烬的瞬间也会爆出火花。

——《流星群》

有时也比拟成清泉和鲜血：

清泉是我的思想，
鲜血是我的心意。
两者结合产生我朴素的诗句。

——《假如我是诗人》

在《珠有泪》中，把诗比拟成星星、泪珠如露水。在他的法文诗中也有一些类似的譬喻：遗失了的珍珠、露水和血泪：

朴实无华而又新颖大胆，
清澈有如露珠的诗，敬礼！

——《野果》

我想写一首诗，一滴鲜血溶解在泪珠里的诗。

——《幸运的是睡倒者》

由上面采集的这些诗句中，我们对罗大冈诗的特征已经有了一个清晰的概念。

## 四、灾难的岁月

1966年“文化大革命”像狂风暴雨、山崩地裂般地席卷全国，而且在神州大陆上横行肆虐了十年之久。作者在最高学府南开北大执教多年，又在社会科学院担任重要职务，“学术权威”帽子自然难免，挨批挨斗亦应是分内之事。他用心平气和、谦虚谨慎的口吻和朴实无华而又新颖大胆的笔触，把当时掌刑人凶狠的面貌、残酷的心肠和自己受刑时难言的苦楚、坚决的斗志刻画得活灵活现、淋漓尽致，谱出了清澈有如露珠的诗篇，敬礼！让我们套两句陶渊明的绝妙好诗，以便探讨作者在那惨无人道、险恶万分的环境里，而竟能凛若冰霜、处之泰然的态度：

问君何能尔？
心忍气自坚。

在那令人精神分裂、丧心病狂的年代，作者仍然不忘写诗，甚至可以说，写诗的意志更加坚强了，因为

他们焚烧了我全部手稿，
对了，以为这下子中伤我的要害。
他们焚烧了我全部手稿，
不过，我把遗著藏在心灵深处。
——《对了，不过……》

他像珠蚌一样把沙粒忍痛藏在肌肤深处，用自己的内分泌时时滑润这些颗粒，久而久之，终于变成了一颗晶莹灿烂的明珠。如果用汉语撰写，又恐怕被人识破，所以，他在“文化大革命”期间的诗篇全是用法文写的。虽然明知在国内无法发表，他总希望能有一天在国外问世：

为了把我最后的留言写在
遥远的天扉上，我奋斗到底。
——《两手合十》

果然老天不负有心人，他在“十年动乱”中写的八首法文诗终于在法国最有名的文学刊物《法兰西新杂志》1981年9月号登载了。现在又收在《玫瑰与净盆》法文诗集中，在里昂出版。我们读了这些字字珠玑的优秀诗篇，不但钦佩诗人高尚的品格和出色的诗才，还吸取了许多珍贵的教诲。既然作者表示不愿意翻译自己的作品，笔者只好勉为其难，从中选出几首，代劳献丑，译成汉语，以便不谙法语的读者也能领略一二。

1988年2月23日写于里昂

## 附：《玫瑰与净盆》选译

### 两手合十

（1968）

我两手合十，
不是为了祈求，
而是毅然拒绝。

我低垂着头，
不是为了哭泣，

而是坚决抵抗。

我结舌不语，
不是为了首肯，
而是严厉抗议。

我紧闭双目，
不是为了让步，
而是顽强奋斗。

我为无边黑夜里睁开
晶莹的眸子而奋斗。

我为沉痛缄默中唤来
明朗的早晨而奋斗。

你的眼睛流出一颗热泪，
我为万拳簇举而奋斗。

为了把我最后的留言写在
遥远的天扉上，我奋斗到底。

# 对了，不过……

## ——受刑人之歌

（1969）

他们啐我满脸吐沫，
对了，我是个精神贵族。
他们啐我满脸吐沫，
不过，这并不使我痛苦。

他们想要折断我的脊骨，
对了，我拒绝在禽兽面前屈膝。
他们想要折断我的脊骨，
不过，我并不因此细节而屈服。

他们判决我沉默，
对了，我不愿唱他们的歌。
他们判决我沉默，
不过，沉默也是一种呼唤。

他们威胁要将我活埋，
对了，一个皇帝干过这种勾当。

他们威胁要将我活埋，
不过，纸张包不住一团火。

他们焚烧了我全部手稿，
对了，以为这下子中伤我的要害。
他们焚烧了我全部手稿，
不过，我把遗著藏在心灵深处。

仁慈的苍天啊！
我微末的身躯，随你处置。
对了，老实说，我毫不介意，
不过，告诉我明天大写的人将要胜利。

## 被囚禁的树木

（1980）

多可怜呀，被囚禁在大城市里的树木！它们的命运使我感到同病相怜。

它们像一队风尘仆仆、忧心忡忡的铅制玩具兵一样排列在街头巷尾或广场边缘。

这些戴着手铐脚链的奴隶，恶狠人类的牺牲品，被牢牢钉住，俯首颤栗，站在它们势不两立的主人面前。

残忍的读者，我无可相告，只不过我分担这些城市树木囚犯的痛苦。

人群麇集，臭气熏天使它们窒息。树木呼吸困难，而且像受虐待的孩子一样低声饮泣。

没调教的小狗在无法自卫的树下撒尿。
至少也和牵着它们的主人同样可笑。

树木囚犯梦想什么？无可梦想，只不过一场倾盆大雨把它们从顶到根，痛痛快快冲洗一番。

你瞧，它们摆动枝干，摇晃叶伞，疯狂起舞；暴风雨中的欢乐给它们带来了原野、山峦和森林中的呼啸：那才是故乡旧土的气氛。

我和树木囚犯同呼吸、共痛苦。冷淡无情的读者，我还有什么别的好说？

当月亮用冰凉的手抚摸着遍体鳞伤沉睡的城市，我听见树木孤儿的呻吟，好像它们在黑夜的怀抱里寻求一点虚幻的安慰。

树木奴隶伸伸懒腰，吸一口究竟比白日要清新的空气。它们梦想一个恬静无垠的长夜，街道上没有狗，没有人，也没有车马喧哗……

东方欲晓，一阵小风吹得树木直打哆嗦。整整一夜它们在梦中谛听着森林幻影神秘的萧萧瑟瑟。

没有人告诉大树说，在它们未老之前，早就要被砍伐，以便栽上一些更驯服的小树。文明的读者，又何必向你们说这些琐言碎语？你们只会讥笑我同情怜恤这些被囚禁在城市里的树木。

## 露水

（1981）

朴素有如结晶成

珍珠的露水。
我爱在草叶上
和花瓣上
抒写清莹诗篇的露水，
一首极其朴素的诗。

拂晓钟爱的女儿，
瞬息的娇媚，寒微的
露水，礼拜了灿烂的黎明，
就悄悄地消失了。
昙花一现的处女，
纯洁心灵的仙露。

朴素有如露水，
叶上颤抖的水晶。
湿润的鲜唇
圣洁晨吻一般。
我爱露水，
我爱她沾湿我的赤足。

# 《罗大冈文集》前言

罗大冈，学者、翻译家、诗人、散文家，1909年5月21日出生于浙江省绍兴府会稽长塘镇这个盛产鱼虾的江南水乡。父亲给他取小名阿海，又从《孟子》“吾善养吾浩然之气，其为气也，至大至刚”中，取学名大刚。罗大冈从小多病，身体瘦弱，除了两个眼睛炯炯有神。他不惹人喜欢，自己也不快乐。在中小学读书时，国文史地成绩甚佳，但数理化不及格。父亲说他没出息，又见他爱读文学书籍，就说卖文为生的文丐还不如要饭的乞丐呢！他不听父亲的警告，一生全心全意地致力于文学，以至学贯中西，名扬四海，终于实现了父亲给他命名时盼子成龙的愿望：罗大冈的思想如海一般的深邃浩瀚，学识广大渊博，品格刚毅正直；他的四卷文集即将出版，传诸后世。

1933年罗大冈在北平中法大学毕业，和同班同学齐香公费赴法国里昂中法学院深造。在里昂结识华友社负责人埃杜瓦·杜佩蕾神甫。这位神甫自己写诗，认识不少法国当代诗人，尤其喜欢中国文学，罗大冈时常把自己的法文诗和翻译的中国诗念给神甫听。有时神甫点头称赞，有时摇头并指出不妥之处，罗大冈立刻记下来，回家修改，直到神甫首肯为止。就这样日积月累地翻译了许多中国诗。

1937年罗大冈获得里昂大学文学硕士学位，就去巴黎大学以《白居易的双重灵感》为题，写作文学博士论文。1938年和齐香结婚。1940年春天，罗氏夫妇学业完成之后，就带着不到周岁的儿子小永乘法国邮船归国。但因战争关系，该船被迫在非洲流浪了很久，又返回马赛，他们只好暂时寄居里昂中法学院。学业完成，奖学金自然结束，为了解决生存问题，罗大冈经亲友介绍去瑞士，在中国驻瑞使馆任随员之职。随员工作清闲，每天上午抄写信件，下午就可以搞自己的工作。他先把已经翻译好的古诗交给瑞士一家出版社，再继续翻译其他中国文学作品。

1942年《唐人绝句百首》由瑞士巴荷尼埃尔出版社出版，图文并茂，颇受读者欢迎。多年以后，他在《流浪人的枕边书》一文中说，在一个青田小贩的床头发现了一个旧账本，上边抄写了四五十首中国古诗，小贩闲时就读几首以解乡愁。罗大冈十分感动，就说："我写这篇短文，无非希望读者理解并支持我的一个心愿，那就是希望海内学者专家精选我国古代诗歌一百首，印成一册，装订成精美雅致的袖珍小册，软皮面精装，烫金字，使每一个热爱祖国，热爱祖国优秀文化的中国人，尤其是远离祖国的海外华侨，人手一册，成为我们心爱的枕边书。"笔者极力支持这一心愿，并且认为《唐人绝句百首》就是最佳选本，因为唐代是我国诗歌的黄金时代，绝句精简凝练，而且此书选自洪迈的《万首唐人绝句》，可谓选译均佳的中国古诗瑰宝。法译本早已超过50年法定的版权专利期，可以复制为中法对照本和中文单行本。中文部分最好请名书法家用正楷大字书写，成为一件艺术品，一本唐诗读本和字帖，一定会同时在中国和法国畅销。

1944年瑞士同一家出版社出版了罗大冈翻译的《古镜记》中国古典小说选集，一共十篇，分为两类，五篇文人小说，五篇说话人的话本。小说这种文体一向被旧时士大夫所轻视，认为是无足轻重的里巷之谈，但因广大听众欢迎，在唐朝末期也引起了文人争相撰写的兴趣，因未曾刊印，传世者甚少。本集选了隋朝大业御史王度所撰的《古镜记》，唐代大诗人白居易之弟白行简所撰的《李娃传》，沈既济所撰的《枕中记》，唐朝兵部尚书牛僧孺所撰的《崔书生》和李复言所撰的《薛伟》。话本是说话人使用的底本，这些集体创作既无作者的署名，也无确切年代可考，但流传甚广，至今尚有一百多篇。本集从宋代的《京本通俗小说》中选译《碾玉观音》，从明末的《今古奇观》里选译四篇：《灌园叟》《杜十娘》《钱秀才》和《伯牙琴》。笔者认为以《古镜记》为此书的总标题十分恰当，因为这十篇故事反映了中国旧社会市民的生活习惯，思想感情，和现代中国人的生活方式有很大的区别，但从实质上观察，二者之间仍然存在着许多共同因素。

1948年，罗氏伉俪已经返回祖国，瑞士同一家出版社又出版了罗大冈第三部著作：《先是人，然后是诗人》。评介中国七位诗人：公元前楚国的屈原，晋朝的陶潜，唐朝的四大诗人李白、杜甫、白居易、李贺和宋朝的女词人李清照。他深刻地研讨了上列七位他平生最景仰、最喜爱的诗人的全部作品，并且参考了许多可靠的历史资料，给每位诗人撰写了一篇简练扼要的传记，在每篇传记后面还附有十来首最有代表性的诗歌，译笔忠实耐读，堪称一部成功的作品。怪不得今年被遴选为法兰西学院院士的法籍华人程纪贤（字抱一，通称 François Cheng）曾多次说过，他在巴黎大学教授中国古典文学时，这三部译著曾使他获益良多啊！

2000 年 11 月 16 日于里昂

# 略谈当代法国文学

1968年5、6月间，由学生示威开始的运动，震撼了全法国，虽然为时不久，但在政治、社会和文化各领域中都引起了重大的变化。在文艺界，特别是在小说创作方面，1968年的运动造成了不小的影响。

在法国，写小说的人最多，也最流行，并且有一个悠久的传统。1968年以前，上半个世纪发表过许多作品的伟大小说家——如吉罗杜（1882—1944）、贝尔纳诺（1888—1948）、纪德（1869—1951）、柯莱斯（1873—1960）等——相继去世。其中只有加缪（1913—1960），1957年诺贝尔文学奖获得者，1960年因车祸去世，只有47岁，算是一位夭折的作家。1968年以后，有些在前期已享盛名的大作家还或多或少地继续生存了若干年，人们称之为硕果犹存者。由于他们所走的路各有差异，所以他们对这个运动的感受也不尽不同。

## 一、硕果犹存者

**我行我素的作家** 虽然受到运动的震撼，但未曾改变他们的道路，仍旧按照以前的风格继续创作，其中可举出三位代表性作家：

让·吉奥诺（1895—1970） 在他去世的那一年发表的小说《煦兹的蓝蝴蝶花》，聚集了作家最喜爱的素材：高阿尔卑斯山、普罗旺斯和意大利地中海沿岸风景的气氛；对大自然，尤其是对高山的爱好；乡村质朴的生活；传奇风味等，这些都是吉奥诺作品中常现不变的成分。

亨利·德·蒙泰朗（1896—1972） 继续他既往的道路，汲取同样的源泉。1969年发表的《男孩子们》，像他的其他作品一样，描绘教会学校的气氛，青春期男孩子们温情突出的性感，对于学校荣誉的眷恋和改良道德的企图。1972年蒙泰朗出版了一本自传性的书《我们爱所爱的人吗？》。在这本著作里，他仍然使用一向喜爱的素材：运动和斗牛的嗜好，冒险与享乐的追求，以及对于死亡的蔑视。最后一点预示了因为双目失明而引起他自杀的行为。

马塞尔·儒昂多（1888—1979） 孜孜不倦地继续撰

写他的《每日札记》，在长达26卷的篇幅中，详细叙述日常生活的琐事，实际上相当暗淡。

**自我决裂的作家** 以下四位都是因1968年运动而多少改变了自己道路的作家。

弗朗索瓦·莫利亚克（1885—1970） 1952年诺贝尔文学奖获得者。在“二次世界大战”前，莫利亚克虽然已经对政治产生热烈的兴趣，但并未忽略他的文学活动。作为一个天主教作家及备受中产阶级赞美的作家，他从1936年起，毫不犹豫地公开支持西班牙共和国。稍后，在战争与解放期间，他变成了戴高乐将军的虔诚拥护者。他认为戴高乐将军是唯一能够拯救法国的人。他继续发表小说，如《伪善的女子》（1941）、《狨猴》（1951）、《羊羔》（1954）等。可是新闻记者和抨击文章作者的地位渐次掩盖了他小说家的生涯。在他最后几年的生命中，好像是把全部精力贡献在撰写《摘记》上，继而在《快报》发表。在这些《摘记》中，他运用辛辣的笔锋攻击时政。1969年，《羊羔》问世15年后，他出版了《一个旧时代的青年》，引起读者的惊讶。莫利亚克在这部著作里，又与过去的自己和作品取得了联系。这是一部奇怪的书，介乎自传与小说之间，更多体现了作者的我行我素。

安德烈·马尔罗（1901—1976） 马尔罗也很早就把

政治与文艺结合在一起，他的政治活动不限于写文章或演讲，肯定自己的信念还不能使他满足，于是就身体力行。1923 年到 1927 年，在远东开始在国民党旗帜下战斗过，继而于 1936 年在西班牙共和国的阵营内参加空战。这些经验使他撰写了两本著名的小说：获得 1933 年龚古尔文学奖的《人类的命运》和 1937 年出版的《希望》。在“二次世界大战”期间，他继续用行动来表现他的意志，他从德国的俘虏营中逃脱，参加反德国法西斯的抵抗运动，担任阿尔萨斯—洛林空军纵队的总指挥。在戴高乐将军的政府中担任新闻部长和文化部长。在他担任文化部长期间，发生了 1968 年的五月学潮。他极力反对这个运动，并且在巴黎组织了一次大规模的反游行，以表示广大民众并不赞成革命，从而维持了共和国体制。政治生涯令他疲倦，1969 年他辞去部长之职，又执作家之笔，但内容已不再是小说，而是哲学与美学。1970 年戴高乐将军去世后，他于 1971 年发表《砍伐了的橡树》，以此书表示他对戴高乐的敬意。

让－保尔·萨特（1905—1980），1968 年事件促使他发生了彻底的转变，并且完全政治化。此前，他是一位哲学家、小说家和剧作家，此后他只愿做“一个人民队伍的战友”，他希望学习大众的语言，倾听青年战士的心声，并为之效劳。1971至1972年，出版了弗洛贝尔的研究三卷，书名为《一个家庭中的白痴》。因为1973年的双目失明，萨特从此放弃了写作。自参加1968年的运动后，萨特变成了一个具有煽动力的战士。他时常召集记者发表谈话，往往是即兴式的。这些访问记，后来合为《形势九集》出版。他主持了好几家报纸，直到他去世前，他都宁愿当“一个智慧阵线上的守夜者”。

路易·阿拉贡（1887—1992），20世纪20年代参加超现实主义学派，1932年由于政治原因脱离这个学派，从1934年起变成一个共产主义战士作家。他同时是小说家、散文家和新闻记者，有时是自己的灵感，有时却是政党的计划来决定他的行动。非斯大林化运动仿佛解放了他，使他得以发挥出卓越的创作才华，《受难周》、《处决》、《白种女人或遗忘》都是他这一时期的作品。1968年运动对他的冲击，使他一蹶不振，70年代他进入了一个奇异的被冷漠时代。

## 二、新兴潮流

一般人以为“新小说”是1968年的产物，其实这个文学界的小波澜发生在更早的时代。

自19世纪末起，经常有人对小说这个文体提出疑问，对普鲁斯特、纪德和阿拉贡的小说予以沉重的打击。萨特也不留情面地抨击莫利亚克。四个都反对传统小说的作家：娜塔丽·萨罗特、克罗德·田蒙、阿兰·罗布－格里耶和米歇尔·比托尔，都被子夜出版社看中。他们认为小说不应该是以人为中心的外界或多或少的现实、或理想的反映。他们抛弃了以人为主的文学观念，而投入抽象的写作，他们宁愿更多描写静物。新的世界观造成了新的创作方式和新的作品结构。与其说“结构”，倒不如用电影词汇“剪辑”更为恰当，因为新小说的作者们受到电影很大的影响，有的人还拍过好几部电影。新小说改变了读者和作品之间的关系，破坏了建立在读者与小说人物之间认同的被动式信赖，取而代之的是一种创造性的批评态度。

第二类是女权文学（不是妇女文学）。这里要说的是那些由女作家用挑衅或尖锐笔锋撰写的要求恢复女权的作品。她们向一个由男性建立、为男性利益设想的男性社会挑战。这个女权运动的爆发，是1968年事件的产儿，是构成我们这个时代的一个重要的因素。

起源可以追溯到1949年，西蒙娜·德·博瓦尔，哲学家萨特的伴侣，她在那一年发表了名著《第二性》。这是一个自由女性向兄弟般的男性发表的谈话。1968年的女权运动更为激进，对象成了其他妇女，而不再是被认为有歧视妇女嫌疑的男性。产生了妇女出版社、妇女书店、专为妇女看的杂志等。如果按照她们的逻辑推论下去，这个女性世界在某种情形下是要建立一个没有男性的社会，因此也产生了一些与男性同性恋并行的女性同性恋文学。

与激进的女权运动并行的是一个温和的女权运动，可称之为有教养的团体，比较循规蹈矩。她们要求恢复女权，并不想把社会分成两个对立群，而是想找到一种不可或缺的平衡。

第三类是心理小说。面对新小说和某些过火的女权文学，大多数读者不知所然或有些厌倦，于是转向阅读比较接近传统形式的小说。但现在的小说，不免受到1968年运动的影响，写法都比较现代，比较直率。尤其是1968年，根据那句“反对禁令”铲除了一切清规戒律，很多以前不敢在大众读物中涉及或需要极小心暗示的题材，都可以展示在光天化日之下了。卖淫、强奸、乱伦、同性恋、嗜毒等等，都被用极其逼真露骨的细节描写出来。日久天长，终于令人厌倦，于是浪漫小说、言情小说又见复兴。弗朗索瓦兹·萨冈和弗朗索瓦兹·玛莱—若丽斯的小说，被卡在读者两种矛盾的要求之间：一方面要逃避现实，投入梦幻，另一方面又想要描写逼真，而且事实确凿可信。

第四类的历史小说仿佛可以调节这两种倾向，如果作者既能掌握某一时代的资料，又有足够的想象力使过去复活。许多法国作家曾经在这种小说上施展才能，现在还有人继续努力，例如1981年遴选为法兰西学院院士的第一位女性玛格丽特·尤斯纳尔。1951年她发表的《阿德里安回忆录》，考证渊博，叙述生动，使公元2世纪的一位罗马王的个人生活和内心活动跃然纸上。在《妖术》(1968)这本书中，她描绘出一个16世纪的想象人物，一个被修丹炼金和人体研究的术士的智力控制活动的路程。整整一个世纪呈现在一个人的意识里。

有些著作篇幅浩瀚，可与画卷相比拟。这些作品恢复了巴尔扎克或左拉式的成组成套的长篇巨制的传统。俄籍法国作家亨利·特鲁瓦亚在《正直人的光辉》(1959—1962)里描写了1815至1820年的俄罗斯。法国职业军官于勒·鲁瓦在《太阳骏马》(1967)里叙述法国在阿尔及利亚的殖民史。罗贝尔·梅尔勒发表的多卷本小说，叙述一个贵族家庭曾经介入使法国惨遭分裂的宗教战争。

异代情调之外，还有异国情调。莫利斯·德努济耶尔利用19世纪美国历史写成三部曲：《路易斯安娜》、《虚伪的河》和《琐事》。皮埃尔-让·雷米从中国近代史中汲取素材，创作了《圆明园的洗劫》(1971)。他的写作技巧与“新小说”有相似之处，书中人物繁复，命运交错，每一章叙述一个人的遭遇，一系列的小故事组成一个庞大的事件。

最后一类是真伪自传。1968年起，自传文学已经不算一种次要的文体，而且获得了金书铁券。有几部这类著作的畅销，曾引起出版界的惊讶。

1974年罗贝尔·德布雷教授发表了《生活的光荣》，一本大部头的回忆录，叙述他的家史，自己读书、科研的成果，行医为人的经验，还有他对人类认识的反省。

1975年皮埃尔-雅盖兹·艾利亚出版《骄傲的马》。作者世代居住在法国西北部沿海的布列塔尼省，在入学前只会说本地土话，用研究外语的方式学习了法语。他歌颂了故乡的风土人情，读来有身处异境的感觉。

第一人称现在很流行，许多虚构文学作品也采用这种叙述形式。这种手法并不新颖，普鲁斯特、莫利亚克都用过。较近的一个模棱两可的例子是让·多梅松1974年发表的《随天气所欲》。这本奇特的书并未声明是一本小说，书名借用了一个贵族家庭的铭言。这个家庭世世代代居住在法国一个封建时代遗留下来的领地里，现在已经凋零没落了。祖传的古堡出卖，家族的成员在各种不幸中流亡失散。该族的继承人积极参加1968年的运动，和家庭断绝了关系，并到世界各地参加恐怖活动。作者想利用自己的印象和回忆，重新创造一个已经不复存在的世界。

再一个例子，可举玛格丽特·杜拉斯的小说《情人》，是法国 1984 年的畅销书。有人想把杜拉斯夫人算作“新小说”派，她虽反对，可是她的作品里却有不少与之共同的特点，如：文笔晦涩、小说段落接近电影。她也拍摄过电影，从 1973 年到 1981 年，她曾用全部精力从事电影创作。她从 1958 年发表《琴声如诉》开始作家生涯，始终未能博得广大读者的欣赏，《情人》的成功轰动一时。作者执意认为这是一部自传，她肯定书中所写的都是事实。究竟是真实的自传还是虚构的自传呢？大概故事的起点是确有其事，然而一位老妇人的幻觉和小说家的艺术，把这些素材如此巧妙地融合在一处，竟令人真假难辨。

法国当代小说丰富多彩，新的形式是由各种不同流派的小说互相影响、彼此丰富才产生的，值得更详细、更全面的探讨。在一篇演讲中不得不有所选择，分类也可能过于简单化，对许多有价值的作家只好割爱，所以说这只是一个简略的介绍。

1985 年 8 月写于沙堡

# 程增厚《法语诗汉译的模式研究》序

中国和法国是两个拥有悠久诗歌传统的大国，而且两国的古典诗具有两个共同因素：第一，两国诗都押韵；第二，法国诗数音节：八音节、十音节、十二音节等；中国诗讲言：四言、五言、七言等；言即音节，相当于一个汉字。这两个共同因素给中、法两国诗歌互译带来很有利的条件。

广州中山大学程增厚教授致力于法诗汉译的工作已有多年的经验。在研究生时代，他就翻译了拉辛的诗体悲剧《费德拉》，虽系未定稿，亦不失为一个艰巨良好的练习。继而他发表了十篇欧仁·鲍狄埃的诗，自评为“字数散漫和一韵到底”，也就是说尚无满意的具体格式。1982年他计划逐译《雨果诗选》，已经给自己规定了一个原则：以自由诗译自由诗，以格律诗译格律诗。雨果的诗全是格律诗，而且形式变化多端，他用尊重原诗的形式去解决音节和韵脚这两个基本要素。为了在措辞用语上给自己留一点回旋的余地，他决定译诗比原诗多两个音节：十音节的诗句译成十二字，十二音节的诗句译成十四字，余类推。

在他翻译欧仁·鲍狄埃的《国际歌》时，经过多次试译后，他发现八音节的诗句译成九字，六音节的诗句译成七字，更为灵活。

当他翻译魏尔伦的《秋歌》时，他先用译诗比原诗多两个字的安排，结果发现译诗中很多废字，臃肿不堪，就把此诗改成一字译一音的诗，竟获得一首内容和形式都忠于原著的优美诗篇。

经过长期思索、设计和修正，他终于发现一系列能够翻译所有法语古典诗的模式：

第一，1 = 3 是主要模式；

第二，1 = 2 对某些音节的诗句实用可取；

第三，前辈译者的 1 = 1 的经验也有可取之处。

所以，修正后的译诗模式为 1 = 1—3。这就是说，法语诗译成汉语，每句诗的字数可以等于原诗的音节数，也可以比原诗多一个字或两个字，当然，每首诗只能用一种模式，贯彻到底。

程增厚教授的功绩宏伟，他的《法语诗汉译的模式研究》不但可以成为法诗汉译者不可或缺的参考书，而且还可以供给中国诗人借鉴，以便产生中国新诗的模式。

2004 年

# 我读卢梭《忏悔录》

自从我一“结识”卢梭，就被他征服了。那时我才 15 岁，就醉心于他的《忏悔录》，而且读的仅是张竞生的汉译本。

我从小就喜欢读书，开始时是读一些章回体的旧小说，以后才读到一些汉译法国名著，如《茶花女》、《三剑客》之类。其中最使我受感动的就是卢梭的《忏悔录》。那是 1930 年春天，我同桌同学李朴刚买到的新书，他回家度假，把书放在书桌里。我把书拿出来，打开后窗，爬到窗外，坐在离地五六公尺的后墙两层石阶上。面对罗汉堂，在温暖的阳光下，入神地读起这部人间罕有的奇书。寺院万籁无声，偶尔传来几声鸟啼，更加深了寂静。卢梭向我叙说他动人心弦的恋爱经验，他与大自然交融汇和，一草一木、一沙一石都与他的心灵息息相通。他毫无隐瞒地叙述自己的善行恶迹，博得我的同情和敬仰。我心想：哪一天我能去法国，那将是多么幸福啊！

老天不负苦心人，经过多年的努力，我终于实现了我的愿望：中法大学毕业后，我获得学校公费保送留法，1937 年 10 月 7 日到达里昂中法大学海外部。之后进修、结婚生子、教书翻译等等。虽然岁月如流地逝去，我却没有忘记卢梭，我买了一部最好的“七星文库”版的《忏悔录》，先把原文仔细读了一遍，然后又在学校图书馆里找到一部张竞生的汉译本，就对照原文阅读，结果大失所望，因为译文中有许多错误和删节。但是卢梭的原著始终是我最喜爱的读物，很少有一部文学作品能够像此书一样，从出版到现在，在世界上产生这么巨大的影响。作者在卷首虽然说，他的作品“将来也不会有人模仿”，却引起后世无数或好或歹的效颦者！

此后我又搜集此书的其他的汉语本，根据下列不全面的单子，可以看出这部作品对于我国读者的吸引力已经十分可观了：

（一）《忏悔录》，章独译，“世界文学名著”，上海商务印书馆，1929 年 3 月初版。仅见上卷。

（二）《卢梭忏悔录》，张竞生译，“世界名著丛书”，上海世界书局，1929 年 9 月初版，1932 年 11 月 4 版。

（三）《卢梭忏悔录》，汪炳焜译，“世界文学名著”，上海启明书局，1936 年 5 月初版，1939 年 7 月 3 版。

（四）《忏悔录》，沈起予译，“世界古典文学名著”，上海作家书屋，1947 年 2 月初版。仅见上卷。

（五）《忏悔录》第一部，黎星译，北京人民文学出版社，1980 年 12 月第一版。

（六）《忏悔录》第二部，范希衡译，徐继曾校，北京人民文学出版社，1982 年 9 月第一版。

最后两部的译文较前四种有一定的进步，确系全译，没有删节。第一部仍然有一些错误，第二部错误较少。可惜这位才华横溢的译者范希衡却成为“反右运动”和“文化大革命”的牺牲者，十分令人愤慨和惋惜。最近听说国内有重译第一部的计划，如果可能，我愿贡献绵薄，襄成此举，以期此书终于能够有一个忠实的中文译本。

我国读者深爱卢梭的作品，特别是《忏悔录》，这是因为中国人民和作者一样喜好自然，沉迷遐想，感情激动，富于人性，虽然有时乌云蔽日，这些情感却始终闪耀在人们的内心深处。

1979 年春，我和雅歌合译的巴金小说《家》在法国出版，轰动一时，出版社就请作者来法访问。对巴金来说这是旧地重游了，他的第一个愿望就是让我带他到伟人公墓（Panthéon）广场去瞻仰卢梭雕像。遗憾的是他所熟悉的昔日的铜铸雕像已被德军熔为武器，换成一座石雕，令他失望，但他仍然沉默片刻。他回国以后对这次的瞻礼写了深合我意的两句话："我在《忏悔录》那里得到了安慰，并且学会了说真话。"（巴金《随想录》第一辑，第 89 页）同书第三集的小标题就是《真话集》。以上这两点就说明卢梭《忏悔录》对于巴金的影响多么深刻了。

1989 年 11 月写于里昂

2005 年 1 月修改

# 马塞尔·巴纽尔的《父亲的光荣》

## 一、作家的生平

马塞尔·巴纽尔（Marcel Pagnol），1895 年 2 月 28 日生于法国南方小城奥巴尼，1974 年 4 月 18 日卒于巴黎，享年 79 岁。他既是戏剧家、小说家，又是翻译家和电影艺术家。祖父是石匠，只受过启蒙教育，除签名以外不会写字，但可读书，能使六个子女都进学校，且其中四人成为教育工作者，也算难能可贵了。作家之父是小学教员，母亲是缝衣女工，生三子一女，马塞尔居长，自幼聪颖，记忆力极强，先在马赛，后去蒙彼利埃读书，获文学学士学位。毕业后在马赛中学教英语，继调巴黎，初期剧本《光荣贩子》（1926）和《爵士乐》（1927）的演出结果平平。他的社会讽刺剧《窦巴兹》1928 年上演，轰动一时。接着是以故乡民间传说为题材写成著名的三部曲：《马里尤斯》（1929）、《法妮》（1931）和《凯撒》（1946），演出也很成功。上述四部剧本搬上银幕后，作者博得空前盛名，随后将友人让·纪攸诺的小说《安冉儿》（1934）、《再生草》（1937）和《面包房老板娘》（1938）改编拍成电影，都非常受欢迎。

成名以后他放弃教书生涯，悉心从事戏剧和电影工作。1946年，被遴选为法兰西学院院士。他翻译了莎士比亚的《哈姆雷特》（1947），以诗歌形式逐译拉丁诗人维吉尔的《牧歌》（1958）。又发表剧本《犹大》（1955）和《法比安》（1956）。《童年的回忆》第一卷《父亲的光荣》于1957年问世，次年有第二卷《母亲的古堡》，1960年有第三卷《秘密时代》，而第四卷《爱情时代》是作者死后经友人伯纳·德法路阿整理，于1977年出版的。此外他还出版过传记小说《铁面人》（1964）。1963年作者按1952年自己编写摄制的电影《山泉》的情节，改写成一部上下两卷的《山泉》，上卷名《让·德弗楼莱特》，下卷《泉女玛侬》，朱利亚尔出版社出版。1986年克鲁德·贝利重新摄制这两部电影，成为畅销书，再次证明巴纽尔著作的不朽性。

他的著作极丰富，无法一一介绍，只将其代表作《窦巴兹》剧情略述如下：窦巴兹是一个诚实质朴的小学教员，因责任心过重而遭解聘，只得投靠一位市参议员。参议员赏识这位穷职员的才干，使之成为自己的傀儡。窦巴兹逐渐洞察官场的黑暗内幕与猎取名利的手法，而开始效颦。因其聪颖过人，终于青胜于蓝，采取参议员的一套看家本领，把原来操纵他的主人驱逐下台并夺其情妇，而名利兼收，成为政治舞台上的红人。此剧有郭麟阁的汉语译本，1981 年在北京上演。

60 岁以前，他的创作只限于剧本与电影剧本，没有写过小说或回忆录之类的散文。他忽然改变文体是受到一个耐人寻味的故事的启迪。

巴纽尔谈吐娓娓动听，使沙龙满座生春。一日，在当时巴黎舆论界权威皮埃·拉扎赖夫及其夫人海伦家中做客。席间，巴纽尔应主人之请讲述了幼年时代的一件小事，他和父母弟妹一行五人，从马赛到他们租的一个小别墅去。为了抄近路，父亲用昔日学生（运河监工）借给他的钥匙，把沿着运河的四个古堡的门打开，偷偷地走过去。一向平安无事，忽有一天走到最后一个门前，发现门上加了一条锁链和一把锁。这时古堡的看守带着一条大狗出现在他们跟前。看守没收了钥匙，叫他们从原路走回去。巴纽尔多年后成了著名电影艺术家，无意中买了这座古堡作为他的制片厂。这时他母亲早已去世，作家讲述往事，纪念亡母。

海伦夫人觉得这个故事很有意思，就请巴纽尔写出来，在她主编的妇女杂志1956年圣诞专号上开始发表，连载五期，极受欢迎，读者纷纷来函要求作者续写这类作品。意外的成功使他在心中萦绕半个多世纪的儿时回忆，犹如江河决堤之水，奔腾澎湃一泻千里，原计划写一本小书，谁知竟写成洋洋四卷。生活乃写作的源泉，书中琐事都是作者亲身经历，久藏心灵深处，再经作者生花之笔抒写出来，自然形成杰作。

《童年的回忆》前三卷由摩纳哥的一个小出版社出版，第一卷问世后，立刻轰动巴黎出版界，每个书店上百册订购，印刷厂供不应求，三个星期就卖了三万册，一个月五万册。与其他畅销书有一点不同，即此书销路至今不曾间断，此书有各种不同版本：精装本、插图本、普及袖珍本等，精装本已远超100万册，普及本打破了以左拉首创的纪录；仅此书前两卷印刷的数量竟超过了左拉12本小说的总量，20年来已卖了1600多万册。在法国作家中，雨果著作的销路仍居首位，其次就算巴纽尔了。

此书问世后，受到舆论界一致赞美，下面选择几条，以飨读者：

小说家兼意大利文学专家多梅尼克·菲尔曩代兹说：“如果想到斯蒂文森、马克·吐温和高尔基，我发觉在巴纽尔以前法国文学完全不能描写一个幼年儿童发现世界时那种特有的、既紧张又高兴的迷人事务。”

戏剧家让·阿奴耶说：“巴纽尔曾经是一位伟大的戏剧家，但现在是一位更伟大的散文家。”

文艺评论家雷巴特：“这部作品所洋溢的只有阳光，没有别的。”

《父亲的光荣》刚出版，有一位小学教员给作者写信：“您的著作实在值得钦佩，因为里面有很多可以选作听写的材料。”

这位初期读者有先见之明，现在法国中、小学的教科书，选择了《童年的回忆》的许多片断，这使巴纽尔成为拉封丹、雨果和都德以后的第四位古典作家。

1926年2月28日马赛市长德菲尔函告巴纽尔说：马赛市政府决定采用作家的姓名作为本市东郊新建圣·卢大型中学的校名。巴纽尔的父亲曾在圣·卢小学当过教员，作家自己也曾在那里就读。一个人在生前能够获得这种荣誉在法国是罕见的。目前以马塞尔·巴纽尔为校名的法国中、小学已有140多个。

## 二、魅人的内容

这部著作之所以能取得空前的成就，我想主要应归功于题材的选择，因为童年对于我们具有无限的吸引力，每个人都有一个童年，虽然各人的环境与遭遇不同，可是大家对童年都怀着一种不可抗拒的向往之情。童年时代无忧无虑、天真烂漫的生活是每个人一生中最美满、最幸福的一段，然而想到时不再来又引起我们无可奈何的惆怅。巴纽尔把他童年的生活描写得细致入微，翔实逼真，使人觉得这座失去的乐园重现眼前。尤其他幼年的遭际绝对不是高不可攀的。我们知道他出生在一个极普通、极平凡的家庭，这种家庭的一个孩子怎样会走上文学之路，又怎会成为一个世界闻名的大作家呢？我们的好奇心可能引出以上的问题。

他个人的成功与他全家的努力是分不开的，因此在本书开端，他先叙述他的家族。从16世纪初，巴纽尔的祖先就从西班牙移居法国普罗旺斯省，以国籍为姓：巴纽尔大概是从“l’espagnol”（西班牙人）演变来的。他们以制造武器、烟火、锁头或镌板、石印为职业，经过三四个世纪后，虽有些人已经成了当地乡绅，但在历史上却默默无闻。一直到了作家的祖父、石匠安德烈，才感觉自己不学无术是巨大遗憾，故尽其所能使六个子女都受到教育。祖父的努力与当时社会制度的发展是分不开的。1882年法国教育部长朱尔·费利建立了国民义务教育制度，在全国各省创办了师范学校。于是安德烈才有机会把他的四个子女送进师范学校学习，并被任命为小学教员。在这以前，法国的教育只是一小部分贵族和僧侣的专利品，一般平民没有享受教育的权利。作家父亲是小学教员，每月工资仅 54 法郎。虽说当时生活水平不高，但他姨父在省政府任副科长之职，不过是中等职员，每月工资却有 220 法郎，是他父亲工资的四倍有余。相形之下，我们必须承认他父亲的工资的确很低。家里两大四小六口人，经济情况自然不免拮据。幸亏母亲精于缝纫，孩子们的衣服不用购买。再说他父亲的思想更为先进，认为“万恶之母并非游手好闲而是愚昧无知”，他还相信教育可以促进人类一代胜似一代，又发现自己的长子异常聪颖：四岁没有人教就自己学会了读书。（第 42—44 页）因此，他希望儿子不要进师范学校而入中学、大学，将来可当中学教员甚至大学教授。但是自己工资太低，家中人口太多，实在无法供儿子上中学，于是想尽办法把儿子培养成才，使他考取奖学金，获得升学机会。儿子也颇知用功，不辜负父亲期望，考取奖学金后，果然一帆风顺，中学会考成绩优良，继而大学毕业，即在中学任教，辗转升迁，调任马赛中学英语助教。一位督学颇赏识他的教学法，特别提升他到巴黎最大的龚塞尔赛中学助教，以便在那里预备大、中学教师学位考试，将来可任命为正式中学教员。但这并非作家本人的意愿，从青少年时代起，他就喜爱写诗、编剧、办杂志。这倾向很早就露了苗头：他幼时对大人的谈话内容并不感兴趣，但留意他们使用的词汇，一发现生疏的词就问。他父亲和姨父认为这是良兆，每次都认真解答。像别人集邮一样，他把一些自己认为优美的词句记在一个小本子里。（第150—151页）

1902年作家的妹妹出生，母亲产后身体孱弱，需要休息一段时间，他父亲和姨父1904年4月在马赛附近山上租一小别墅度暑假。别墅在市东郊十余公里的小村拉泰耶，是由一农舍改建，上下两层，楼下一间大饭厅和厨房，楼上四间小卧室，旁边还有一荒芜果园改作花园。每年租金80法郎，由两家分摊。他们还在当地请一傻气的村姑，每天下午来替他们刷碟洗碗、浆洗衣服。（第131—134页）别墅只是一所空房，需添置家具，买新的太贵，父亲就带儿子到旧货铺去买旧的。在煤炭铺借了一辆排子车自己拉回家。地下室改成木器作坊，父子二人下课后把这些旧家具加以修理、安装、上胶、涂漆。这些工作虽然用了不到三个月的工夫，在孩子的记忆里却占有十分重要的地位。因为就是在一盏煤油灯光下，他发现自己可以如何巧妙地运用双手，以最简单的工具取得神奇的效果。（第81—93页）从此他一生保持在家里修修弄弄的好习惯。这些手工操作对造就一个早期电影艺术家所具有的作用是不可低估的。

7月14日法国国庆节开始放暑假，他们雇了一辆骡车拉家具，自己先坐一段电车，然后母亲抱着小妹妹坐在骡车上，父亲带着两个儿子跟着车后步行九公里才到拉泰耶。那时作家刚九岁半，在城市长大，第一次来到山村，从此开始了他一生中最美好的日子。他整天在山野里游玩，逐渐发现大自然是神奇美妙的瑰宝。《父亲的光荣》绝大部分篇幅是叙述他在山上的生活。作者唯一的小说《山泉》也是以该地为背景。笔者有幸，半个世纪以来，每年都到普罗旺斯省度假，所以特别欣赏这部著作。

## 三、隽永的幽默

这部著作不但充满着普罗旺斯艳丽的阳光、蔚蓝的天空和树木浓烈的芳香，还荡漾着开朗的笑声和隽永的幽默。巴纽尔的幽默可分为讽刺他人和自我嘲讽两种，每种各举三例如下：

### 1．讽刺他人

作家的弟弟保罗出生于1898年4月28日，比马塞尔差不多小三岁，正是他儿时游戏的好伙伴。虽然兄弟二人情感甚笃，但看见弟弟好笑之处，他仍忍俊不禁。

例一：

保罗很馋，贪嘴的毛病十分惊人，不管什么东西都往嘴里塞，时常堵得脸红脖子粗，踌躇蹒跚地走来找妈妈。妈妈先给他捶捶背，再用手指抠他嗓子眼，实在抠不出来了，就用双手抄起他的两只脚，脑袋朝下，左右摇晃，使他终于吐出一个大黑橄榄、一个核桃或一大长条腊肉来。（第 46 页）

例二：

在去别墅的小路上，有许多壁虎一动不动地在墙上晒太阳。保罗开始捕捉，但只是捉住几条蠕动的尾巴……他还要继续猎取壁虎的尾巴，母亲用几句动人的话劝他，竟使他热泪盈眶。于是他放弃了这个残忍的游戏，去把抓来的小蚂蚱，用两块石头压碎。（第 103—105 页）

例三：

骡车爬上一个高山坡，车夫和父亲都在后边推，车夫叫马塞尔用鞭子使劲拍打骡肚。保罗喊道："不，不，我不让！"

父亲本来要为这个小家伙的恻隐之心所感动，但保罗指着车夫说了另一句令人吃惊的话："剜掉他的眼睛！"（第 110—111 页）

2．自我嘲弄

作家不但讽刺别人，也冷静地观察自己的言行，并毫不隐讳地解剖自己的心灵，只要发现一个污点或是可笑之处，立刻一针见血地道出。

例一：

布置别墅的家具都修理好了，母亲站在前边百看不厌，她尤其欣赏的是那张经我上了三道棕红油漆的小圆几。圆几非常好看，但最好"请勿动手"，因为如果把手平放在上面，就可以像魔术师那样把它带起来运走……"塞翁失马，焉知非福"，这个小圆几作为一件名贵家具摆在明亮之处，粘住了无数苍蝇，对别墅饭厅里的安静与卫生都大有裨益，至少是头一年。（第 94 页）

例二：

校园的法国梧桐上虽有几只蝉，我可从来没有就近看到过，父亲却许诺给我千万只，而且都在手边上。因此我一面谛听这几只隐藏在高枝密叶间嘲弄我的迷途歌手，一面毫无诗意地想道："这老婆娘，等我上了山，给你屁眼儿插草根儿！"8 岁的"小天使"就如此和蔼可亲。（第 98 页）

例三：

8 月 10 日左右，一场大雨把暑假打断了整整一下午，并带来了一个无法避免的听写练习。

朱尔姨父靠着玻璃窗的门边，躺在帆布长椅上看报，保罗蹲在一个黑旮旯儿里自个儿玩骨牌。母亲在窗前缝衣，父亲一边磨一把小刀，一边逐字逐句地大声朗读一个不可思议的故事。

这是一篇讲道的文章："一位家长在果园里摘了一串葡萄，舍不得吃，带回家来送给妻子，就出去了。妻子十分感动，偷偷地把葡萄送给儿子。儿子一语不发，转赠给妹妹。妹妹一粒也没有吃。吃饭时，父亲在面前发现自己摘的那串葡萄，就把全家人拥抱在怀里，两眼凝望上苍。”

听写练习结束了，我还不知道这串葡萄到底被谁吃了。姨父合上报纸，一本正经地对我说：“你应该把这页书背下来！”他用咄咄逼人的口吻叫我做额外的功课，使我非常气愤，我反问道：“为什么？”

“你瞧，”姨父说：“难道这些乡下人谦恭礼让的态度没有打动你的心吗？”

我一边瞧着窗外的大雨把无花果树的枝干冲洗得乌黑锃亮，一边咬着铜笔杆。

他又追问了一句：“为什么那串葡萄在他们全家手里转了一个圈儿，可是谁也没吃呢？”

姨父用充满慈爱的目光注视着我。为了争取他们的欢心，我全神贯注地思索这个问题，忽然恍然大悟地喊道：“因为这串葡萄上沾满了杀虫药！”（第153—154页）

## 四、戏剧的突变

在《童年的回忆》以前，巴纽尔写过许多震撼人心的话剧和电影剧本，而且大都是由他自己导演、制作的。现在写这部散文著作，自然会运用戏剧手法，使文章避免平铺直叙、暗淡无光的毛病。因此有时情节似陷绝境，蓦地一个神来之笔造成意外的胜利，有时读者认为已经达到顶点，突然笔锋一转，作者把他们带到“柳暗花明又一村”。所以我觉得“语不惊人死不休”这句唐诗的确可以当作巴纽尔的美学箴言。

再举两例。

例一：

> 打猎的前几天，父亲和姨父在花园里试验猎枪。在花园深处厕所的木板门上，用四枚图钉钉上一张打开的报纸当作瞄准目标。二人轮流射击，每人打五枪，一共放了十枪。每放一枪，立刻去检查报纸上铅砂打的小孔，然后再贴上一张新报纸，最后把十张报纸都揭下来，看见门板上嵌着廿多粒铅砂。姨父说：“这块门板的木块太硬，铅砂打不透，如果咱们用的是子弹……”
>
> 幸亏他们没有子弹，因为这时在疮痍满目的门后边，发出一丝纤弱的声音，用犹豫不决的口气问道：“现在我是不是可以出去了？”
>
> 原来两家合用的傻丫头一直躲在厕所里呢！（第191—195 页）

例二：

打猎期开始那一天凌晨四时，父亲和姨父决定不带马塞尔就走了。不料马塞尔却偷偷地跟在他们后边。两个猎人走进山谷，小孩儿爬上山坡，沿山谷边缘按他们的速度前进。可是到了拐弯走进另一个山谷的时候，马塞尔想走下山坡，眼前却是一个百尺悬崖，又无任何狭小通路让他溜下山谷。如果走向原路，必须绕个大弯，又怕追不上两个猎人，只好继续在山上前进。不久就看不见他们的踪迹了。山路崎岖难行，忽上忽下，荆棘丛生，左拦右阻。又遇见一只老鹰捕鸟，他以为是向自己扑来，万分惊惧，就迷了路。太阳已经偏西，料想自己得在山上过夜。他还希望父亲能带着村里人打着火把上山来寻找，所以最好自己在山顶上燃起一堆火，以引人注意。可惜没带火柴，自己又不会钻木取火。这时真后悔不听大人劝告，私自跑上山来。正在心慌意乱，忽然想起父亲往日教给他们的一句话："不要由于希望才着手进行，不要由于成功才坚持不懈。"

他重复念了几遍这句灵咒，觉得自己已变成一个小大人，勇气百倍，决定走下山去，一定会找到自己的家或一条不太荒凉的路。

他小跑下山，一刻钟后发现一个山谷，想到边缘去看看。离崖边还有50步时，听见一声枪声，两秒钟后又响一声。枪声是从山谷中传来的。他往前跑去，只见一只大鸟落在眼前，正要弯腰去拾，头上挨了一下猛击，打得他头晕目眩，双膝跪地。原来是另一只鸟正好落在他头上。他迷迷糊糊地摸了摸脑袋，一看满手是血，以为自己受伤，正要流泪，忽见那两只鸟也是鲜血淋淋的，自己就放心了。提起两只还在颤抖的鸟，鸟很重，活像两只公鸡，双手高举，鸟头仍然着地。他心中怦怦直跳，难道这是两只山鹑？难道是姨父打落的？

正往前奔走，忽听见姨父责备父亲的声音，说他不该放枪，应当让自己打，就不会把山鹑放走了。现在错过唯一大好机会，实在可惜。父亲连连认错道歉。马塞尔走近崖边，看见父亲歪戴着鸭舌帽，嘴含一根香草，不住摇晃着一张沮丧的脸。小孩立即跳上大石，探身向前，大声喊道：“爸爸打着了，两只都打着了！”

他的一对小拳头紧握着四只金光灿烂的大翅

膀，把父亲的光荣猎获品高高举在夕阳残照里。（第 213—256 页）

## 五、小结

作者生前，曾有电影制片厂许以重金购买此书的电影制片权，作者却托言自己拍摄而拒绝了。我们认为这是一个失策。如果当时作者亲自协助导演，肯定会拍成一部佳片。但自 1957 年摄制都德名著《磨坊文札》电影以后，作者就放弃了这种工作。以后年事日高，遂未竟此志。虽然作者遗孀（主演《泉女玛侬》的影星）热烈期待有人实现这个计划，至今仍无人问津。我想拍摄此片至少有双重困难：第一，此书所述皆日常琐事，并无任何惊险奇特的情节；第二，主角是两个十岁以下的幼童，除非演得特好，实在难以吸引观众。因此我们不知何时才能在银幕上看到这部感人肺腑的杰作。

1987 年 7 月 14 日写于甘舍堂

注：括弧里的页数引自法语袖珍本 1976 年版《父亲的光荣》。

# 纪念孔子

今天在我们纪念孔子2544周年诞辰的时候，我想起一个关于孔子降生的古老传说：在他出生以前，他的家乡出现了一匹麒麟，嘴里吐出一块美玉，上边雕刻着十个字："水精之子继衰周为素王。""水精之子"就是说这个婴儿是用水的精华做成的，纯洁无比，剔透玲珑。"继衰周为素王"就是说他在周朝衰弱的时期成为一个没有国土的帝王。一个帝王，无论大小总有他的国土，可是孔子却寸土皆无。虽然如此，他的影响却是无限的，而且他在位的时间也是无限的。怎么说他的影响是无限的呢？今天我国各城市的人都纪念他的诞辰，而且台湾、香港、东南亚以及世界各大城市，只要有炎黄子孙聚集的地方，中国人都举行纪念活动。咱们现在法国巴黎正举行纪念仪式，不就证明他的影响是无限的吗？怎么说他在位的时间也是无限的呢？孔子出生在2544年以前，可是到现在我们还纪念他的诞辰，我相信只要中国人在地球上存在一天，孔子将永远受到我们的缅怀，这不足以证明他的永恒性吗？

那么为什么孔子会成为一个永远在位的无冕王呢？我想还是引一段《论语》来解释这个神奇的现象吧。该书第七章第二十三节："子曰：若圣与仁，则吾岂敢，抑为之不厌，诲人不倦，则可谓云尔已矣。"现在把这几句文言译成白话，就更清楚了："如果有人说我是一位满怀仁爱的圣人，那我实在不敢当；可是我永不厌倦地身体力行，以期达到这个理想；并且也永不厌倦地教导别人也达到这个理想；我所作所为不过如此而已！"因此我们每一个人都应该坚持不懈地努力去实践这个理想，还应该把这个理想传达给我们的后代。但是我们生活在法国，我们的后代只能受到法语教育，没有机会，或者很少有机会学习中文；学不到中文就无法深刻了解中国文化，也就不能实践孔子的遗训。这是我们每个华侨极其严重的忧虑。因此我们应该尽一切的努力在法国创办一所或更多的中文学校，使我们的后代能够从小学开始，一直读到高中毕业，同时学习中文和法文。这是我们旅法华侨多年以来的心愿，可是一直到现在还未能实现。我衷心希望这个心愿尽快地付诸实现！

1993年9月28日于巴黎

# 《胭脂》观后记

旅居国外，尤其是我家住里昂，很少有机会看中国电影，有时参加中国大使馆举办的电影招待会，请帖上往往不注明影片的名称，看时才知道演的是什么片子，深感不便。1983 年 9 月 20 日，中国常驻联合国教育科学及文化组织代表团为庆祝“中国文化日”开幕典礼举办了隆重的酒会，招待中外来宾。会后放映由蒲松龄（1640—1715）《聊斋志异》中一篇题为《胭脂》的故事改编成的彩色影片。我接到请帖后就翻开《聊斋》，把这个短篇重读了一遍。

这是 篇公案小说，叙述一个双重冤狱。情节复杂，措辞委婉，层次分明，引人入胜，实在是一篇杰作。

（一）先说昏官

鄂生是一个 19 岁的青年，生得极其腼腆，不善辞令，一上公堂就吓得浑身发抖，一句话也回答不上来。知县以为他做贼心虚，立刻叫人上刑。书生体弱，不耐痛苦，只得屈服。解到府里，依样画葫芦。换了几任知府复审，如同换汤不换药，结果毫无进展。这的确是当时官僚的写照：老爷坐堂，高高在上，只知动刑，不会审讯，更不懂得体贴下情，简直是草菅人命。

（二）比较精明的官

济南府尹吴南岱采取的措施比较正确：先使人探听了鄂秀才的真情，再叫他和胭脂对质。吴公先问胭脂和鄂生邂逅时有无第三者在场，她说没有。再问鄂生，他说："那天经过卞家门口，看见旧时邻居王氏和一位少女出来，自己立刻走开了，并未交谈。"吴公喝责胭脂道："你刚才说没有第三者在场，怎么出来个王氏呢？"说着就要给她上刑，胭脂害怕道："王氏虽然在场，但与此事无关。"吴公命人传来王氏，先单审王氏，问她杀人犯是谁，她回答不知道。吴公骗她说："胭脂说你知道，你怎敢隐瞒？"王氏大喊冤枉，道："那个浪丫头想男人想疯了！我虽说要给他们撮合，那也不过是说句玩话。她自己把奸夫引到家里，我怎么知道是谁杀了她爸爸？"吴公又叫她把她和胭脂开玩笑的事前前后后详细说了一遍，以后再传胭脂上堂，问道："你刚才说道这件事与王氏无关，为什么她说要给你和鄂秀才撮合呢？”胭脂哭着说：“都是我没出息，害得父亲惨死。这件官司不知打到哪年哪月，实在不忍连累王氏。”吴公又问王氏是否把这件事告诉她丈夫了，王氏说她丈夫远出未归。又问她是否告诉了另外一个人。王氏先不肯招，吴公叫人夹她的十个手指，她只好招出自己的情夫宿介。吴公审问鄂生、胭脂和王氏时，颇为精明，所以能够把鄂秀才的冤狱开脱了。等到他审问宿介时，就未免武断。宿生固然犯了一些错误，可是他承认把绣鞋丢了以后，就没有再去卞家，吴公并不细问丢鞋原委，便一口咬定宿介是杀人凶犯，只凭自己一句过于简单的推理，就把另外一个无辜青年打下十八层地狱。吴公至少是聪明一世，糊涂一时吧？

（三）贤能的官

施愚山不是一般的官吏，而是一位学使。他的才干闻名乡里，行事谨慎周到，能洞察人心，又富有同情心，确是一位难得的清官。他是蒲松龄的老师，由此可见这篇作品并非虚构，有可能是纪实。施公晓得残梏毒刑只能把清白无辜的人民投进无底深渊，可是对于那些善于挺刑的泼皮无赖却未必发生效力。于是他想出一条利用神鬼破案的计策。用现代人的眼光看来，自然有些可笑。但是我们不要忘记这桩公案发生在 17 世纪，那时一般民众的文化水平很低，迷信支配着他们的日常生活啊！施公预先做好一系列的巧妙安排，使自己心中有鬼的毛大坠入圈套，不打自招，因此开脱了宿介的冤狱。他在当时的确可以算作最有贤能的官员了。

电影《胭脂》是一部宽银幕古装彩色故事片，由浙江电影制片厂拍摄，音乐由上海乐队演奏。听说该片在技术上曾得到香港电影工作者的协助。基本上取材于蒲松龄《聊斋志异》同名的短篇小说，改编者也自然做了一些必要的增删修改。比方说影片取消了胭脂的母亲这个次要的人物，增加了聊城县知县和王氏的姓名："游手无籍"的毛大变成了鄂、宿二人的同学，以便使结构更为紧凑。简化了一些情节：在原著里，王氏婚前与宿介发生过暧昧的关系，婚后每逢丈夫远出，仍与宿生重叙旧好。在影片中，改为王春兰是宿介的表姐，二人幼时青梅竹马，春兰的丈夫死后，与宿介相依为命。最重要的改动是删去了施愚山利用鬼神破案的妙计，改为施公在卞家发现了一只银凤钗。这钗是毛大用来引诱王春兰的礼物，被春兰扔在门外，毛大拾钗时，捡到了宿生遗失的绣鞋。毛大杀了卞牛医，慌慌张张地连鞋带钗一并丢在卞家。胭脂被释放后，在一个风雨之夜，毛大突然闯进她家，强奸不遂，持刀相逼，当场被获。影片还增添了几首悠扬悦耳的歌曲，给故事不同的场合渲染了喜剧轻盈的气氛或悲剧凄凉的色彩。

与中国一般的影片不同，这部蔚然可观的新片没有注明拍摄的年代。我认为这部公案片含有极其深刻的意义。

中国的公案小说很像西欧的侦探小说，二者不同的地方是：中国式的凶杀案一发生时，读者立刻就知道凶手是谁，以后才由担任审讯的官员去设法捕获犯人；西方的侦探小说家往往把发现凶手这件事放在全书的最后几页。这两种叙述方法各有千秋。不过，最近有些西欧的影片也采用中国的公案式：把描写凶杀案发生的镜头摆在电影的开端，以便使观众更易了解故事的内容。

尽管《聊斋志异》包括许多鬼怪不经的故事，它的现实主义思想性还是非常强烈的。这部中国古典名著已经部分地译成多种外国文字。法国书刊上零星发表了多篇译文，单行本的译著也有好几种，译文篇数最多的要算是列为联合国教育科学及文化组织“世界文学代表作·东方知识丛书”第三十一种的那个选本，题名：*Les contes extraordinaires du pavillon du loisir*，由巴黎第七大学中文系吴德明教授（Yvcs Hervouet）主编并撰写序言，由八位中法两国汉学家合译的，一共选择了26篇。1969年，巴黎伽利玛出版社印行。笔者曾参与其事，翻译了两篇：《伍秋月》（原书卷八），《绿衣女》（同书同卷）。笔者还在另外一本著作里发表了四篇《聊斋》的译文，那就是盖玉瓦（Roger Caillois）主编的《世界奇异故事选》（*Anthologie du fantastique*），1958年，法国书社出版。篇名如下：《咬鬼》（同书卷十五），《画皮》（卷一），《陆判》（卷一），《荷花三娘子》（卷八）。我很喜欢这部作品，将来如果有机会，我还想多多向法国读者介绍几篇这部不朽的中国名著。

1983年9月21日写于巴黎

# 喜读张凤娇书画

张凤娇是一位聪颖绝伦、多才多艺的书画家。13 岁才开始学绘画，老师让学生画三张自由画。凤娇的作品不但设计新颖、突出题材而且色彩鲜明，都取为第一，被选作科代表美术组长。1986 年她在中央工艺美院进修油画、室内装饰及服装设计，毕业后留在本校附中，任美术教师。因为教授有方，学生进步迅速，其中八名参加比赛获奖，教育部发给她荣誉证书。她在中国书画研究社进修国画，从黄钧、张步等名家学习人物、山水。她 23 岁时，正值曹雪芹纪念画展在端门楼上举行，她的工笔巨画《大观园》图与众名家作品同时展出。她最年轻，但篇幅最大，人物最多，而且结构轩昂、技巧细腻，竟使观众不敢相信是这么一位年轻画家的作品。

为了师法造化，凤娇遍游中华大地，南至福建、广西，西达甘肃、四川，攀登了秀丽的峨眉金顶，徘徊于奇峰倒映的漓江之畔。旅游归来，从社长肖劳先生学诗词、古文及书法。一年后就参加1986年在开封市举行的《现代国际临书大展》。她临摹岳飞所书《前出师表》在16国百幅竞选作品中获奖。日本天皇的书法教师中岛司有先生赠送她赴法深造的旅费。1989年，她去德国参加汉堡举行的“中国日”活动，在浮士现代艺术画廊举办个展，该画廊收购她20幅画，她就利用这笔收入来法进修。她来到巴黎，入美术学院，在画室搞创作。最令她兴奋的是卢浮宫和其他博物馆展出的无比丰富的艺术品，她得以尽情欣赏，细心揣摩。

这次她在赛夫尔（Sèvres）市政府文化中心大厅举办的书画展（3月24日至5月5日），4月6日19时，将由市长先生主持开幕式。画展绝大部分都是新创，包括山水、花卉、书法和油画，可谓琳琅满目、美不胜收。其中笔者最欣赏她那幅油画《静物》：碧绿的叶子衬托着娇艳的花朵和晶莹欲滴的葡萄。还有那幅行草，屈原《九歌》，挺拔秀丽，浑然天成。作者仿佛永远在超越着自己。

1994年3月28日于里昂

# 写在《梅宁钧画展》开幕之际

旅居里昂的中国女画家梅宁钧将于5月26日至6月7日在巴黎光华画廊举行个人画展。开幕式于26日下午4时，由中国驻巴黎大使馆文化参赞张文明先生和我共同主持。

梅宁钧1947年出生于南京，在上海长大。自幼酷爱丹青，“文化大革命”中曾绘制过宣传画及话剧舞台背景。1983年赴日本京都美术学院学习。1985年以巨幅油画《根》荣获国际扶轮社奖。1986年3月毕业，同年获得奖学金来法深造。

1986年她在里昂中国艺术馆举行个展时，笔者与她初次相识。她的作品内容丰富深厚，形式变化多彩，在日本时的习作工笔重彩的花鸟静物颇受宋代宫廷画派的影响，她的山水画潇洒自如深得禅宗真味，还有一些以西洋画的形式表现中国魂的作品也很动人。

之后，笔者经常参加她在里昂市内或附近地区举办的画展。作者辗转于中西艺术殿堂，努力获取各方面的营养，以期丰富自己的艺术阅历。她师法自然，执着追求，每次都达到一个新颖的境界。

1988年，她在昂斯古老塔式城堡里举行以“东风与西风”命名的个展，数十幅风格迥异的作品陈列在几个高低不平的展厅里，每攀登一个展厅时，观者在艺术欣赏上也仿佛有“更上一层楼”的感觉。笔者最喜爱她那四幅题名《长恨歌》的水彩绢画，她仅用四个画面紧扣着史诗的主要情节，就把白居易这首千古绝唱的神髓表现得透彻无遗。可惜这四幅巨制被几个不同的收藏家分别购去，一般观众已无法鉴赏全豹了。笔者已购得另外一幅水彩绢画，上面画的是两个牧童骑着两头水牛，在一望无际的蔚蓝江水里悠然漂浮，一群银色小鱼朝着水牛鼻子飞游而来。诗意盎然！

1989年，她应国际扶轮社的邀请在里昂风景优美的金头公园举行个展。这一次全部作品都是崭新形式的抽象画。她以鲜艳的色彩和富有韵味的线条表现出内心的景物。

同年，她回国在江苏美术馆作个人画展，继而又东渡日本，在东京银座三井画廊作个展，展出的作品大都是法国和意大利的风景油画。笔者未曾参与盛会，不悉其详。只知道这次展出十分成功，所有展品几乎全部售罄。

今年她被邀请参加里昂的“春季沙龙”。在140多位画家展出的300多幅画中，里昂市政府只选购了她的一幅题名《光》的中国水墨画，真可谓“巨眼识英雄”了。这不但是梅宁钧个人的光荣，而且也是我们整个炎黄子孙的光荣！这幅画的特点是用现代抽象的线条造型表现来自天上奔腾汹涌的黄河之水，如山的浪头上飞荡着几只沙鸥，上端题着李白古乐府《将进酒》的名句作为画外音。

这次在光华画廊展出的作品大部分都是新作，无论在体裁上还是在技巧上，画家不囿于旧作，梅宁钧尽力用清新的格调描绘春光明媚、鸟语花香迷人的五月，以期巴黎的观众们获得心旷神怡的艺术享受。

1992年5月

# 阅世

# 我与北京

1915年9月1日（农历七月二十二日），我出生在北京宣武门外大街江西会馆对过儿。不久，我家迁往宣武区教子胡同38号清朝末年顺天府尹何乃莹的住宅。在这所深宅大院里度过了我的青少年。1937年，我在中法大学毕业，成绩优良，由该校保送赴法留学。

48年后的今天，我偕法籍妻子雅歌（雅克琳·阿蕾扎艺思），应中国作家协会邀请，归国讲学、访问。1985年9月6日到达北京时，作协顾问姚雪垠先生和亲友们来机场迎接我们。我二弟静逸一见面就给我拜寿。我发了一愣说：“我的生日已经过了好几天了！”他说：“按阳历算，你的生日的确过去了。但在国内，我们仍按农历过生日。今天正是农历七月二十二日，恰好是你的七十大庆！”他

1985 年在诗人艾青（右）家做客

这句话使我恍然大悟，我仿佛第二次降生在北京的怀抱里。

当晚，诗人艾青以作协副主席的名义，在北京烤鸭店宴请我们。皮脆肉嫩的烤鸭夹在芝麻烧饼里，饶有家乡风味。当大家知道那天是我的生日时，就一同举杯给我祝寿。

在北京期间，我们和法语界知名人士座谈，参加了中法大学校友会的聚会，应邀在第一外国语学院做了一次报告，参观了故宫、长城和新建的大观园，9 月 10 日便赴外省参观访问。在一个月零两天的旅程中，我们穿越了 8 个省，到了 12 个城市，在 8 所大学做了 13 次学术报告。10 月 12 日，由杭州乘机返京。15 日上午，我们去拜访老舍夫人胡絜青，受到胡师母及其女儿舒济、儿子舒乙的招待。我向他们叙述我们翻译的老舍中短篇小说选《北京居民》在法国深受广大读者欢迎的情况；我和法国研究老舍的专家保尔·巴迪已经译完《正红旗下》，现在正译《离婚》，这两部小说将于 1986 年年底出版；我们还计划翻译《四世同堂》的缩写本。他们听了这些消息，十分兴奋。这时，舒济请我们品尝刚摘下来的柿子。胡师母说，院子里的两棵柿子树是 30 年前她和老舍亲手种植的，我们吃着更觉分外香甜。临行时，师母送给我们她写的“福寿”条幅，又送给雅歌一个精致的兔儿爷。这个久已绝迹的北京特产工艺品引起我多少儿时美好的回忆啊！

17日，我们去西山游览，参观了卧佛寺、樱桃沟、曹雪芹故居和有关《红楼梦》作者的一些传说中的古迹。尽管这些景物的真假目前尚有争论，但我们的伟大小说家二百多年前确实在这一带过着清贫潦倒的生活，写出了灿如日月的杰作。今天能踏着他的足迹，在这里徜徉徘徊，使我们这两个《红楼梦》的法文译者感到无穷的欣慰。

从曹雪芹故居出来，迎面瞭望西山最近的两座山峰，左边是“鬼见愁”，右边是“猴十日”。我幼年经常爬这两座山，以致我在古稀之龄，尚能攀登河南开封十三层铁塔，而毫不气喘。

在香山饭店用过午餐之后，去参观碧云寺。我幼年读书的西山中学就设在这座庙宇里。过了半个多世纪，旧地重游，我指点给雅歌看，哪里是我们的宿舍、操场、教室、食堂的旧址，我曾在哪个山沟里洗过澡，哪里是我初次阅读卢梭的《忏悔录》汉译本的台阶……我怎能不黯然销魂呢？

我先后四次归国。1966、1974年正值“十年浩劫”的“文化大革命”，不但人心惶惑，而且我还亲眼看见北京几段雄伟的城墙和壮丽的城楼被拆迁。1980年5月，我第三次回来，首都的形势已有好转。这次归来，北京的变化确实太大了，真是车水马龙，熙熙攘攘，一片太平景象。高楼大厦如雨后春笋一般到处拔地而起，竟使我这个老北京迷失了方向。尤其是新朋旧友争相邀请，大家喜笑颜开，心情舒畅，无所不谈，这是前三次我回国时绝对没有的现象。我认为这种普遍的内心喜悦是使祖国繁荣昌盛最可靠的动力。

1985 年岁尾

# 追忆母亲

我家原籍安徽亳县，旧称亳州。祖父李仲勋来京谋生，曾任北京玻璃公司会计。父亲李香谷在顺天高等学堂毕业后，即回老家结婚。母亲也是亳州人，前清秀才姚杏桥的女儿，名萱。外祖父说，在一次内战中，孙殿英的军队攻破亳州城，外祖母吞金自尽了。我家先住在宣武门外江西会馆对过儿，后来，前顺天府尹何乃莹家聘请父亲做家庭教师，迁往教子胡同38号府尹住宅。在我以前，有个哥哥名叫安安，不幸早殇。1915年农历七月二十二日我出生时，晋升一级，排行老大。翌年十月初一，二弟诞生。1918年正月初十，三弟诞生。母亲无法亲自奶这三个挨肩儿弟兄，就给我们每人雇了一个乳母。我的奶妈也姓李，很疼我；离开我家以后，每年秋天还来看我一次，她知道我的口味，每次都给我带来一大包糖炒栗子。

母亲心灵手巧，勤俭持家，不但自己给孩子们裁缝衣服，连鞋都是自己做。关于做鞋一事，我的记忆特别清楚，先打袼褙：把五颜六色的旧布涤洗干净，熬一锅糨子，把数层布头儿拼凑粘贴在一块木板上，晾干以后，用一层袼褙，外面蒙上黑布，里面衬上白布，铰成鞋帮；再用多层袼褙包上白布，用麻绳密密麻麻地纳成鞋底；把鞋底和鞋帮绱在一起，就成了柔软适足的布鞋。因为府尹的宅子大，院宇多，又有两个大花园，简直是孩子们的天堂，我们兄弟三人从早玩儿到晚：跳房子、踢毽儿、放风筝、爬土山、搬石头、掏蛐蛐……这些游戏哪一项饶得过布鞋？母亲觉得我们穿鞋太费，就把新鞋连帮带底涂上几道桐油，晾干以后，变成硬邦邦的小雨靴，弹一下就会发出金石之音，穿上跑起路来，呱哒呱哒直响！

我们与邻居过从甚密：府尹的长子何浙生，我们管他叫大爷，管他夫人叫大妈。大妈不能生育，过继了两个侄子当儿子。我们管他们叫大世兄、二世兄。后来大爷娶了一位如夫人，王姑娘，给他生了一大堆儿女。头两个男孩子不跟他们两个哥哥排行，却随着我们弟兄三个排，叫小四、小五。1923 年十一月初二，妹妹诞生，她是我们两家当时唯一的女孩子，大妈把她认成干女儿，小名叫小六。

1924年拍摄的全家福。
（左起：三弟李致和、母亲姚萱怀抱妹妹李维、
二弟李静逸、父亲李香谷、李治华）

一年以后，母亲又怀孕了。这时她身心憔悴，终于在1925年初夏难产而亡。出殡的那一天，我们弟兄三人身穿重孝，我打着幡，前面一个引路人敲着响尺，后面四个杠夫抬着母亲的灵柩，极其简单的殡仪把母亲送到南下洼子墓地埋葬了。一堆黑土上筑起一座小小坟头，前面立了一块石碑，上面刻着父亲手书八个字，“李门姚氏孺人之墓”。可怜的母亲就这样长眠地下了。

母亲去世以后，再也没人给我们做鞋了。可是还剩下一大堆小雨靴呢！三个人得继续穿，两个弟弟还好，我是老大，脚自然比较长，又生性老实，鞋虽然太小，还是忍着疼穿。

这样过了几个月，家里乱糟糟的，尤其小妹年纪小，实在需要人照应。于是经友人撮合，父亲娶了琉璃厂松雯斋主人王乐亭之女淑贞为继室。在她过门之前，我们小哥儿仨开了一个三巨头会议：我们认为继母是河北通县人，应该按照北方习惯管她叫妈，而不叫娘，以示与生母有别，谁知继母却不答应，非让我们叫娘不可。我和三弟脾气柔和，叫就叫呗。二弟性格倔强，坚决不叫。继母第一件德政就是带我们三人去商店，给每人买了一双新鞋。从此我的脚不再受罪了，可惜脚趾都已摞在一起，两个脚尖呈三角形，好像裹过脚似的，至今仍然如此！这件事使我感激继母，以后二弟有时不免与她发生小冲突，都是由我来做和事佬。1927 年八月初二（农历）小弟诞生。

外公不但吸纸烟，而且吸鸦片，惯得女儿也一样。开始她还瞒着大家，后来瞒不住了，只瞒父亲，因为他整天在外做事，晚上才回家。最后连父亲也知道了，他的唯一本领，就是平心静气地劝说一番。有大烟瘾的人岂是一番劝说就能戒掉的？恰巧那时北京著名书法家冯公度聘请父亲做家庭教师，他家宅院更阔绰，给老师预备一套房子居住。因为他家住在西城羊肉胡同，离我家相当远，省得每日奔波。对父亲说来，可能正中下怀，立刻答应了，于是他每两个星期才回家一次，我猜想大概是眼不见心不烦之意吧。我小学毕业后，入中法大学附属西山中学，校舍在碧云寺内，必须住校。三年以后，跳一班考上中法高中。中法大学在东黄城根，离家很远，只得在学校附近住公寓或者租一间民房。只有假期才回家，因此避免了一些无谓的家庭纠纷，得以安心读书，这是我的幸运。1937 年大学毕业，成绩优良；“七七事变”后，公费赴法深造，一直到现在，我旅居异国已经超过半个世纪。

1938 年春，父亲的朋友，美国驻广州领事罗斯先生邀请他去广州工作，他立即南下。翌年，二弟也就职汉口，三弟在抗战期间患病身亡。1945 年父亲任安徽安庆大学英语教授，1955 年 4 月退休后才回北京。所以在这期间，只有继母带着妹妹和小弟在北京生活，辛辛苦苦把姐弟二人抚养成人，颇为不易。新中国成立后，她当然把大烟戒了，我们兄弟姐妹四人都跟父亲一样，没有任何不良嗜好。母亲勤谨俭朴、任劳任怨的作风，父亲对人忠厚诚恳、做事认真负责的态度，对于我们的影响非常重要。

1974 年 10 月，我带长子李源归国探亲，祖孙终于团聚，给父亲晚年带来莫大的安慰。李源返法后，我在北京还住了半个月。有一天跟二弟、小弟去教子胡同，在街上观望旧居的外貌，之后继续往南走，昔日的南下洼子早已填平，建起了北京市最大的清真寺和其他房舍，旧时一望无际的墓地也都不见了，当然更无法找到母亲的小坟头。我连她的一张照片也没有，可是她那慈祥、恬静的音容笑貌却清清晰晰地呈现在我泪花闪烁的眼帘里。

1988 年 2 月 12 日写于里昂

# 我的回忆

## 一、幼年时代

1915年9月1日（农历七月二十二日）我生于北京顺治（即今宣武）门外大街江西会馆对过儿。关于我的出生日期需要在这里做一点说明：在我的法国居留证上的出生日期，有一个错误，因在事后才发现，无法更正，以后将错就错在一切官方文件上都填写错误日期。这篇回忆录是纪实文章，不便再打官腔，所以据实记载。原籍安徽亳县，因从未回过老家，遂自称北京人。从祖父起，就在北京落户。他在北京玻璃公司当会计，在国外经济侵略下，公司不久倒闭，祖父在家赋闲，父亲在北京读书，考取英国留学资格，但因家庭不宽裕，需要他养家，就自动放弃留学机会，在北京前中国大学教英文。因犯吐血症，痊愈以后，仍不宜高声说话，即辞去大学职务，改教私馆。适逢一位清朝顺天府尹聘家庭教师，请我父亲教他两个孙子英文、数学。府尹住宅甚大，空房很多，请我们全家到他们西外跨院去住。从此我们就搬进教子胡同38号居住。宅中有两个大花园，实在是我们儿时的乐园。我在那里度过了幼年和青年时代，直到1937年出国。这使我有机会亲见这个大家庭富贵豪华的日常生活，以及逐渐衰败没落的情况，对我后来翻译《家》和《红楼梦》的动机都很有关系。

我有三弟一妹。我原名尚忠，二弟存厚，三弟致和，四弟治平；兄弟四人以“忠厚和平”排行。妹妹原名维勤，大概是“勤俭持家”排行的起首，只因出生后，那个去派出所替她登记的人可能不识字，巡长又糊涂，将名字改成维琴。我三弟在抗日战争期间患肺病去世，二弟大概觉得本名封建气味太浓，自己改称静逸，妹妹也许觉得“琴”字太俗，将其略去，改称李维。我由西山中学初中三年级，跳一班投考中法大学高二，因为西山大学是中法前附属学校，同一系统不能用原名，只好请父亲给我另取一个名。他就从街门上常见的对联下联“文治日光华”中，取“治华”两字为新名。考试录取后，我开始用新名，倒像是与四弟治平排行了。

我从四五岁就跟父亲和外祖父认字块儿。我小时记性很好，以致他们不得不查字典给我写新字块儿，我八九岁时已识五千个方块字。大概由于外祖父建议，我家请了一位家庭教师瞿举人教我们兄弟三人古文，我读《诗经》，两个弟弟读《论语》。这位老师的教授法自然是传统式的，每天教我们背一段生书，两个弟弟很听话，叫背就背。我年龄较大，虽认识五千字，也还看不懂《诗经》，就请老师给我讲一讲，他拒绝讲，我也拒绝背书。越来越觉得这种学习方式没意思，就带着两个弟弟逃学，每天老师快来的时候，就跑到花园里去放风筝，等老师派人来叫时，我们才慢慢把风筝收回来，以便拖延时间。

瞿老夫子的教授法的确不合理。第一，所选教材过于艰难。我们弟兄虽然认识一些汉字，但未念过任何书籍。直接采取《论语》、《诗经》作为启蒙课本，未免太深。第二，如果他给我们讲解，我们也许勉强可懂。他拒绝讲解，我们自然不感兴趣；而且他即使讲解，也不外乎“后妃之德”那一套老古董，只会越讲越糊涂。假如有人能按照《诗经》真实意义，把古代的爱情诗歌讲给我们听，或者选一些不需要讲解即可明白的文学作品，如唐诗、宋词、元曲之类，我一定会欣然背诵。如果在我记忆力极强的幼年时代会背几卷《诗经》或几十首诗词曲的话，对我日后作诗定会大有裨益。我后来遇见一些会作诗词或会写文言文的朋友，大都能背诵一些古典诗文。我在这方面一直自感有些缺陷。我认为儿时能多背一些古典名著，的确很有益处，待将来写作时，只要有灵感，在措辞造句、间架结构方面，就无须搜索枯肠，可以成竹在胸，游刃有余了。

在瞿老夫子的指导下，我们的学业无从进展。于是在我九岁、二弟七岁半、三弟刚满六岁那年，兄弟三人同时考入当时声望最高的师范大学附属小学一年级。我连跳两班，以两年时间读完四年课程。不幸我十一岁时，母亲难产弃世；我们兄妹年纪都小，无人照顾，半年后我妹妹刚三岁时，父亲就续弦了。又过一年，继母添了一个小弟弟，即四弟治平。继母是通县人，曾带我们到外公外婆家探亲，所以北京东边我最远到过通县。读完两年高小后，只数学差了一点，其他课程均列优等，投考师大附中，只考取 80 名以外的特别班。师大附中也是北京有名的中学，每年报考的学生极多，原来初一只收 80 人，分为两班，我投考那年却例外招收了 120 人，分三班，第三班称特别班，学生需额外多付一些学费。我自知家境拮据，又觉得“特别班”这个词儿有点刺耳，因此兴趣不大。适逢中法大学附属西山中学借师大附中的教室举行招生考试，并出大字布告：投考师大附中笔试及格学生免考。中法大学毕业，优秀生保送留法。这两个条件非常吸引我，立刻跑回家告诉父亲说，我想去西山中学读书。父亲大概觉得自己当年考取公费留英，因家累被迫弃权，可能希望自己的孩子秉承父志，获得留法机会，就立刻答应了。

父亲不爱说话，整日皱着眉头，似有无限心事，我们都不敢去打扰他。家中既无房产，又无田地，人口繁多，子女又都在学，全靠他一人舌耕笔耘，极为不易。除教私馆，他还在报馆当过编辑，在意大利和美国使馆担任过多年的秘书，有时带全家去城南游艺园消磨星期日，晚上看露天电影，那时演的大都是英美无声片，打英文字幕，他立即口译给我们听。我曾听他同外国朋友说英语，觉得比他说汉语还要流利。他在外工作一天，回家唯一的消遣是到花园中种花草菜蔬。记得他从意大利使馆带回一些西红柿秧子，种在菜园里，每年秋季丰收，我家和邻人都可以饱尝这在当时市场上鲜见的珍品。

后来事实证明我的决策很正确。第一，师大附中一年级特别班成立不久，进展颇不顺利，终于解散。有的学生到别校插班，有的找不到插班的机会，白白耽搁一年。第二，我进入西山中学，一帆风顺，终于实现留法的愿望。

## 二、中学时代

西山中学设在北京西郊香山北麓碧云寺内，为中法大学旧址。中法大学迁往东皇城根新校舍后，寺内只留路莫克（今译拉马克 Jean-Baptiste La-marck，1744—1829，法国生物学家）学院，即自然科学院。该院后亦迁往城内，碧云寺就改为西山中学校舍。这是一座很大的佛寺，是北京去香山的公共汽车终点站。寺原坐西朝东，面向正门，左有静宜园，右是“鬼见愁”和“猴十日”两座山峰间的一条山沟。全寺有五六进院宇，依山上升，越来越高，每进一个院宇，都要攀登许多台阶。在我读书时，正殿的门都关着，里面保存着佛像。两旁配殿改成教室，部分正殿和配殿两侧的房屋改为教员宿舍。学生宿舍在校舍外，北新村去碧云寺的路上，是新建的房屋，约三四十间。宿舍后有一篮球场，对过儿有一运动场，公共汽车起点站设于西城石驸马大街《世界日报》社前面。北京至碧云寺约 25 公里，当时坐公共汽车需要两小时，每月父亲到公共汽车站去把我的宿膳费和一点儿零用钱交给西山中学校长（前为陆鼎恒，字唯一，河北人，里昂中法大学第一批留学生，1926 年归国，生物学家，调升中法大学自然学院院长后，由万俊德继任）。

我在西山中学读书三年，常年住校，只寒暑假才回家一趟。大部分同学和我一样，仅少数有时回家过周末或度小假。我对学校十分满意。两年后，三弟致和与他要好同学张志亮也来西山入学。志亮有一弟一妹，兄妹三人同寡母住在离我家不远的烂缦胡同。他父亲做过官，留下一所大房。我们常在一起玩，张家空屋很多，我们兄弟三人常在他家过夜，两家成了通家之好。他们的母亲和我继母拜了干姐妹，继母小几岁，行七，张家兄妹管她叫七姨，我们称他们母亲作大姨。

这三年山居生活对我影响极大。我出生以来一直住在北京城里，从未出过城圈儿。去西山是我第一次接触大自然。西山之美久享盛名，而碧云寺又是西山最美之处。能在大自然怀抱里陶冶三年，真是人生难得的幸福！一年四季，山景千变万化。春天百花争放，万紫千红，秋天红叶如火如荼，还有柿子树上结着成千上万的大扁柿子，金黄灿烂，犹如一颗颗小太阳。碧云寺中上下不完的层层石阶，雄伟的佛殿，哼哈二将把守佛堂，五百罗汉个个生龙活虎；泉水院，水流淙淙日夜不停；两个雕栏玉砌的水池里，五色金鱼悠然游荡；汉白玉的金刚宝座塔隐显于苍松翠柏之间，这些数百年的白皮松驰名中外，我曾亲见名画家徐悲鸿到塔院里来写生。那时，孙中山先生遗体就停在这座塔里，我曾数次参加孙总理忌日的纪念盛典。

现在谈一谈中学的几位老师，体育教员赵亚夫身体魁梧、眉清目秀，是运动健将，全国标枪冠军，曾参加远东运动会。每年夏季星期日，他常组织爬山队，攀登“鬼见愁”或“猴十日”两座山峰，我每次都兴高采烈地参加。幼年爬山的习惯为我的健康打下良好的基础。国文教员张天庐，文学修养甚高，同学们很钦佩他。有一天西山大雾，这在北京城里是极罕见的，是我平生初次见到下雾。张老师出的作文题只一个字《雾》，我写了一篇绘景抒情的散文，深蒙张老师赞许。这对我是莫大的鼓励，从此对文学我就更爱好了。

我从小喜读小说。当时看的只是章回体的旧小说。学习法语之后，眼界放宽，读到一些汉译的法国名著，如《茶花女》、《三剑客》之类。其中最使我感动的是张竞生译的卢梭的《忏悔录》。还记得我同桌同学李朴刚买到新书，他那年回老家涿县过春假，我就趁着那几天假日把它读完。读时嫌宿舍里太吵，就一个人悄悄打开教室后窗，爬出去坐在离地面七八米高的后墙两层石阶上，对面是罗汉堂，右方是西山疗养院的一排病房，在温暖的阳光下，万籁无声，偶尔传来几声鸟啼，更加深四周的寂静。卢梭就这样把我引入他喜爱的世界里。他所欣赏的大自然和他的恋爱经验激动着我的心弦，引起我无限共鸣，我心想，哪一天我能去法国，那是多么幸福啊！

常言说得好：有一利必有一弊。我对文学的嗜爱使我对不喜欢的数学更加疏远。初三快结束时，校长兼数学教员万老师在课堂上当众指责我，说我放着数学题不做，躺在被窝里看小说，如果下学年数学仍不及格，无论我中法文多么好，也不让我毕业。校长的警告使我十分担心，我就去找阎俊杰同学，山西人，高我两班，已念中法高三，是篮球健将，身体高大，一脸大麻子，每天一下课就打球，从来不准备功课，也照样升班，他管我们低班小同学叫“小豆儿”，我们就叫他“麻壳儿”或“阎老西儿”。他主意很多。我把万校长的警告告诉他，他说中法高中每年都招收新生，你不会来报名吗？我说没有毕业文凭。他说，小豆儿，你怎么这么傻？你功课这么棒，足可以考高二。我说考高二也得有转学证书呀！他说毕业文凭不好找，转学证书容易办。他立刻拿出一张没有人名的东北某高校肄业证书送给我，并说，你只要把证书带回家，请你父亲给你改一个新名填上，就可拿来报考。我把证书交给父亲，他填上“李治华”三字，我把证书交还阎老西儿，托他办理报考手续，果然考取中法高二，于是我又跳了一班，全家都很高兴。因为我不但可以省一年费用，还可以提前一年毕业。只是这种作伪的不正当行为，似乎并没引起任何人心上的不安。

## 三、大学时代

我考上中法高中后，由阎兄介绍先住在大学斜对过儿的大中公寓。后来发现这个公寓的房饭费都比较高昂，就搬到沙滩的一家小公寓去住。以后又在椅子胡同租了一间民房，每天去沙滩的一家豆浆店吃早点，一家小饭馆吃中、晚饭，如此更能节省一些钱，好买几本自己喜爱的读物。那时就在西单大街专门卖西文书的美大书屋买了一部三册原文《忏悔录》，出国时还把它带到法国，一直保存到现在。

读完高中，直接升入大学。大部分同学都进居理（今译居里 Curie，皮埃尔·居里和玛丽·居里夫妇二人皆法国著名物理学家，1898 年发现钋和镭两种元素）学院或路莫克学院，包括生物系和后添的医学系，大概因为医理毕业后比较容易找到工作的缘故吧。只有少数同学入服尔德（今译伏尔泰 Voltaire，1694—1778，法国著名文学家）学院，即文学院。该院分三系：中国文学系、法国文学系和经济系。前两个系人数太少，并为一个系。我入的是法国文学系，两系同学只八九个，功课有必修和选修。大学文科没有数学课，对我来说，十分适合。学生家庭经济情况很不一样。比较有钱的学生，夏季游泳，冬季滑冰，学校运动场上冬季备有滑冰场，一些男女同学肩上背着滑冰鞋出入其间。我心里很羡慕，但无钱买冰鞋，只好钻进图书馆死啃书本，聊以自慰。中法大学的图书馆在一座新建的大楼里，非常宽敞，座位很舒服，每个读者面前有随意开关的电灯。后边有一座书库，藏书甚丰（听说中法大学停办以后，全部书籍迁往北京大学图书馆）。楼下是礼堂，光线多而舒服，音质很好，是法国留学建筑师、当时北京市工务局局长汪申的杰作。“九一八事变”以后，北京各大学学生罢课开会，北京大学学生有时便到中法大礼堂来开两校联合会议。最初我也兴奋地参加会议，待南下请愿团组织起来到南京去后，会议就没有多大意思，我又钻进图书馆去看书了。

我在大学时代已可直接阅读法文书，但词汇有限，只能看一些诗集和剧本。西山中学有一位孟老师见我很用功，就把自己的一本案头书《法国诗选》送给我。那是一册小开本的平装书，他本人经常阅读，纸色黄旧，已经没有封面。尽管这样，对我说来，却很珍贵，因为那是我收藏的第一本诗集。我一边阅读，一边试着翻译。记得曾译过缪塞、维尼、拉马丁和代博尔德·瓦乐莫夫人（Marceline Desbordes-Valmore，1786—1859，法国女诗人）的诗篇。后来铎尔孟先生给我们讲法国象征派的诗，我又译了一些波德莱尔、兰波、凡尔伦、马拉美、梵乐希的诗篇，也译过缪塞的剧本《乐郎扎其由》(*Lorenzaccio*)和拜尔特朗(Aloysius Bertrand)的散文诗集《夜游子佳思巴尔》(*Gaspard de ld nuit*)中的许多篇。我很欣赏这些富于神秘色彩的散文诗，其中有几篇曾在报刊上发表。

那时我家有一位常来打牌的客人，姓张，在某大学教英语，是我父亲的老同学。张先生身肥体胖，脸色白皙，两撇小黑胡子，戴一副黑玳瑁眼镜，手持文明杖，颇有大学教授的谱儿，可是肚子里相当草包。我们当面叫他张伯伯，背地里叫张胖子。他为了想增加在学校里的声望，拟出一本《汉译英文诗选》，但不说自己能力不足，只推说学校功课太忙，没时间搞，知我父亲中英文水平都很高，就请父亲帮忙。父亲把一些英文诗用五言和七言旧体诗译成中文交给他，他就用自己的名字印成诗选出版，当然也送给父亲一些报酬。父亲为人极其大方，对这些小节毫不介意。后来父亲译了一些英国湖畔诗人华兹华斯的诗，用自己的名字在商务印书馆出版。我只在该馆的图书目录上看到这个书名，却未见到译文，实属遗憾。张教授在报刊上看见我译的法文诗，大概相当欣赏，就托父亲问我有无其他译稿，如有，是否愿用他的名义发表，我那时手边还有译好的法文诗二三十篇，正愁找不到发表的机会，就接受了这个提议，立即誊清诗稿，请父亲转交给他，他看了很满意，送给我五十块钱。果然不愧大学教授，神通广大，不知他是否学过法语，居然也成了法文诗的翻译家！不久我就出国了，不知这些诗是否在张教授所译的诗集中出版。那时我经常向《世界日报》副刊投稿，每月最多也不过拿到十几元稿费，这一下子就拿到50元稿费，非常高兴，心里盘算着该买些什么书。

现在谈一谈中法大学对我有影响的几位教授：

铎尔孟（André d'Hormon），字浩然，1881年生，1965年卒。法籍教授，亦在北大教课，1906年来中国，一共住了48年，为中法大学创办人之一，在中法大学教法国古典戏剧、法国近代诗与中译法的翻译课程。他的课很叫座儿，不但有外校学生，甚至有本校同事也来旁听。他给我们讲拉辛剧本多种，介绍过法国象征派诗人，还指导我们译陶渊明的诗。我大四时写毕业论文，选题是《拉辛剧本〈阿达丽〉（Athalie）研究》，用法文写的，所以请铎先生担任指导。他接受了，可惜1937年春天，他回法国，临行前，请我到他家把这个消息告诉我。我论文尚未完成，他就请陈伯早先生继任我的论文导师。我向他辞行时，他问我愿否去法国深造。我说，正是所愿，但不知是否能去。他即莞尔一笑。我不知他这微笑何意，他是否已知那年文学系的留法人选？

陈绵，字伯早，福建人，巴黎大学国家博士，论文题目是《京剧研究》，和一位法国女子结婚，归国后在中法大学担任法国戏剧课程，同时极力提倡话剧运动。我的毕业论文便是在他指导下完成的。陈先生风流蕴藉，谈吐幽默，法文说得非常漂亮，翻译过不少莫里哀的剧本。曹禺的《雷雨》就是他译成法文的，在北京外文出版社印行。不幸他在“文化大革命”时被迫害致死，这是使我极其痛心的一件事。陈先生有个侄子名陈俭，1938 年来里昂中法大学，专攻物理，曾在里昂一个大工厂里当工程师，现已退休，仍住里昂郊区，我们过从甚密。

顾随，字羡季，别号苦水，山东人，中法大学国文系教授，亦在北大、燕京大学兼课，善填词作曲，精书法，字体仿沈尹默先生，曾教我们元曲选读，我在他的指导下，受益匪浅，后来翻译的元曲数种，都是他曾经讲过的。他听过铎先生的法国近代诗课程。铎先生用法文讲，顾先生有时不能全懂，就请我到他家去给他用中文解释一下，每次他都留我在他家吃饭。他的著作有《苦水填词》，杂剧有《再出家》《复落娼》等。现已去世。

郭麟阁，河南人，1903 年生，1984 年卒。1928 年由北京中法大学保送里昂中法大学深造。里昂大学文学博士，论文题目是《红楼梦研究》。1935年，我读大三时，他才回国。郭先生为人和蔼可亲，教导学生不遗余力。我的毕业论文就是先请他过目、修改后才交给陈伯早先生的。他曾任北京大学西语系法语专业教授。1983年，我们又恢复通信。他很想再来法国一次，曾托我替他在法国想办法。我本来已经和巴黎第三大学东方语文学院于如柏（Robert Ruhlmann）教授接洽停妥：郭先生来巴黎第三大学讲学一年，于先生去北大讲学一年。不幸于先生1984年4月13日因车祸丧生，以致此事未竟实现。同年7月21日郭先生因心脏病去世，享年80岁。

沈宝基，他与郭先生同时来法，1934年归国，也是里昂大学文学博士，论文题目是《西厢记研究》。他对法国诗很有研究，自己也写诗，曾是"新诗座谈会"的导师之一，他有几篇作品曾在我们的《诗页》上发表。沈先生现任长沙铁道学院法语教授。最近两年，我们又恢复通信。他虽年近八旬，译著仍然极其丰富。他寄给我一篇介绍法国诗人阿波利奈尔（Guillaume Apollinaire）的长文，并译了他的诗多篇，将在我们的《欧华学报》上发表。

中法大学孔德（Auguste Comte，1798—1857，法国哲学家）学院，即哲学院，在阜成门外。那里的学生更少，在我进大三时，哲学院的学生都合并到文学院来。我们班上立刻增加了几位。他们一来就向我们声明，他们的留法名额仍算在哲学院，与文学院毫无关系。彼此没有竞争，相处得很融洽。周麟和朱锡侯是从那时才和我同班的。大四时，学校负责人告诉我们，学校经费支绌，中文系和法文系原定每系派一人留法，现在改由两系中选成绩最优秀的一名保送留法。中文系有一位刘同学，在高中时连续三年都考第一，所以我怕没有出国的希望了。但因大学时，每年分数直接寄给学生本人，并不公布，所以一直到大四终了以前，大家都不知道我们两系究竟谁的成绩最好，将赴法留学。当时有些高中时代的同学，后来在其他学院肄业，都觉校方措施不公平，就怂恿刘兄到注册科去查看分数。校方负责人立刻把我们二人的分数公开了，并加以解释说：留学的标准是以大学四年的分数加上论文分数的总和，高中时的分数不算在内，因高中时有插班生，且大一时又有招考的新生，故高中的分数不便计算。这样我就占优势了。刘兄留校任职，以后就没有他的消息了。事后想起来，如果我高中时不用阎兄的妙计跳一班，也许就不能出国，因 1938 年抗日战争已经开始，中法大学只保送七位同学出国。其中四位是理科学生，一位医科学生，一位孔德学院的学生，文学院只派了一位经济系的同学，中文系和法文系没派任何同学出国。

## 四、新诗座谈会

我是一个最不喜欢开会的人，一般参加会议都是迫不得已才去的。只有两个会是我自愿参加的：一是在沙滩北大红楼召开的“新诗座谈会”，另一是“欧洲华人学会”。后者留在下面再说，先说“新诗座谈会”。

我在大学读书时，写了一些所谓的“新诗”，忽然听说北大和中法的几位写诗的朋友组织了一个“新诗座谈会”，立即用笔名“鲍爱蒂”（法文诗人 Poète 的音译）报名请求入会。过了几天，该会负责人林蒲和贾光涛到我住的公寓来找中法大学学生鲍爱蒂。公寓老板回话说这里没有鲍先生，只有一位李先生是中法大学的。我正在家里，听见他们交谈，就从屋里走出来接见两位来访的客人。那个充满惊讶和喜悦的一刹那，是我一生都不会忘记的。后来林兄给他女公子命名“爱蒂”，或与此次会晤不无关系吧？在座谈会上遇见了十来位写诗的朋友，聆听了导师朱光潜先生的谆谆教导，大家彼此交换写诗的经验，切磋观摩，使我受益不浅。大家同心合力办了一个小型诗刊，因为只有一页，就定名《诗页》。每人都获得发表自己作品的机会，增加了我写诗的兴趣和自信心。可惜 1937 年卢沟桥事变的前后，我和该会成员中法同学周麟与朱锡侯三人离京赴沪；抗日战争中，座谈会成员四分五散，致使《诗页》停刊。

这个座谈会的存在虽然短暂，对我来说，意义却很重大。它促进了我创作的欲望，使我深深感到彼此交换心得的愉快。如果《诗页》继续刊行，也许我会写更多的诗篇。但到了法国以后，立刻发生了“读书忙”；二次欧战爆发，法国粮食配给不足，又添上了“糊口忙”；战后终于陷入“教书忙”。这连续三忙把我的诗兴轰到九霄云外去了！

近十年来，依然故我，穷忙不已；可是心情比较舒畅时，又不免技痒，偶尔写一两首诗，大都即兴之作，分赠友朋，犹如落叶随风飘荡，早已不知去向。现仅记得 1980 年 5 月乘舟下三峡时，曾步同船日本旅客原韵，写了一首不谐平仄的打油诗如下：

大江东去气势雄，江水浊黄蜀山青。
高歌纵酒诗千首，不尽游人此时情。

另一首《自题小照》是《红楼梦》法译本出版那天写的：

胸怀壮志走他邦，迻译瑰宝不识狂。

卅年一觉红楼梦，平生夙愿今日偿。

后附跋语如下：

《红楼梦》法译本今日梓行，人世沧桑，几经辛苦；青春何在，而白发凋零矣！译此巨著，或可自慰慰人欤？感叹之余，诌得打油诗一首，不谐平仄，题诸小照，遥寄故人，以博一笑耳！

写完以后，寄给国内弟妹们。二弟静逸立即原韵和了一首寄给我，抄录如下：

鹏程万里适异邦，手足情深思欲狂。
书传千代非一梦，雪后梅香喜分尝。

现在谈一谈“新诗座谈会”几位中法大学的成员：

周麟，江苏苏州人。聪明能干，多才多艺，在写作与出版事业（复制中国彩墨画）方面都有些成就。曾在联合国教科文组织旧中国常驻代表团工作。最后几年还在巴黎开了一家名叫“喜临门”的中国饭店，可能劳累过度，患癌症弃业。饭店仍由其遗孀、法籍罗马尼亚人继续经营，未留子女。

朱锡侯，笔名宋颜，浙江绍兴人。在法国学习心理与生理学，1945 年回国。先在昆明云南大学任教多年，因患严重目疾，在国家特别照顾下，1980 年调回浙江杭州大学心理系教学。他有二女，大女新地是口腔医生，二女新天是国画家，擅长花鸟，现在扬州艺术学院工作。我 1980 年回国时，她曾转托友人王振基送给我几幅画。我带回法国后立即把它们送到巴黎灵台画廊展出。她近来画艺又取得可喜的进步。她的爱人陆履俊也是青年画家，兼通晓金石篆刻和工艺美术。1981 年他们俩由扬州市推荐到北京做过一次展览，以后又到南京、无锡、湖州等地做了巡回展览。陆履俊曾给我刻了一块青山石的图章，古色古香，技艺精湛。1982 年 4 月，趁中国来法参加巴黎沙龙画展，他托中国代表团团长郁风女士给我带来一张他的新作，暑假期间又托曹辛荪兄带来两幅。

贾芝，现任中国社会科学院少数民族文学研究所副所长。爱人李星华，李大钊之女，已于两年前病逝。1981 年 9 月间，他曾托来里昂参加世界笔会年会的中国代表团给我带来他编的新版《中国民间故事选》第一、二两集；第三集在印刷中，不久即可问世。同时还带来李星华写的《回忆我的父亲李大钊》一书。贾兄的文章经常在报刊上发表。

## 五、在出国旅途上

我留法的消息证实以后，继母忽然给我找到一个对象，一位姓程的姑娘，希望我和她结婚，经我婉言推辞以后，她劝我至少要和这位姑娘订婚。我说我在法国至少要逗留四五年，让这位小姐等那么久实在不好意思。再说如果订了婚，我将会思念未婚妻，不可能在法国安心读书。父亲同意我的看法，过了几天他叫我去，嘱咐我不要同法国女子结婚，我自己暗想，父亲一向沉默寡言，从不过问私事，大概又是继母怕自己说话不够分量，请父亲出面劝告。我回答说：我想去法国学习，并未想结婚，更未想到同法国女子结婚。当时说的的确是实话，谁知月老却在法国替我设下别样安排！

1937年卢沟桥事变后，我于7月19日由北平乘火车去上海。最近看到姚雪垠给我寄来的《学习追求五十年》一文的剪报，知道他那时也在北平。8月8日日军进入城内，以后再想脱离故都就很费事了，我庆幸自己走的是时候。在火车上遇见两位也去上海等船的同学。一位叫吴斌，在里昂获得医学博士，1945年归国，不久即病逝。另一位叫吴徽skip，聪颖异常，在巴黎获得数学博士学位，很有成为大数学家的希望，但因转移倾向，皈依天主，做了神甫，行动处处为教会上司所拘，毫无自由自主之权，先被派到外省学校教数学，继被派到巴黎充当学生宗教训导之职，大材小用，抑郁一生，终于患坏血病弃世，实堪惋惜！

到了上海，我们一行12个男女同学，除了吴徽骏住在他哥哥家之外，都暂住法租界中法文化机构“世界社”。社内无床，大家搭地铺分睡在几间大厅里。出发以前，父亲把他编译的《美国俗语词典》的清稿，托我带给上海商务印书馆总经理王云五。王先生很客气，亲自接见了我，并把稿费200元交给我。这样我一路上才有了比较充裕的零用钱，后来在法国看到国内报上登载了此书出版的消息。

法国邮船应在7月开到上海，但因中国时局不宁，邮船到了西贡就转回法国。我们只好等下一班船。住在上海，尤其是战时的上海，大家都很不耐烦。特别是朱锡侯新婚不久，伉俪情笃，心情更为焦灼，就问我是否愿意同他去杭州一游。谚语说，“上有天堂，下有苏杭”，有人请我到杭州去玩，岂能错过这难得的良机！就同他去了杭州。他家只有寡母、幼弟和妻子范坤元（那时我们都叫她小梵），都十分热情地招待我。战时人家心境不宁，未能尽兴游览；然而西子湖的秀丽风光，杭州熙熙攘攘的市场，也足以使我心醉神迷了。过了十几天，忽接上海电报，叫我们即日回沪。我们马上买车票返上海，第二天沪杭线上火车必经

1937年出国途中，在法国客轮“狮身女首”号上

的笕桥就被日军飞机炸毁，我们若晚一天动身，就很难赶回上海，真是有些运气！

9月4日我们搭法国邮船“狮身女首”号从上海启程。这是一条第一次欧战时法国缴获的德国船，做它最后一次航行。船主计算多么精明：如遭日军轰炸，丧失一艘老船，损失不大；如上天保佑，远东乱哄哄，乘客人数骤增，得以满载而归，岂非大发利市！ 10月7日“狮身女首”号安抵马赛，在路上走了33天，本来只需一个月。我们12个同学分配在几个船舱里。我和朱锡侯同住一房。他晕船很厉害，从上海到马赛一直躺在床上，不能起来。我不晕船，一天到晚在船头船尾，上上下下跑个不停，让他一个人安安静静地思念他那妙龄美貌的太太。

我早就热烈地向往大海。我的旧作诗篇《沙丁鱼》就是歌颂想象中的海洋。渴望多年的大海，终于时时刻刻呈现在我眼前，随着时间早晚，天气阴晴，变化多端；有时安详绚丽，万顷碧玉，一望无际；有时波涛汹涌，惊天动地，壮丽无比，实在给我莫大的启示。我们同船的中国旅客中还有著名作曲家任光，他这次重返法国，独自一人，颇感寂寞，常来同我们聊天儿。大家就请他教我们唱歌。在他所选的几首歌中，自然有使他成名的《渔光曲》。他谆谆不倦地指导我们唱歌的态度，以及他爱人安娥所作的美妙歌词，至今安然无恙地保存在我的记忆里。任光第二次归国以后，溺水身亡，他的已经离异的法国妻子，仍住在里昂。

## 六、里昂中法大学海外部

1937 年 10 月 7 日晚，我和 11 位中国男女同学到达里昂中法大学。

里昂是法国第二大城，文化和工商业都很发达。罗纳和索恩两条河经过市内，至南郊汇合以后，只以罗纳河为名，南流投入地中海，市内两条河上架着许多座形状不同而优美的桥梁，交通方便，两河之间是本市繁华的商业区。中法大学海外部处于索恩河西岸的山坡上。北京中法大学保送留法的学生都在这里住宿。校舍是由一座旧军营改建的。里昂市政府以一法郎象征性的租金租给中法大学。在我求学时，这座古老碉堡的确清幽可喜，四周街道上很少汽车或行人往来。现在城市的繁荣渐次扩展到郊区，汽车的噪音驱散了往昔的宁静。

学校大门建在坐西朝东两层楼下的中央，圆拱形门洞上面的石块上刻着“中法大学”四个颜体汉字，下面刻着法文校名：Institut franco-chinois。进了门洞，右手是门房，左手是法国庶务的住宅，楼上是女生宿舍。过了门洞，是一个西南高、东北低的宽敞大院，院中是一片草坪，对面是礼堂，礼堂上边是校长住宅。右方有一幢坐北朝南的大楼，是男生宿舍。男生宿舍和女生宿舍之间，有一排平房，是我们的厨房。大楼对面是一个篮球场。大楼西角与礼堂后面还保存着古罗马时代几段石筑引水渠道耸高石壁的遗迹。由礼堂往南过一小木桥，穿过一座旧建筑物下面的石拱门，有一个网球场，四周小丘环绕，仍保存着旧时的防御建筑，这就是我们所谓的后山，是我们读书散步的好地方。

男生宿舍一共有四层，墙壁全是用方石块砌成的，异常坚固。楼下东首两间，紧靠厨房，是我们的饭厅，男女同学在一处用餐。出了饭厅是庶务办公室，书报阅览室，里面陈列着中法文报刊；再过去是弹子球和乒乓球室，钢琴室和医疗室。每星期有一位法国医生来给同学们看病，他名叫 Docteur Blanc，我们采用意译的办法，管他叫“白大夫”，由一位学医的同学陪同着给那些有小病小痛的同学诊治，重病时当然送往医院治疗。西翼有两个教室，我们初到时，有一位名叫卢雾野（Rougier）的法国教员每星期来给我们上两小时法文课，但不久这个法文班就取消了。再过去有一间接待室，男女同学可以在这里会谈；旁边是本校秘书的住宅；再过去是法籍

里昂中法大学校门

校工西蒙和他妻子的住宅；最西端是淋浴室，每星期烧两次热水，专供男同学沐浴之用。楼上三层，除去两间图书馆以外，其余的房间全是同学的卧室。楼上每层中间有一个厕所，两翼各有两间盥濯室。

女同学住在东楼上层，由楼下院内小门进去，上楼梯就是。里面大约有十来间卧室。当时校规甚严，男生不许去女生宿舍，女生不许进男生的房间；只许在大楼楼下或院中聚会。1941 年以后，有些归校同学已经结为夫妇，另外一些在校的男女同学的关系也很密切了，因此有些男同学常去东楼。在校期间，我从未去过女生宿舍。学校停止活动以后，大楼改成法国学生宿舍，我校图书馆的书籍全部堆在东楼的两个房间里，为了查阅报刊，我曾去过几次。因此我不太清楚当时女生宿舍内部的布置与设备，只知道里边有一间浴室，那还是偶然在一个笑话里听到的：据说有一位学哲学的女同学，外号叫孙猴，喜欢抽烟、喝咖啡，但不爱洗澡。其他女同学每星期把孙猴逮住一次，脱去衣服，强行入浴。她长得娇小玲珑，聪慧健谈，同时有三位男同学拜倒石榴裙下。她选中了一位科学家，结婚，生一子系白痴。归国以后，其夫另有新欢，她自杀身亡。不料那么一位冰雪聪明的才女竟落得如此悲惨的下场！

海外部那时大约有 60 多位同学，加上我们 12 个新生，一共七八十人。男同学每两个人合住一个房间。我本来应该和文学院经济系的龙吟兄合住，但龙兄刚与中国著名科学家李书华先生的女公子结婚，请假一年，尚未到校，所以我就同周麟兄合住了。以后我又与王振基兄合住过。王兄是广东人，和我同船来法，专攻法律，归国后曾任周总理和郭沫若先生的法语翻译，参加过《毛选》的翻译工作，现任人民邮电出版社的译审。后来同学们陆续回国，大多数同学都可以每人占一间。朝街的房间没有太阳，朝院子的房间阳光充足。我刚到时住朝街的房间，以后就搬到有阳光的房间了。房间很大，设备简单：中间有一张长方形的大桌子，上面用一个大木板架从中间一分为二，每个人各在一边安心工作，互不相扰。每人一张铁床，两把椅子和一两个木板钉的书架。

我们那时所有的同学全是一样的待遇：食、宿、学费皆由校方供应，此外由北平中法大学派来的学生每人每月还有 30 元的零用钱，按照市价，合成法郎发给我们。因为法郎陆续贬值，还勉强敷用。同学们的生活一般说来都很朴素，比方说，除了床单等大件，每星期由外面洗衣局派人来取送之外，其他内衣皆由我们自己濯洗。有的同学还备有电熨斗，可以熨衬衫和西装裤等。我既不抽烟，又不坐咖啡馆，积蓄一点钱，购买一些书籍，最贵的要算工具书，比如我买了一本相当厚的拉丁文字典，并且还以分期付款的形式买了两部法语词典，都是大开本上下二册，这对于我后来做翻译工作都起了很大作用。

我们到校以后，中日战争已经爆发，同学们爱国情绪很高，每月每人都从自己的零用钱中拿出一部分来，作为爱国捐，集在一起，交给中国驻里昂领事馆，寄回国内，支援抗日战争。校内的法文班取消之后，有些自感语文水平不足的同学就到华友社去补习。华友社是天主教会办的，在山下索恩河西岸一条小街上，离学校不远。当时指导神甫是法国人，名叫杜佩雷，还有两位教会学校的女教员也来给我们义务补习法文和拉丁文。他们这种忘我的服务精神很值得我们学习，我在这里谨向他们致以衷心感谢。

我们的学校实际上只是一个学生寄宿舍，同学们按照各人的学科分散在里昂大学各学院或专门学校学习。文、理、法三个学院都在山下市内罗纳河的东岸，离我们宿舍不算太远，步行抄近道半个多小时就可到达。我一般无论上下都是步行，除了要到商业区购买东西时，才乘电缆车或无轨电车返校。医学院比较远，学医的同学往返都需要乘车。

里昂中法大学从 1921 年创办到 1951 年结束，在 30 年间一共培养了 473 位同学，有些人名扬中外，位居显要，为中国人民和国家做出了卓越的贡献。我个人自从1937年来到里昂，一直定居下来。另外还有三位同学也留在里昂。其中之一是李树华兄，广东人，1923年入校，学习音乐，与法国女子结婚，夫妻二人一同回国。李兄曾任杭州艺术专门学院音乐系主任；艺专被迫停办以后，又在浙江大学教授法语及钢琴。1956年全家离开中国，其夫人带女儿先回里昂，李兄自己在香港及其他地方工作了几年，1962年回到里昂，现在里昂郊区居住;伉俪二人白头偕老。他们的女儿李尘生出生在中国，精通中、法、英三国语言，现任里昂第三大学中文系副教授。第二位是陈俭，福建人，1938年入校，学习物理，曾在里昂工厂任工程师之职，现已退休。第三位是石贞德女士，其父石光彦先生，山西人，第一次欧战后，1919年来法留学，与一法国女子结婚，在里昂定居，生有二女一男。贞德是他们的大女儿，生在法国，1946年入校，是海外部最后的一位同学，学习制革与图书馆学。她和陈俭兄结婚，生有三个儿子。在这四百多个中国同学里只有我们四个人还留在里昂，李兄年逾八旬，陈兄患心脏病，二人深居简出，所以有中国朋友来里昂旅游，想参观里昂中法大学旧址时，常常由我做向导。最后一次是1984年1月，我校第一届同学汪德耀兄应法国邀请来法访问，特别来里昂参观母校，由我和李尘生陪他去的。汪兄是江苏人，1921 年入校，1931 年离校，现任厦门大学生物系主任。离别了 55 年之后，又重游旧地，真是感慨万端。汪兄虽年逾八旬，矍铄健步，不畏寒冷，攀登山坡，到处参观，兴致勃勃。

我们的母校变化很大，现在是里昂市的大学城了。不过校门的外景没有什么改变，“中法大学”四个汉字依然无恙地装饰着圆拱形的石门。东楼改成大学城的收发处，大楼改为办公楼和托儿所，楼上已不住人；两楼之间的厨房早已拆去，院中的草坪改成一个花圃，上面种植着树木花草；两座颓废的旧楼和篮球场也拆掉了，在小桥后边那座旧楼的地基上修建了大学城的食堂和电影放映室；西、南两边的围墙已经拆去，里外沟通；后山的小丘依然存在，网球场改为篮球场，另在山坡平坦处新建了两个网球场；古堡四周的空地上建起了七八座高楼，这就是里昂市的大学城。

我们来到里昂不久，大学开学，我们就开始上课。文法科的中国同学一般只在里昂大学请一位教授指导写一篇大学论文，就可以学成归国。我们来之前那几年，学生的法文水平渐次提高，少数文法科同学试着进修硕士班。学校当局认可了他们的做法，于是我们一到法国，当时海外部校长宗真甫先生就向我们讲话，希望我们所有文法科的学生都先入里昂大学硕士班，获得硕士学位以后再写博士论文。留法年限可以延长一些。我们只好接受他的劝告。朱锡侯、周麟和我立刻选修美学。第二年 6 月，三个人都考过了。我们高兴得不亦乐乎！

## 七、四一同学

1941 年，里昂中法大学发生了一个重大的变化。自从法国被人为地划分为两个不同的地区后，有些在巴黎进修的里大同学，如罗大冈、齐香和黄家城等都陆续返校。此外还有 25 个非本校学生而在巴黎或占领区其他城市学习的人也获得来校继续进修的机会，他们在 1941 年 11 月到达里昂，因此我们管他们叫四一同学。一下子增加了 30 多个同学，学校又大大活跃起来。新同学里有现任中国科学院副院长钱三强（他不是我校学生，但因战争关系，暂时在校借住）、雕塑家周轻鼎、音乐家陈德义和研究中国音乐的陈燕侠等。

可能就是在最后这两位的推动下，我们成立了大路歌咏队。因为我们学习的第一支歌曲是《大路歌》，所以起了这个名字。歌咏队的成员一共有二十几位，除了上述几位之外，还有朱锡侯、周麟、陈俭、吴斌、宋守信、梁健荣和王振基等人。王兄的字写得很漂亮，就担任了抄写歌词乐谱的蜡板工作，钱三强兄担任指挥，陈德义兄弹钢琴给我们伴奏。我们一起学习了《义勇军进行曲》、《打回老家去》、《松花江上》、《长城谣》、《满江红》等。

第二件事就是由学生会主办了一个中文班，使里昂华侨子女有学习自己祖国语言的机会。这些孩子在学校里只学法语，不学汉语，既不会读中文，更不会写中国字。每星期六下午授课两小时，按照学生的年龄分成两班。由我教年龄较大的那一班，由陈燕侠教年龄较小的那一班。她的教授法很活泼，利用唱歌、游戏进行汉语教学。我那班的学生学习态度比较严肃，我还记得最用功的一位就是华友社社长石光彦先生的大女儿石贞德，她从来不缺课，学习的成绩也比较优秀。

里昂还有一位耶稣会的朱神甫，对中国文化做了不少的宣传工作，他在他们的教会里组织了一个中文班，请我每星期去给那些外国神甫们教授两个小时的中文课。这两份教学工作都使我得到一些报酬。

以上所述是我留法生活中美满的方面，下边谈一些阴暗面。自从德军占领法国以后，法国的物产都先尽占领军使用，剩下的才配给法国居民。一切日常食用之物都有定量，按票购买，而且数量与质量都越来越低。有钱的人可以购买黑市的食品，但我们这些穷学生哪里会有那样的经济能力。幸亏每月发给烟票和酒票，不抽烟、不喝酒的同学们用自己的烟酒票购买了烟酒，拿到面包房或肉铺去换一点面包或肉类。开始时还可以买到一些土豆、萝卜，煮了充饥；后来只能买到一些喂牲口用的洋葱或芜菁、甘蓝之类的东西来吃，不过这些东西含有大量铜质，吃多了肚子疼。于是又在种子店里买一些干豌豆和鹰咀豆（pois chiches），音译美其名曰“西施豆”；后来这些豆类也买不着了，只好买一些喂鸡的野豌豆；这种豆子很小，皮发黑，里面往往掺杂着砂石和草棒，必须先一粒一粒地选择以后才能煮着吃。吃完了又老放屁，因为这种豆子的法文名字 vesce 与另外一个法国字 vesse（闷屁）同音，我们就管它叫“屁豆”。

有些在农村长大的同学，或者在法国学习农艺的同学，利用学校后山的空地种植一些土豆和蔬菜，以便果腹。但是我们几个常常来往的朋友们大都来自城市，没有种地的经验。有一位新来自城市的同学名叫常麟定，河南人，不知是学农科还是学理科，常常和我们在一起。他的烹调术很高，有时我们买到一点肉和面粉，就请他给我们烙锅贴吃。酒足饭饱，他就大谈他和妻子的鱼水之欢的经验，说得津津有味，令人神往。朱锡侯兄念完心理学，又改生理学，从实验室里带回几条狗腿来，刮干净，剁成小块，炖了一锅红焖狗肉，闻着怪香的。我尝了一块，虽然里面加了不少大葱大蒜，吃起来还是有点腥气。我宁可饿着肚皮，也不愿吃狗肉。其他同学们吃得倒是挺香的！

长期挨饿，营养不足，体重减轻了十几公斤，目力锐减，我只得佩戴近视眼睛；牙齿也坏了，只好去看牙医。更麻烦的是每天吃不饱，常常躺在床上休息，四肢无力，打不起精神去学习。再加上为了巴黎一游，把所有的积蓄孤注一掷地全部用光，回来以后，身边一文不名，只好饿肚。不能工作，准备不足，考试连连失败。

不久，德军占领了所谓的“自由区”，军队开入里昂以后，就下令叫中国学生离开校舍。在离校以后，我们的歌咏队领导全体同学，手拉着手围成一个大圆圈，在校园里歌唱《这只是一个暂时的离别》。我们自己和校中的职工们都非常感动。上次法国军队征用校舍时，事先准备充足，给全体同学安排了宿舍。这次德军征用来得特别仓促，每个同学都得自想办法去找住所。我在学校附近的夏尔科少校街找到一间房子。二房东名叫布吉叶夫人，是一位法国老寡妇，孤独一人住在一楼一底、单门独户的房子里。楼下有客厅、饭厅和厨房；楼上有三间卧室，她自己住一间，租给我一间，还剩一间空房。她很愿意租给我：既可得一笔租金，又有人给她作伴，尤其是中法大学海外部的学生在附近的名声甚佳，她何乐而不为呢？

## 八、恋爱小记

在里昂大学第一次考试顺利通过，大有无事一身轻之感。朱锡侯和邓子若约我去格勒诺布尔（下面简称格城）过暑假，我欣然愿往。我在那里结识了一位中国姑娘，过了一个月的幸福生活。不过，在叙述这次恋爱之前，先让我补记一段早年的情史。我那时十七八岁，在中法高中读书。我家住在北京南城教子胡同，和我家隔一个门住着一家回民，姓陈。陈家有一个小姑娘，比我小三四岁，小名叫小蕊儿，长着一双水灵灵的眼睛，脑后梳着一条黑黝黝的大辫子，常常出来买东西，或者抱着她的小弟弟在街门口站着。我经过她家时，不免四目相视，脉脉传情。我妹妹认识她，常跟她在一起聊天，有时也凑过去和她谈几句。忽然有一天，我对家里人说："我从此不吃猪肉了。"我二弟在旁边插嘴说："光不吃猪肉也不行，你要想跟小蕊儿结婚，将来还是要洗肠子的！"我听了这话，大吃一惊，心里想，我爱小蕊儿，从来没有对任何人说过，怎么我弟弟已经知道了？并且他对汉回通婚的习俗竟然比我知道得还清楚！但是自从那天以后，小蕊儿再也不到门口来了，我的初恋就这样无声无息地告终。现在，半个多世纪过去了，在我的记忆里，小蕊儿仍然是那位十三四小姑娘的模样。

我来到里昂中法大学时，全校大约有80人，其中只有十来位女同学，大都名花有主，而且有几位还被两三个男同学追逐着。我生性腼腆，不愿与人竞争，自然不敢问津。我和朱、邓二位同学到了格城，朱兄租了一间房子，自己做饭，采取单独行动。邓兄住在何处，我现在已经忘了。我住在一间公寓，房东是一位法国寡妇，有两个女儿和一个儿子，都帮助她料理事务，因为不用外人，开支较少，宿膳费比较低廉一些。格城在里昂东南107公里，附近山明水秀，是个著名的游览区。格城大学设有法语学校，许多外国学生来这里进修。我和邓兄的法语水平已经相当高，用不着在语文小组学习，只在大班听法国文学和文学课，星期日参加旅游活动，以便找到一些说法语的机会。因为在里昂中法大学住的都是中国同学，彼此自然而然地说汉语，而格城的法语学校里大都是外国人，唯一的共同语言就是法语。邓兄找到了两位罗马尼亚的姐妹，不久就同那位妹妹打得火热。我却看中了全班唯一的一位中国姑娘。

下课以后，我走过去问她："您贵姓？"她用法语回答："我不会说北京话，我只会说广东话，你会说广东话吗？”我也用法语说：“我不会说广东话，咱们继续说法语吧，这倒是一个很好的练习机会。”于是，我再用法语问她的姓名。她递给我一张名片，上面印着三个拼音字：Yap Djoen Nio。我请她把汉字写在上面，她红着脸对我说她不会写。我问她这三个字是什么意思。她说 Yap 是树叶子，Djoen 是春天，Nio 是字的意思，她不太清楚，不过每个女孩子的名字里都用这个字。我对她说：“你一定姓‘叶’，你名字的第一个字是春，至于 Nio 字是广东式的拼音，我猜不出是个什么字。”我忽然想起来邓兄是广东人，恰巧他站在离我们不远的地方，我走过去向他请教。他说 Nio 就是“娘”字。于是，我就把“叶春娘”三个字写在她的一张名片上，由她保存起来，她十分高兴。这个顺利的开头使我们很快就熟悉了。后来我又把这三个字教给她怎么写，她学会以后，颇引以为豪，从此，就不会因为无法写自己的中国名字而脸红了。叶小姐和我年龄相仿，身材苗条，眉目清秀，性格开朗，是一位爪哇雅加达城的华侨，在爪哇高中毕业后到荷兰阿姆斯特丹大学学习法律，那年暑假前学业已经结束，现在来法国过暑假，并且学习法语。我的法语水平比较高，在各方面都能帮助她，所以，我们很快就成了好朋友。上课时坐在一起，下课后一起去散步。她住在女生宿舍，我住在公寓，我们不在一起吃饭。

在我那个公寓里，还住着一位矮矮胖胖的意大利姑娘，名字叫安娜，已经三四十岁了，也在法语学校学习。她住在我房间的隔壁。有一个星期六晚上，我记得很清楚，因为第二天是星期日，我和叶小姐已经在学校登记去参观查尔特勒总修道院。晚饭后，安娜请我去她房间坐坐。她坐在床边，我坐在一把椅子上。她先夸奖我的法语说得很漂亮，问我是在哪里学的。我把学历告诉她。她说她在罗马一个中学里教法语，每年夏天都来格城进修。她要染红指甲，请我坐在她身旁，替她拿着装指甲油的小瓶子，她用小刷子蘸着红油，慢慢地涂染指甲。染完、晾干以后，她抓起我的手，和她的手相比，说我的手比她的手更秀气、更柔润，就开始抚摸我的手。忽然窗外亮起一道闪电，接着就是一声霹雷。格城地处盆地，四周是高山，雷声相当可怕。安娜说她怕打雷，请我今夜跟她做伴。我当然明白她的意思，可是装糊涂，不去问她，更不用说其他行动了；只是让她继续抚摸、揉搓我的双手。过了一会儿，雷鸣止住，下起大雨来了。她叹了一口气说："你是不是爱上了那位中国姑娘了？"我点头说："对了。"她说："我现在明白了，不留你了，你可以回到你房间睡觉去了。"我向她说一声晚安，就走了。我刚一上床，就听见房东的儿子在安娜屋里叽叽喳喳地说起话来。我心里笑道："现在有人陪你过夜了！”

夜里下过大雨，第二天天气特别晴朗。下午二时，同学们在大学门前聚齐，乘一辆旅游大汽车出发。我坐在叶小姐旁边，一路观赏风景。到了查尔特勒下院下车。下院距上院还有两公里，为了避免喧哗，禁止车辆开往上院。下院有一座小教堂和几座房舍，是为办事的修士们居住和工作的场所。上下两院都建筑在两座高山之间，山上长着高入云霄的冷杉和山毛榉，雨后显得特别青翠可爱，清香扑鼻，令人神志清爽。到了上院门前，就有向导迎接我们，给我们介绍该院的历史；这个法国最负有盛名的修道院由圣·布吕诺（1030—1101）修建于1064年。原始的寺院早已被雪崩压塌了，以后曾经火焚重修八次之多。最后一次重建，开始于1675年，12年后竣工。在全盛时代，曾有185个分院，4000多修士分布在全世界。1903年，总院的修士与法国政府意见不合，被驱逐出境，逃亡意大利避难。

我们先到院子里，看见这些建筑群的房顶都是用青石板砌成的，很高、很大、很尖。因为这里冬季常下大雪，尖屋顶不留积雪，否则积雪的重量可能把房顶压塌。里面布置质朴无华，既没有大管风琴，修士们唱经时不用音乐伴奏，也没有众圣的雕像，只在祭台后面有一个耶稣受难的大十字架。最有兴趣的是修士们的居室。每个居室前面有一个小花园，修士们自己随意种植花草、蔬菜或果木树。居室分上下两层，下面有一个大木柴堆，修士自己锯木劈柴，以便冬日生火取暖之用，还有一个车床和一个木匠用的工具，修士闲暇时可以制造念珠等简单的木器。楼上有一个圣母像、一张桌子、一把椅子和一张床，修士在里面祈祷、研习经文、吃饭和睡觉。除去每天三次全体修士在教堂里唱经之外，其余的时间，每个人在居室内工作，见不到任何人，也不许和任何人交谈。这是非常孤独寂寥的苦修生活。

自从这次出游之后，我和叶小姐的感情更亲密了，我们二人单独散步时常常拉着手，有时在田野里并肩躺在草地上，仰望着蓝天白云，窃窃私语。但是，她的态度比较严肃，我有些话不敢向她说。假期快要结束时，我才给她写了一封法文信，说我爱她，想跟她结婚。第二天她对我说，她有了我的信，很受感动。但是仔细思索之后，她认为我们不能结婚。因为她的学业已经告终，不久就回雅加达，可能去做律师或其他职业，她家里不再给她寄钱，她无法继续留在欧洲；而我在法国，学习刚刚开始，不知何时才能完成。如果我们结婚，生活如何维持？我说那可以等我学业完毕以后再结婚。她说，即使到了那时，也还有解决不了的问题，因为她还不会说普通话，到了北京无法谋生；我又不会说广东话、马来话和荷兰话，到爪哇也无法生存。她说得头头是道，使我无以反驳。我脸上自然流露出凄惨的样子，她就安慰我说："你不要难过，咱们做好朋友，纯洁的友情比爱情还难得。"我只好接受了这个建议，彼此交换了住址，以便将来通信。

这次恋爱又失败了，我只保存了两张相片：一张是我和叶小姐的合影，我们并坐在大石块上，我满脸笑容，心花怒放，她却谨严持重，冷若冰霜。另一张是摄影师在大学梯形教室里给全体同学照的，我和叶小姐坐在前排，邓兄和那位罗马尼亚姑娘坐在中间一排，安娜坐在最上方。回到里昂之后，邓兄和我交换恋爱经验。他说："我和那位罗马尼亚姑娘都接吻了呢。你呢？"我说："我们什么都没有做。"他说："你真是个傻子！"我当时口头上未置任何回答，但是心里却想，以后再也不当傻子了。

1938 年秋季，里大开学，我选修法国文学和拉丁文。我在北京中法大学四年级学了一点拉丁文，想在法国继续深造，但因自己水平太差，虽然经过两年的努力，最终也未能考过。1939 年夏天，我的两个考试都失败了。为了使我散心，曹建勋兄问我是否愿意跟他去尼斯度假，我接受了他的建议。曹兄是湖北人，学习法律，1936 年入校。我们在尼斯租了一间房子，里面有两张床，一个煤气炉，可以自己做饭，比较经济。他炒菜，我洗碗，因此我也学会了炒菜做饭。我们买了一瓶普罗旺斯特产的橄榄油，曹兄不喜欢这种油的气味，所以炒菜用花生油；拌生菜时，他用花生油，我用橄榄油。从此，我与普罗旺斯结下了不解之缘。此是后话，暂且不提。

尼斯在里昂东南471公里，地中海的碧落涯上（通译蔚蓝海岸，碧落涯是我个人的译法，颇得友人的赞许）。我对于海有特殊的爱好。来法时，在船上生活了33天，每日与苍天碧海为伍，十分舒畅，可以套用李白的两句诗形容我那时的心情："相看两不厌，只有海与天。"现在得与大海肌肤相亲，自然更是称心如意了：身体浸在海水里，对我来说是莫大的享受，而日光浴又是另一种美妙的感觉。我从来不会游泳。不过海水较重，容易漂浮，不久就学会了。尼斯的海滨不是沙滩，而是由鹅卵石堆成的，十分硌脚，可谓美中不足。曹兄对海不甚感兴趣，有时在海边蹚蹚水，在海滩上坐了一会儿就走了。他喜欢到尼斯附近去游览。刚一到时，我也曾陪他去参观了葛拉斯和戛纳两个城市。后者是世界名城，每年国际电影竞赛会都在那里举行，而且海滨是沙滩。不过，我们在尼斯已经付了一个月的房租，不便迁移。葛拉斯盛产香水，到处都种着芬芳浓郁的香花，我们参观了一个香水制造厂，买了一瓶香水，留作纪念。8月底，我们回里昂，10月曹兄就回国了。

1939年秋，新学年开始，我继续选修法国文学和拉丁文。法国文学班上有一位中国女同学，梁佩贞，字渭华，山西人，以字行。她也是1938年底从瑞士转入里昂中法大学来的。有一天，渭华对我说有一位法国女同学想学中文，可以用法文交换，问我是否愿意接受。我认为这是一个极好的学习机会，立刻接受了。这位法国小姐名字叫雅克琳·阿蕾扎艺思（Jacqueline Alézaïs），我后来给她起了一个中文名字叫雅歌。她于1919年10月4日出生在白朗集，位于里昂西北140公里。四岁时与其父母来里昂定居。她父亲在里昂师范学校教授自然科学，母亲在里昂女子中学担任总务副主任之职，她妹妹玛德兰比她小三岁半，那时还在女中读书。一家四口住在女中的一套房子里。我每星期去她家两次，星期二和星期五下午两点半到五点多钟。那两天下午，她父亲都有课，母亲在女中办公，妹妹上课，家里没有别人，我们俩可以安静地交换中法文。她把课堂上抄的笔记借给我，我带回宿舍抄完再还给她，她的字写得很清楚，里面有些简写的字，从此，我也学会使用简写字。她除去选修法国文学和拉丁文以外，还旁听中文课。那时里大的中文教授是D先生，中文水平有限。雅歌对我说：“D先生写的中国字和你写的有时不一样，比方说你写的‘马’字四条腿着地，很像一匹马，D先生写的‘马’字四条腿朝天！”她把笔记本拿给我看，我看了大笑起来，把里面的错字一一改正过来。我开始教她一些中国小故事和中国古典诗，她非常高兴。雅歌中等身材，五官端正，最吸引我的是她那一双神采奕奕、灵活的大眼睛和善于诙谐、饶有风趣的谈话。我们起初很严肃，以后渐渐发生感情，四目相视，彼此在对方的眼睛里看见熊熊的烈火，脸庞自然而然地靠拢，于是就接起吻来了。我应该感谢邓子若兄的启迪。邓兄广东人，1936年入校，学习法律，1950年归国，担任翻译工作，后来陪同一个代表团出国，飞机遇险身亡，非常可惜，我在这里向他致以沉痛的悼念。

我是一个不爱说话的人，和我父亲的脾气相似，见了生人往往无话可说，遇到知己的老朋友聊起来却没完没了。现在和自己心爱的人在一起当然话就更多了。这一年我的法语水平大大提高，到了1940年6月考试时，获得法国文学证书。拉丁文还是没有考过，我发现这种文字的词尾变化多端，词序的调动性也极其复杂，与汉语的特点恰恰相反，对于我这个半路出家的人实在是一个难以克服的困难，于是决定明年不再选修这门功课。雅歌顺利地通过了法国文学和拉丁文考试。

正当我们进行恋爱期间，德国野心家希特勒发动了侵略全欧洲的战争，1939 年 9 月 1 日德军侵入波兰，英、法两国因与波兰签有军事协定，9 月 3 日即与德国宣战。德军未曾料到小小的波兰竟会英勇抵抗，9 月底才将波兰全部征服，于是，未能立刻改打法国。法国借此得以做了一系列的防御工作。本年底，里昂增防，调来的部队无处驻扎。因为里昂中法大学原来是个兵营，就请中国学生暂时迁出，把校址给法国军队。男同学迁往里昂东部冉娜·哥莱尔男生宿舍。女生迁往市中心的一个女生宿舍。这两个宿舍都没有食堂，中午和晚上都得到医科大学食堂去吃饭。男生宿舍离医大甚近，女同学得乘车前往。

1940 年 6 月，大学考试刚刚结束，我们正在庆祝考试胜利，德国军队就把法国北部驻军打垮，法国人民匆匆向南方逃跑。中国同学无处可逃，只好留在里昂。雅歌的父亲有职在身，不得擅离岗位，就把两个女儿托给他们的表姨丽琳夫人。表姨孀居，只有一个儿子在医科大学读书。她带着儿子、两个表侄女和另外几个医科大学学生，开着三辆汽车向西南逃亡。他们 6 月 22 日早晨出发，中午在克莱尔蒙·菲朗（在里昂西 183 公里）听到广播报道法国贝当向德军投降乞和的消息。他们继续前进，先在萨乐斯（在里昂西南 642 公里）小城亲戚家住了一些时候，又到普罗旺斯省众风山下玛洛赛（在里昂南218公里）小村住了一个多月。他们常在这里过春假，和小村中的旅馆主人很熟，吃住都不用花钱，只是在厨房里和饭厅里帮帮忙而已。9月初，他们知道里昂已安定就绪，一同回来了。

战事惨败的法国分成两部分：法国北部及西南部，包括巴黎在内属于德国占领区；东南部称为自由区，贝当组织偏安政府于矿泉疗养区维希城（在里昂西北162公里），里昂属于自由区。中法大学海外部所驻的法国军队已经撤走，我们又迁回本校。

返校以后，发生了一件值得纪念的事情：中法大学创办人李石曾先生来视察海外部，校方曾在礼堂召开一次欢迎会，全校职员、学生以及一些外宾前来参加。李先生给我们做了一次讲演。我最近在一次关于李先生的讲演会上，才知道他那次来法是负有政治使命的：当时重庆国民政府委托他向法国政府提出不要承认口伪南京政府，他胜利地履行了这个任务。李先生名煜瀛，以字行，河北高阳县人，1881年生，1973年卒。他是早期留法学生，学习农艺学，曾在巴黎巴斯德实验室做研究工作。他是一个无政府主义者，终身素食，在巴黎附近开过豆腐公司。公司里有二三十个工人，全是他从国内召唤来的。这些人不但刻苦工作，闲时还勤奋学习。因此，从1915年起，李先生就发起了勤工俭学运动，1921 年又开办里昂中法大学海外部。我第一次见到李先生是 1928 年，那时我刚入西山中学。李先生从上海到北平来，中法大学给他召开了一次盛大的欢迎会，召集了大学本部和所有附属中、小学全部学生。因为是冬天，所以在图书馆前搭了一个席棚，笼罩住整个大院子。席棚内摆了无数的桌子，全体师生和创办人一同聚餐，饭后还照了一个全体纪念留影。我最近在 1929 年的《华法教育》杂志上看见了两张那时的照片。李先生办中法教育，不遗余力，是中法文化交流事业上的伟大功臣。我是他创办的中法教育系统培养起来的，愿意在他开拓的道路上继续努力工作。

1940 年秋季，里大照常开课，我放弃了拉丁文，改修现代比较文学。雅歌选修希腊文和语史学，也旁听比较文学，这样她可以把课堂上的笔记借给我使用。1941 年 2 月 2 日下午，我们下课以后，雅歌要到市中心去买书，我就陪她穿过罗纳河去雨果街大学书店购买她所需要的书。从书店出来，我们去美院广场散步。我称赞这个广场的优点，并说北京紫禁城外的天安门广场更加雄伟壮丽：庄严巍峨的门楼，金水河上建着七座玉带形曲折多姿的大理石桥。我希望她将来能去北京游览。她说她当然想去，但不知以什么资格去。我说：“以我的妻子的资格去不就行了吗？”她说：“那可不行。中国那么远，风俗民情与法国迥异，我不会习惯的。”我说：“那也不见得，到时候再说吧！”雅歌不再继续往下谈，向我告别，说她要去丽琳表姨家吃鸡蛋软饼。因为那天恰好是圣腊节，法国家家户户都吃这种软饼。饼形略似中国的煎饼，但因里面含有鸡蛋，所以较软。据说此日烙饼时，一手持铛，一手握一枚金币，则一年之中，财运亨通。烙饼的技术亦有讲究，等饼的一面烙熟时，将饼从铛中掷向上方，令其自己掉转过来，落在铛上，再烙那一面。翌日，雅歌对我说昨天她在表姨家把饼扔得那么高，以致大家都惊异起来，但是没有人知道她为什么如此兴奋。从此，她再也不说是否愿做我的妻子，只是我们之间的关系日益亲密，仿佛已是一对未婚夫妇了。

1941年5月，雅歌参加女子师范大学入学试验。这是一个难度极高的考试，全国每年数千人投考，考试同时在巴黎及其他几个大城市举行，结果只录取数十人。雅歌在里昂参加会试，她参加的是古典语文科。一共考七场，前三场每场以六小时为期限：1. 历史；2. 法语；3. 哲学。后四场每场以四小时为期限：4. 拉丁文译成法文的翻译；5. 法文译成拉丁文的翻译；6. 希腊文译成法文的翻译；7. 法文译成希腊文的翻译。考生可以自带冷餐在考场中食用。第一场考的是历史，发下题目来是“明治维新”。全场考生立刻发愣，因为这是一个谁也未曾意料到的题目。在当时，日本还不是一个引人注目的国家，中学历史教科书中仅以寥寥数行就把整个日本交代过去。雅歌看了这个题目，心中暗喜。原因有二：第一，明治维新日本曾派了一些工程师到勒克勒佐（Le Creusot，在里昂西北约 155 公里）的工厂来实习。这些日本人就住在丽琳表姨的祖父家里。雅歌的外祖父在白朗集（Blanzy）玻璃公司做会计，外祖母为该地小学教师。白朗集离勒克勒佐只有 15 公里，她的外祖母常带着她的母亲和舅父保罗去丽琳表姨的祖父母家串门子。她母亲当时还不过十来岁，日后谈起这些日本客人来，往往赞美之辞洋溢于口。第二，自从雅歌认识我以后，她对中国和远东其他国家都很关注，就请我在里昂中法大学图书馆里替她借一些有关这些国家的书籍。其中有一本是歌鲁赛（今译格鲁赛，Grousset）所著的《远东历史》，巴黎 1929 年出版。里面有一章专门叙述明治维新的问题，写得极其详细清楚，她曾经仔细地读了一遍。为时不久，记忆犹新。于是提起笔来，不停地书写。偶然抬起头来，看见同考者不是愁眉苦脸，就是唉声叹气；有的叼着钢笔帽，聚精会神地搜索枯肠，把一些有关中国或日本的老生常谈，不管与试题是否沾边儿，也东拼西凑地写在考卷上，写个一页半页的，认为总比交白卷强。雅歌写了五大页，心满意足地交了卷子。头场春风得意，心情舒畅，以后各场进行亦甚顺利。到了 8 月发榜，高高中选。她们一家人自然替她高兴。有人向她祝贺时，她就说："这都是中国朋友的功劳！"

法国师范大学学生的宿、膳、学费皆由国家供给，另外还有一些零用钱。当她在女师大毕业那一年，教育部公布：师范大学的学生在校的学龄也算在工龄之内。此后，该校的待遇更为优越，自入学起，每个学生都领取相当高的工资。雅歌自己欣慰自不必言，我也私自庆幸，觉得我们的婚事大有希望了。

同年 6 月，雅歌通过了希腊文和语史学的两个考试，获得文学学士的学位。我的现代比较文学考试失败，只得预备暑假后补考。10 月间，我补考顺利通过。雅歌赴巴黎入女子师范大学学习。巴黎属于德军占领区，里昂属于自由区，两区之间只能写明信片，以便驻军检查。我们每隔一天彼此写一张明信片，有时每天写一张，而且在每张明信片的一角，注上号码。这样就可以知道信件是否全部收到。明信片的面积有限，我们把字写得小小的，密密麻麻的也有不少字。我在下面概括地把雅歌入校后的情况叙述一下。

女子师范大学旧址在巴黎西郊赛夫勒小城，不堪使用，而且按照教育部新颁布的规章，该校学生应在巴黎大学进修，师范大学校内只设一些补充课程。该城离巴黎大学所在的拉丁区（即第五区，因为旧时法国文人以说拉丁话为荣，故大学所在地称拉丁区）较远，交通不便，尤其在战时，无法修建新校舍，暂时迁移在巴黎第六区谢弗勒兹街四号，美国学校旧址。美国学校因战事暂时停办。战后女子师范大学迁入巴黎大学城附近的新校舍。美国学校原有的宿舍不敷使用，所以把一些画室改成卧室。画室较大，每间住两个学生。一年级新生住画室，二三年级学生住单间宿舍。雅歌从来没有住过宿舍，对这种安排不甚满意。但舍监告诉她说她的同屋还没有到，翌日才来，这位同屋名叫安娜·玛丽·玛卡比。雅歌听了，不由心里一动。这不是她幼年同学的名字吗？于是转忧为喜。第二天，安娜·玛丽到校，果然是她旧日的伙伴，因为她父亲调往他地工作，离开里昂已经十一二年了。二人阔别重逢，又惊又喜。从此她们结为知交。

巴黎大学开学的前夕，女师大校长把本届新生召集在校长办公室，向她们提出学习计划。新生可以在校学习三年。1. 只有高中文凭的学生可以用两年的时间获得学士学位，用最后一年做硕士论文；论文通过后，即参加大中学学衔考试。2. 已有两张大学证书者可以用一年时间完成学士学位，第二年预备硕士论文，第三年学年终了时参加学衔考试。这样她们被录取的希望最大。

安娜·玛丽接受校长的指示，以两年的时间撰写硕士论文。雅歌却不听从校长的提议，希望在学校只停留两年，第一学年撰写硕士论文，第二学年终了时参加大中学学衔考试，无论考试通过与否，她都将离校。校长问她为何如此匆忙。雅歌回答说她已订婚，希望尽早结束学业，以便结婚。校长希望她劝劝她的未婚夫，为了她的前途，不要如此性急。因为在师范大学里，一切物质生活都无须自己操心，可以专心学习，充分预备考试；否则就必须一边工作，一边准备考试；如果结婚，生儿育女，考试就更没有把握了。雅歌不听校长的劝告，坚持自己的两年计划，校长也无可奈何，只是觉得这个学生未免有点过于倔强。雅歌在巴黎大学报名，入硕士班，导师是巴黎大学法国文学教授普瓦利业先生，论文题目是法国19世纪作家夏多布里昂（Chateaubriand，1768 1848）的《坟外回忆录》的研究。硕士班的课程很少，只是去听听导师讲的课就行了，余下的时间自己去搜集资料，撰写论文。雅歌觉得很轻松，就在东方语言学校报名，继续学习汉语。当时的中文教授是戴密微先生，助教是林藜光先生。因为她曾经跟我学过一点中文，所以在班上是佼佼者。我获知以上这些消息，当然很高兴。

1942年春假到了。法国学校春假放假两周：一般是复活节前后的两星期。复活节即耶稣复活纪念日，是一个活动的节日，有时在3月，有时在4月，每年不同。雅歌从巴黎回到里昂。她家每年去众风山下玛洛赛小村度假，但现值战争期间，汽油受到限制，只有德军和法国公务机关才有权使用，一般民众不得购买。玛洛赛离里昂二百多公里，又无直达火车，所以他们就决定去伯雷小城度春假。雅歌的母亲问我是否愿意同他们一起去，我自然立刻接受了这个邀请。伯雷在里昂东北90公里，属于汝拉山区，只有七千多人口，是法国名作家及美食学家伯里亚·萨瓦兰（Brillat-Savarin，1755—1826）的故乡，他著有《美食心理学》；浪漫派大诗人拉马丁（Lamartine，1790—1869）曾在这里念过中学。这里饭店的烹调艺术很高，也是一个游览胜地。我们在这个小城过了十天愉快的生活。

1942年6月，我的古代艺术史未获通过，只好等暑假后补考。雅歌却顺利地通过了她的硕士论文。答辩以后，她在巴黎等待来里昂的通行证。7月20日，她的母亲请我陪她去布尔格城替雅歌购买一套书房使用的家具，因为丈夫和二女儿都不愿意陪她去。暑假里我没什么事，便欣然偕往。我们早晨乘火车去布城。该城在里昂东北60公里，坐火车一个多小时就到了。我们去一家新开的木器作坊选了一套书房陈设的家具，一共三件，一张三屉书桌，一把三彩麦秸编缀坐垫的方形圈椅和一个书柜。书柜分三部分，左右各有一个带玻璃门的书架，中间有一个陈设文玩古董的三层空格，下面还有两个大抽屉。她母亲问我喜欢这一套家具吗？我说很喜欢，她就订下了，但因雅歌学业尚未结束，就请店主暂时保管，等女儿安置家业时再通知他运往何处。从木器作坊出来，我们去游览市容，经过一个书店，她进去买了一本法国诗选送给我，留作纪念。我们一同到一个小公园内进午餐，她从里昂带来了冷餐。午饭后，她带我去参观布城附近的布鲁教堂。这是一座16世纪火焰哥特式的著名建筑物，是奥地利公主玛格丽特（1480—1530）为了纪念其夫菲利贝尔二世（1480—1504）而修建的。他们二人的坟墓就在这个教堂里。傍晚，我们乘火车返里昂。

7月底，雅歌返里昂。她们一家每年夏天都到日内瓦附近的格里驿小村去度假。这个小村在里昂东北约160公里，她父母在那里有一座小别墅。但因此村划在占领区内，他们不能前往，只好到南方坞洛赛山村去避暑，我也被邀和他们一起去度假。我们从里昂乘火车到奥伦治，改乘小火车到玛洛赛—克莱斯特站下车。旅馆主人派了一个名叫弗朗索瓦的乡下人赶着一辆小马车来接我们。他把我们的行李装在车上，我们步行跟在马车后面，走了数公里才到达众风山旅馆。旅馆主人名叫里由达，夫妇二人和一个名叫玉盖特的女儿，年龄和玛德兰相仿。因为旅馆的房间都住满了客人，我被安排在旅馆分舍里，这样反而对我和雅歌会面更为方便。玛洛赛位于众风山北麓，此山音译本为旺突山，众风山是意译。这是普罗旺斯省最高的山脉，孤峰突起，绵亘数十公里，主峰海拔 1920 米，冬季可以滑雪，其他三季可以游山逛景，是个游览胜地。除去她父亲以外，她们母女三人都喜欢爬山。我在西山养成爬山的习惯，成为她们旅游的好伴侣。店主之女玉盖特也常带着她的小狗狄诺跟我们一起爬山。有一次，我们清晨出发，一直爬到山顶，在顶峰吃过了午餐才开始下山，傍晚回到旅馆。山中野果很多，如覆盆子、无花果之类，我们随意摘采解渴。有时也在葡萄田里采两串葡萄吃，有时饮岩石中的泉水，清澈肺腑。我们在玛洛赛过了一个十分愉快的暑假。

从玛洛赛回到里昂以后，可能因为我们在暑假里行为失检，我们之间的爱情被她父母发觉了，她母亲禁止我再去她家，也不许雅歌和我来往。我发了慌，给雅歌打电话，打不通；给她写信，也被她母亲从中扣留。9 月底，我接到雅歌从巴黎来信，叫我不要着急，并且叫我请求去巴黎的通行证，立刻乘火车去法国首都。雅歌在女师大附近的一家旅馆里给我订了一个房间，我觉得太小，又不方便。于是就自己在圣·米歇尔林荫路上租了一间房子，敞亮宽阔，价钱也不贵。雅歌只须穿过卢森堡公园就可以和我见面。她那时正预备大中学学衔考试，无须上课，时间由她自己支配，所以有空闲陪我去参观旅游巴黎的名胜古迹：卢森堡公园、植物园、巴黎大学、国家图书馆、圣母院、圣心院、铁塔、凯旋门、罗丹博物馆、卢浮宫、凡尔赛宫等。在温暖适宜的春天，游览这些优美的名胜古迹，我们的确感到心旷神怡。不过前人多有介绍，用不着我再饶舌。雅歌把她的好友安娜·玛丽带到我的旅馆里，我请她们俩到拉丁区的东方饭店吃了一顿中国饭，她们很欣赏中国的烹调艺术。后来我听说，安娜·玛丽对雅歌的选择十分赞许。

有一天安娜·玛丽忽然接到雅歌母亲的一封信。信的梗概如下：我知道你是雅歌最好的朋友，所以恳求你协助我使她放弃她的婚姻计划。她选择非人，这个疯狂的举动将使她一生不幸，安娜·玛丽把信给雅歌看了以后，就给她母亲写了一封信，仅撮其要：婚姻是个人问题，虽最好的朋友也无权过问。况且雅歌曾把她的未婚夫介绍给我，据我的观察，雅歌选择慎重，她的婚姻计划并非疯狂之举。

又过了几天，安娜·玛丽收到一封匿名信，信中把她大骂了一顿，最后还诅咒她说："你将来一定嫁给一个红肤野人！"（笔者按：即印第安人之贬义词。自从哥伦布发现新大陆以后，美洲的欧洲移殖民将美洲土著印第安人惨杀殆尽，并且轻蔑地称之为"红肤野人"。）安娜·玛丽和雅歌一看这信，就知道是雅歌的母亲恼羞成怒，用以报复的伎俩，遂以一笑置之。

学衔考试正式揭晓的前夕，女师大校长把全体本届应试生，大约有十五六个人，都召集到自己的办公室里，等候教育部一位秘书的电话。他答应预先把笔试的结果告诉校长。等待了很久，才接到秘书的电话。校长夫人一边接电话，一边用笔在纸上记录笔试及格者的姓名。接完电话，校长说女师大有五位同学笔试及格，姓名如下。他念人名时，按照姓氏首字的字母顺序，本来第一个就应该是雅歌，因为她的姓是 A 字开始的，但是校长最后才念她的名字，仿佛是对雅歌入校时不听他劝告的一种报复似的。不过到了口试的前夕，校长把雅歌叫到自己的办公室里，紧紧握着雅歌双手，鼓励她说："你要好好地应付口试，一定要考取，为学校争光。"据我个人推想，这种嘱咐可能是多余的，因为校长早已领教过雅歌的雄辩口才了！

8 月发榜，雅歌正式被录取了，督学召集录取诸生谈话，问雅歌有什么愿望。她回答说她家住在里昂，希望能在里昂大学区工作。督学说里昂是一个大城，很多资望甚高的教员都想去那里工作，一位新任命的教员没有希望立刻获得市内的职务，不过他将尽可能替她选择一个离里昂不远的城市。9 月初，雅歌接到教育部的聘书，她被任命为布尔格女子中学的教师。当她把这个好消息告诉我时，我是多么兴奋啊！她的职业有了保障，我们结婚的计划也将可以顺利进行。她父母虽然反对她和我结婚，但她已经成年，父母无权过问。因为我住在里昂第五区，我们就到五区市政府去登记；雅歌信奉天主教，我们又到圣·伊雷内教堂登记。婚期定在 1943 年 10 月 9 日。

9 月中旬，雅歌应邀赴布城女中参加首次教务会议。她那天是乘长途公共汽车去的。法国战时缺乏汽油，长途汽车燃烧木炭，时常误点。她迟到了几分钟，门房领她到教员会议室，里面会议已经开始。校长是一位阿尔萨斯的胖夫人，高高坐在讲台上，口若悬河，侃侃而谈。忽然雅歌敲门进来，打断她的话头，校长毫不在意地让她坐在最后一排的椅子上。到了分配工作时，由哲学班、数学班一直到最低班都指定了各班教员的人选。雅歌举手发问，为什么没有给她分配工作。校长说："请你稍等，等一会儿就要分配历史、地理课程了！"雅歌说："您要让我教历史，

1943 年 10 月 9 日新婚之际和朋友们合影于
里昂五区市政府门前

我还可以勉强胜任，如果让我教地理，我是不在行的。”校长说：“一个临时代理教员是无权选择课程的！”雅歌说：“我并不是临时代理教员，我是通过学衔考试的教员。”校长这才翻开教员名册，问清了新同事的姓名，向雅歌道歉，立刻请她坐在最前排，向全体同事介绍本校唯一的一位具有学衔的教员。然后又给她分配了与她职位相当的工作，请她教第二班的法文、拉丁文和希腊文。会议结束后，雅歌和同事们谈话，有人给她介绍，在一位音乐教员家找到一间住房。

这位音乐教师名叫彭赛，是一位老小姐，以教授钢琴为生，住在离女中不远的一条大街上的一座楼房里。她住的是三楼一套房子，二楼住着一位孀妇，艾弗拉夫人，专给几位女中的教员包办伙食，雅歌也在那里包饭，十分方便。9月底女中开学。10月8日星期五上午，雅歌通知校长，她翌日在里昂结婚，校长给了她三天假期。下午2时有一趟去里昂的火车，雅歌吃完午饭，收拾好行李，向彭赛女士告辞，彭小姐正在客厅里教一个小女孩钢琴。雅歌匆匆跑下楼，忽然想起应该把自己结婚的事告诉房东，于是又跑上楼，打开客厅的门，对彭小姐说：“我这次回里昂是为了结婚去。”随即把门关上，忽然又把门打开说：“Avec un Chinois!”（和一个中国人）消息来得如此突然，也不加任何解释，使彭小姐大吃一惊，立刻把学生打发走了，自己跑到二楼，把这个消息报告给艾弗拉夫人和尚在那里吃饭的几位同事。她说：“阿蕾扎艺思小姐刚刚对我说，她回里昂去结婚，但是我没听清楚她的未婚夫是一位中国人，还是一位姓 Chinois 的先生。”经常在二楼包饭的同事里有两位老小姐和一位孀妇，这正是一桩富有浓厚趣味的谈话资料。

雅歌下了火车，直接到我家来找我。我们一同下山去泰侯广场一家大鲜花店，选购了一盒紫红色的杜鹃花，写了一张贺卡，我们签了字，请花店立刻送到她母亲家，因为 10 月 8 日是她母亲的生日。我们回到山上黎明饭店吃晚饭，并且在那里为翌日中午订了十来个座位。饭后回到我家，请布吉叶夫人把楼上第三间卧室借给雅歌住一夜。第二天一早，我把雅歌叫醒，吃完早点，下山到五区市政府履行结婚仪式。参加我们婚礼的人不少，有我们两人的同学和朋友。她父母和妹妹都没有来，但是请丽琳表姨带着她的儿子让·赛尔莫那来做代表，并请她把家中房门的钥匙交给雅歌，以便当日我们去她父母家吃晚饭。市政府的婚礼完毕，大家一起乘电缆车上山到圣·伊雷内教堂举行宗教仪式。里昂中法大学协会还派了秘书长杜巴懋教授来参加我们的婚礼。耶稣会的朱神甫做了一个讲演，但他那时尚未晋升正式神甫，所以弥撒是由他的一个朋友主持的。婚礼完毕，我们陪伴着表姨母、让表弟，两位证婚人：雅歌的好朋友安娜·玛丽和我的好友王振基，两位神甫和我们的朋友利万夫妇一同赴黎明饭店进午餐。饭后，我们一起去华友社，中法大学海外部的同学们在那里给我们组织了一个盛大的茶话联欢会。会后我们去女子中学和她一家言归于好，一同愉快地吃了一顿晚饭，我们就告辞回家。那天晚上，我们用不着再向房东借第三间卧室了。

# 里昂中法大学话旧

## 一、建校经过

作为北京中法大学附属初中、高中以至大学毕业，又被保送来法国里昂中法大学深造的笔者，或许有资格谈谈母校的旧事吧。

中法大学的历史和它的主要创办人李石曾毕生为中法文化交流事业而坚强奋斗的精神是分不开的。李石曾（1881—1973），河北省人，官宦世家，1902年即以随员身份供职于清朝驻法公使馆，并在巴黎大学学习。结束了巴斯德学院的研究工作后，成为一位杰出的生物学家，专门探讨大豆，并且有促进人类以植物廉价基本副食代替肉类的计划。他自己身体力行，终身素食，在巴黎近郊科隆博开办了一家豆腐公司。现在豆腐以及大豆制成的食品逐渐在世界上获得广泛的使用，就足以证明他的远见卓识。鉴于1908年美国决定以中国应付的庚子赔款半数退还中国，作为中国学生留学美国之用，并在1911年在北京成立了留美预备学校——清华学堂（即清华大学的前身），李石曾是年回到中国就和一些友人筹组“留法俭学会”，不久告终。1915年又和蔡元培（1868—1940）、吴稚晖（1865—1953）和吴玉章（1878—1966）等人组织“勤工俭学会”。同年，上述四人一同来法办理勤工俭学学生留法事宜，并和一些法国知名人士共同建立资助这些学生的“华法教育会”。蔡任该会的中国会长，李任秘书长；巴黎大学教授奥拉尔（A. Aulard，1849—?）任法国会长，里昂市社会主义国会议员穆代（M. Moutet，1876—1968）任副会长，里昂市长赫里欧（Ed. Herriot，1872—1957）任理事。

1914年第一次欧战爆发，法国壮丁大都应征入伍，后方缺乏工人，就派人去中国招募华工来法工作。因此“勤工俭学会”的学生来法事宜进行得很顺利，当时在法国找一份解决温饱的工作并不困难，至于每天工作完毕是否还有精力学习，那就是另外一个问题了。1917年中国对德国宣战，于是法、英、美、日、意、葡六国给予中国五年的缓期偿付庚款权，也就是说，中国对这六国的欠款应在1922年再重新开始偿还。1919年巴黎召开第一次世界大战和会时，中国作为协约国成员之一参与和会，中国代表提出了退还庚子赔款问题。同时李石曾等人参加了促使退还赔款的各种活动，提出了将退还的赔款用于教育的建议。李氏将此建议与法国教育部长奥纳拉（A. Honnarat）商议，奥氏表示赞同，并转告法国外交部长，外长也表示同意，但说此事必须征得财政部长同意才行，所以还要继续商谈。

这时蔡元培和吴稚晖等人提议用法国退还的庚款在法国办一所中国大学专门培养中国留学生。这个设想得到里昂大学校长儒班（Joubin）、里昂市长赫里欧和里昂大学医学院院长雷宾（J. Lepine）的大力支持。雷氏建议说，退还赔款非一朝一夕即可解决，不如先获得一所校舍，由中法两国分担少量款项，办一个小型学校，以资促成退款的实现。儒班表示赞同，并提交里昂大学理事会讨论。结果里昂大学愿意扶助这所中国学校，并向里昂市政府请求分配校舍，市长赫里欧就指出一座旧军营、一所旧教会学校和一片空地，任凭李氏选择其一作为建校之用。

李氏带着交涉的成果去见中国参加和会的总代表陆徵祥（1871—1949），陆氏答应中国政府将为这所学校每年出常年经费 10 万法郎，法方亦愿每年出同样数目。李氏就在 1920 年元旦回中国筹款，把在法国建校的筹备工作交给了前同盟会交际部主任张继（1882—1947）和褚民谊（1884—1946）。张、褚二人选择了里昂西郊山坡上的一所旧军事建筑——圣·伊雷内堡（Fort Sainte Irenée）作为建校的场所。租金为象征性的一个法郎，但这一法郎很重要，说明中国只有租用权而无房产权。

1920年7月10日，里昂大学理事会任命该校第一任中文讲师古朗（M. Courant，1865—1935）代表大家交涉筹办中国学校事宜，中国方面的代表就是褚民谊。褚氏先在日本学习政治经济学，曾结识汪精卫（1883—1944），1907年来到法国，在波尔多市医学院学习，当时学业尚未结束。同年8月，李石曾从中国给儒班校长寄来70万法郎和好几封电报，请他把华法教育会的学务办事处合并到里昂学校里，以便接待300个失业的勤工俭学生，另外还有270个中国学生已乘法国邮船赴法云云。儒班校长认为这些提议未免过于轻率，虽然他自己曾经口头上答应通过考试可以在里昂接受200名中国学生，但是他不能被迫接受这么多未经自己选择的学生。褚氏把校长的论点给北京打电报，北京表示同意。因此华法教育会无法安排的300名勤工俭学生和在船上的那270名正在来法的学生都无法来里昂就学了。原来自从第一次世界大战结束后，法国复员军人各自回到自己的岗位上，中国学生逐渐失业，而华法教育会负责人曾经答应他们将来可以在正在筹办的里昂学校里继续学习，现在他们认为自己被出卖了。

1921年夏，里昂大学与中国校际委员会达成协议。7月8日由中国驻伦敦旅欧学务考察团团长高鲁和里昂大学校长儒班签署了协定。首项条目预定："中法大学在里昂建立。"第四项条目说："该大学将属于中法大学协会管理。"同日，该协会也成立了。董事会设有中法大学创办人12人，其中包括6个中国人：蔡元培、高鲁、李石曾、褚民谊、汪精卫和吴稚晖；6个法国人：穆代、赫里欧、儒班、雷宾、古朗和军区司令马尔如莱（Marjolet）将军。这个协会下面设有一个办公室；法国秘书古朗，中国秘书褚民谊。根据这两位秘书共同拟定的中法大学规章，将要在中国举行一个会考，以便遴选入校投考生；同时在法国也将举行一个会考，愿意参加考试的中国学生都可以参加。会考7月15日开始在广州举行，7月20日在上海和北京举行。中国一共选出125名学生，预计9月25日到达里昂。

## 二、里大运动

留法勤工俭学生很快就得知在中国举行的会考内容与他们自己来法前所受的考试内容大致相同，于是他们认为自己无须再经过一次考试就理应被接受进入里昂中法大学。奇怪的是，应该在法国举行的会考根本无人再提起。9月16日，旅法中国侨民在巴黎召开大会，支持勤工俭学生进入里昂中法大学的意愿。9月21日，勤工俭学生在巴黎召开大会，选出116个代表前往里昂大学，强调他们有入学权。该校负责人褚民谊和古朗说，学校的位置不是给他们预备的，而是给即将到达的中国学生预备的。学生代表表示他们在本月25日新生到校以前绝对不离开学校。显然，这个强行占领学校的行动有失谨慎，使他们陷于非法地步，将无以自拔。

学校负责人向罗纳省警察总署秘书长电话求援，该秘书长在警官陪同下立即赶来。学生们坚持他们的要求。因为天色已晚，校方答应给他们提供一天一夜的膳宿，请他们明日离校。翌日下午，警察总署秘书长带领大队警察赶到现场，重申驱逐令。学生再次拒绝服从，终于被警察包围，赶入警车，送进蒙吕克（Montluc）监狱，学生沿途发散他们带来的传单。法国人给他们的罪名是："示威宣传，违反警章。"当时法国舆论界对他们的反映颇为不利，就连华法教育会负责人对他们也有所谴责。副会长穆代说："如果我们无法说服这些学生，那就只好诉诸武力。"里昂市长赫里欧在《进步报》上宣称："里昂市没有任何理由接受这一百多个强行占领中法大学的学生，更不能接受等待先锋队胜利后，即将赶到的其他 1400 个学生！”

9 月 25 日上午，被禁的学生派了十几个同学到里昂火车站迎接从马赛下船来里昂的学生，125 名新生是在里昂中法大学第一任校长吴稚晖带领下来到的。勤工俭学生代表向他们发散传单，其中两名代表把他们的情况详细地报告给吴校长。次日上午，吴校长在里昂中国领事馆副领事李骏的陪同下，到蒙吕克监狱听取了全体被监禁学生的诉苦与要求。他和李副领事保证接受他们当中 20 名学生到中法大学，并请求中国政府在本年内给中法大学增添 12000 美元的经费，但是他们的诺言还需要取得法方同意才能付诸实现。第二天李副领事去见警察总署秘书长，后者说他已得到中法大学协会主席来信，信中表示拒绝接受任何参加示威的学生。吴校长只得收回成命。

10 月初，蔡元培和李石曾给里昂市长打电报说中国政府将为勤工俭学生每年拨发 10 万美元，并请市长为他们在里昂组织一个带有宿舍的“车间大学”，里昂市长把这个消息转达给法国外交部长布里昂（A. Briand，1862—1932），后者回答说：“中国人只会许诺，不会实践。”此事遂寝。10 月 13 日，104 个中国学生被迫乘火车赴马赛，次日又被迫登上保罗・勒加号法国邮船返回中国。在这些被遣送回国的学生中，有些后来成为中国共产党和国家领导人，如徐特立（1877—1968）、蔡和森（1895—1931）、李维汉（1896—1984）、李立三（1899—1967）、陈毅（1901—1972）等。至于王若飞（1896—1946）等十余人却躲避了狱卒的监守，留在法国。里大运动就这样结束了。

## 三、校内纠纷

吴校长刚一到任，马上就遇到许多棘手的问题：里大运动使他受到很大震动，中法大学协会高高在上，使他感到自己是一个无权可施的校长，就连他自己带来的那些学生也渐渐对他有些不满的意见。原来1920年9月10日吴稚晖会见了广东省督军陈炯明（1878—1933），并向他建议广东省每年拨发8万美元作为选派100名粤籍学生赴里昂大学学习的费用，以便给广东大学培养师资。陈提督赞成这个提议，并批准拨款之事。因此所有粤籍录取生的来往旅费和膳宿费均由校方供给，此外每人还领到200美元的津贴，但是其他省籍的学生一切费用均需自理。在来法以前，自费生并不了解这种情况，等到经过一段共同生活以后，发现同样是留学生，而只因省籍不同竟有这样悬殊的待遇，实在令人不能甘心。尤其是1921年陈炯明反对孙中山，炮轰总统府，使广东陷入了一场混战，他所批准的经费迟迟不发。经过法国外交部和华法教育会多次催促下，才部分实现了。每次等待许诺的款项到来之前，大学当局鉴于实际情况，只好免费供应广东公费生的膳宿费。这种措施不但使学校的经济预算失去平衡，而且增加了自费生的不满。在这样四面楚歌的情况下，吴校长无计可施，只好逃之夭夭，先赴柏林，后至伦敦。中法大学协会法国主席数次给他写信，请他回校履行职责，他都置若罔闻。一直到1924年年初，他才回到里昂试图平息自费生与公费生的冲突，但因学生坚定不移的意志，只好又到巴黎，不久就回中国了。

吴校长长期离校，校务就由副校长褚民谊管理，褚也没有什么权力，学生们对他毫无信任，谴责他未能维护勤工俭学生的利益，而听凭法国当局把他们驱逐出境。1923年10月开学时，褚副校长被自费生非法圈禁起来。校方召请警察把他释放出来，褚自认无法履行职责，就离开学校，到斯塔斯堡继续攻读他的医学去了。学校的秘书长曾仲鸣缺乏威信，中法大学协会任命古朗为协会常务理事及代理校长之职。在中法大学双方交涉中，古朗态度一向强硬，现在他既掌大权，当然要施展其铁腕政治手段。因为广东欠款越来越严重，古朗就在他上台的一两年内，把三四十名粤籍学生遣送回国，因此平息了自费生与公费生多年无休止的纠纷。北京政府的津贴通过北京中法大学相当可靠地寄到里昂，但不敷用，古朗只好多次向法国外交部请求特别援助。1925年中法教育基金委员会在北京成立以后，里昂中法大学的经济情况才开始好转。

1937年10月7日我来里昂中法大学深造时，已值该校末期。

1950年，里昂中法大学停止活动。

## 四、里大变迁

因为笔者久居里昂，来访法国的老同学们想参观母校时，都是我做导游，所以我对母校的变迁相当清楚。学校的大门没有多大变化，只在大门两旁各钉上了一块牌子，注明里昂市学生宿舍字样。大门上端石头上仍雕刻着“中法大学”四个颜体大汉字，据说是褚民谊的手笔。穿过门洞以后，草坪上添了一个花圃并且种植了一些树木。女生宿舍前年内部翻修，作为宿舍的收发室及办公处。主楼去年内部翻修，东楼和主楼之间的厨房被拆掉了。礼堂和校长住宅也翻修过，篮球场被取消了。最大的变化是后山前面的那座旧楼被拆掉了，在原址上盖了一座大食堂。食堂左右两边的墙垣各自打了一个豁口，以便往来出入。后山的网球场改为篮球场，另在山丘上建了两个新网球场。土丘下面建筑了五六座高大楼房作为学生宿舍，俨然一座小型大学城。

大约十年前，为了纪念里昂中法大学，里昂医学院荣誉教授马雷基（Mallet-guy）和他的旧日学生范秉哲、刘崇智、蓝瑚等用学校原来的名称发起了一个颁发奖学金的民间组织，由马教授在法国筹集资金，每年接待几位中国医、理科学生来里昂进修一年。笔者有幸被邀请参加该组织的开幕仪式。一直到现在，该组织仍然继续颁发奖学金，以资延续中法两国的文化交流事业。

1992 年 4 月写于里昂

# 黄镇大使二三事

远在中法建交以前，我国已和瑞士建立外交关系。我那时正在翻译《红楼梦》，遇到一些困难，经过我国驻日内瓦的文化专员劳辛先生和领事处负责人吴晋石先生，获得国内红学家俞平伯和启功两位教授的热情帮助，解决了问题。1957年在劳、吴二位先生的协助下，我去伯尔尼把旧中国护照换成新中国护照。我在瑞士首都时，碰到预备来法开办新华社的陈定民教授。我们是北京中法大学前后同学，他向我询问了一些有关法国的情况。以后我帮助新华社做了一些为中法两国建交修桥铺路的工作。我在中法建交前就换了护照，的确颇担风险；当我回法入境时，海关检查员对我说，他从来没有见过我这种护照。可能那时我是唯一持有中华人民共和国护照的旅法华侨。

等到1964年10月1日中法正式建交，我国派了第一任驻法大使黄镇将军5月间来巴黎履新，我当然欣然鼓舞极了。记得他承递国书以后，法国报纸上发表了戴高乐将军对中国新大使的印象。他说："我和中国大使有一些共同点，比如说，我们都在自己国土沦陷后，领导抗敌战争以达到最后胜利。我是作家，黄大使是画家，我们很谈得来，可惜他不谙法语，我们无法用法语直接交谈。"如果此事出在目前，我国外交界的后起之秀就不会使法国总统发生这种遗憾了。

以画万里长征速写闻名的黄将军是一位文武全才的外交家。当他在任期间，对每个侨民都很爱护，尤其对那些为宣扬祖国文化有贡献的华侨或华裔更是关怀得无微不至。我曾经听见黄大使以同行的口吻和赵无极讨论形象画和抽象画的优劣。他最后的结论是："我虽然认为形象画是绘画的主流，但是我对你在抽象画方面所获得的卓绝成就是非常钦佩的。"通过黄大使的推荐，蜚声世界的画家赵无极终于回到祖国去讲学和展出。

后来黄大使来里昂探望住在外省的华侨，下榻于美丽广场的皇室宾馆。这是里昂市最宽旷、最漂亮的广场。广场中心矗立着路易十四的骑马铜像。黄大使特别单独接见了我和我夫人。他对我们数十年如一日、同心协力介绍我国文学的迻译工作，十分赞赏，希望我们及早出版《红楼梦》的法译本，还希望我们能够尽快回去看看祖国的新面貌。

黄镇大使辞世已经两年了，但是他那和蔼慈祥的音容笑貌却永远铭刻在我的心灵深处。

1991年5月12日写于巴黎

# 我怎样学瑜伽

20世纪70年代初，一位北京中法大学的老同学李星可来法旅游访问，阔别数十载，又在巴黎偶然邂逅，自然欣喜若狂。他比我高四班，1933年毕业后，获得一份奖学金，前往比利时留学，学成之后，中日战争尚酣，即赴新加坡从事新闻工作，曾任《星洲日报》和《南洋商报》主笔，因骂新加坡前任总理为“二毛子”，就被投入监狱。一向舒服惯了的著名记者忽被关进牢笼，自然感慨万分，然亦无可奈何了，大墙内的生活当然很差，最使他难以忍受的，是自己的身体无法适应这个恶劣的环境。所有的毛病一下子都找上身来，但也不能就这样沉沦下去呀！一定要设法恢复健康，他蓦然想起幼年在北京学京剧时，苦练武功，忽然病倒，痊愈以后，腰酸腿疼，十分难受。他的师傅说："这是因为你功夫撂下得太猛了，并不要紧，我教你一套少林瑜伽，练练就好啦！"师傅的话果然不错，练了几天酸痛皆止，他也就不练了，尤其是瑜伽的动作比较简单，而且对称，回想一下，大致依稀记得，温习几天，就又全都找回来了。瑜伽不需要宽阔的场地，就在铁窗的斗室中也能操练自如。数月之后，他的健康恢复如初。等他被释放后，接到巴黎第七大学远东出版社的邀请，来法参与编撰一部法华词典的计划。

他住在大学城一间单人房间里，有一天，我去拜访他。闲聊了一阵以后，我问他练瑜伽有些什么好处。他说："好处很多，比方说，你可能比我小三四岁吧？"我回答："对啦，我比你小四岁，你是老大哥。"他又说："你的头发已经花白了，跟我入狱前差不多；但我入狱后，又开始瑜伽锻炼，过了几个月，头发又变黑了，只有额前还剩下一小绺白的。"我反驳道："你说得未免太神了，白头发怎么能变黑了，那不成了返老还童了吗？你的话让人难以置信啊！"他强调说："那有什么不可能？一个人少白头，是因为头发里缺乏血液；瑜伽有一种倒立姿势，俗话叫'拿大顶'，就是头顶着地，两脚朝天，倒栽葱立在地上，血液就可以充分地流进头发里去了。你如果每天早晚各练一次倒立动作，几个月后，我管保你的头发也变黑。"我又向他提出疑问："也许你的头发是染的吧？"他说："如果是染的，我为什么不全染黑了？那不更好看吗？看！"说时迟，那时快，他走进浴室，拿出洗头水就洗，洗完擦干，头发显得更黑了。他又继续说："现在你该相信了吧？练瑜伽还有另外一种好处，并且我还可以提出一个更有说服力的证据，让你确信不疑。我从前当主笔时，应酬很多，花天酒地，并非夸张之辞。吃饱喝足之后，又得伏案工作，一直干到大天亮。因为多年缺乏运动，搞得大腹便便，十分尴尬。入狱之后，每天粗茶淡饭，仅可果腹，再加上两个小时的瑜伽锻炼，不久，我的大肚子就完全瘪了下去。"说着，他就解开裤带，让我看他的肚子。我一看，不觉大吃一惊，他的肚皮上充满皱纹，好像一个过冬的苹果，或是一张百龄老太太的面庞，难看极了！我就说："这回我可信了，你的确没说谎。你能教我瑜伽吗？"他说："当然可以。"我说："还有一位关女士和她的法籍丈夫戴先生也都想学。"他说："行是行，不过，我的房间太小，无法同时教那么多人，你家宽绰吗？"我回答说："我的房间更小，关家很阔绰，有大客厅，三四个人练，不成问题。"

过了一星期，我们在关家开始学瑜伽。李星可对我们说："这套少林瑜伽都是基本功，动作简单易学，一共三式：第一是立式，立式又分两部分，其一属于头部和颈部，其二属于腰部和腿部。第二是仰卧式，第三是俯卧式，每一部分或每一式都包括五六个动作。我当然可以一次全都教给你们，但是怕你们贪多嚼不烂，不能完全记住，大有扫兴的危险。最好每星期只学一部分或一式，这样学的比较从容，记得更牢靠，一个月下来，也养成了练瑜伽的习惯。你们认为这个计划如何？”我们三个学生齐声回答：“师傅说得有理，我们遵命。”

说完，就开始学习立式第一部分的动作，每个动作重复三次。第二个星期，先复习旧课，让师傅考察进步，纠正错误。之后，全套学完，而且记得清清楚楚。三个学生之中，关最聪颖，身体最柔软，成绩最佳，也只有她学会了拿大顶。戴和我都怕窝了脖子，只学习代替动作，效果稍差，这也无可奈何了。

过了一些时候，我又去里昂一家瑜伽学校进修六个月，所学的与少林瑜伽大致相同，当然也学到几个新动作，补其不足。我又请那位法国老师开了几种有关瑜伽的书目，这些书中附有多幅精致的插图和照片，罗列正确和错误的姿势，以便初学者按图纠正自己的缺点。至于理论方面，讲解得有条有理，阅读以后，可以明白瑜伽的每个动作有利于身体的哪些部位，可以预防哪些疾病。比方说，瑜伽可以调剂性机能：对于青少年起缓和作用，对于中年人起

1993 年金婚纪念时与家人合影

增强作用，对于老年人起保持作用。我认为，这是一个很重要的课题。

到今年9月1日，我将81岁，学瑜伽也快20年了，虽然头发没变黑，却也身强体健，睡眠充足，食欲旺盛，耳聪目明，每日读书写字，笔耕不辍，除了驾驶汽车、看电影、电视之外，一概无须戴眼镜。腰腿柔软，步履轻捷，家中虽已安装电梯，除携带重物外，从不乘坐，而且登梯爬高，自由自在。数十年来，只犯过一次类风湿关节炎，全身疼痛，行动艰难，被迫停止锻炼瑜伽近一年。痊愈以后，又重新开始练习。至于如何治愈风湿病，则另有专文详叙，恕不在此赘言。在我有生之年日，只要能够行动，绝对不再放弃瑜伽锻炼了。

1996年5月18日于白朗集

# 简易瑜伽

我练瑜伽的基本动作：

1. 甩臂

双脚分开约30公分，双腿挺立，双臂尽量前后摆动100次。

2. 甩腿

两腿分别前后尽量摆动100次，开始时可以用一只手扶着桌子或椅背。找到平衡时，双手叉腰拇指在前，其余四指在后。以上是热身动作。

3. 蹲

两脚跟合拢，脚尖分开。双腿尽量弯曲，像坐的样子，但臀部不着地，默数50下。开始时可以用手轻扶桌椅，找到平衡后，双手叉腰，默数50下。

4. 双脚站立，脚跟并拢，脚尖分开，双手插腰如前，头向前垂，下颏尽量向胸部靠拢，默数如前。

5. 站立如前，头尽量向后仰，默数如前。

6. 站立如前，头尽量向左歪，默数如前。

7. 站立如前，头尽量向右歪，默数如前。

8. 一切如前，头向左转。

9. 一切如前，头向右转。

10. 一切如前，腰部向左歪。

11. 一切如前，腰部向右歪。

12. 一切如前，腰部向左转。

13. 一切如前，腰部向右转。

14. 一切如前，腰部向前弯。

15. 一切如前，腰部向后仰。

16. 蜡烛式：

仰卧在地，双臂贴身，卷起双腿，借助双臂的协助，把双腿、骨盆和后腰竖立起来。双手放在骨盆或腰眼上作为支点。由平常呼吸转为腹腔呼吸，以便恢复平静。如果感到不舒服或气闷，可以使腰部着地，双膝放在胸腔上。如果一切正常时，试着谨慎地做几次深呼吸。这个运动可以代替拿大顶，而无后者的危险性。上述这一系列动作很重要，因为日常生活时，头部总在上边，血液不易上流，脑子可能缺乏血液，对常使用脑力的人，尤其宝贵，可以使文思泉涌。但患高血压之人，应该避免。

17. 眼镜蛇式：

与前者成为一对相反相成的两个姿势，不可或缺。双臂紧贴腰部，双腿并拢贴地，直到脚尖，将肺中存气呼出。吸气时，挺起胸部、脖颈及头部。随着空气的灌入，一直达到肚脐离地时为止。当空气充满肺部时，稍停一下，以便检查自己的姿势：脚踵是否并拢、两肘是否最相接近。呼气时，上身逐渐向地面靠拢。呼完气后，稍停一下，再深呼气。连续做四个深呼吸。然后腹部贴地，稍事休息。

上述17个动作我每天都做。以时间的多寡，可以重复一次、两次或三次。最好在饭前做，饭后三小时做亦可。最要紧的是持之以恒，三天打鱼两天晒网是无效的。如果能够每天练习，不但可以长生不老，而且可以生活得更美满，也就是说能够生活自理，用不着事事请别人协助，自己活得像一条寄生虫！

2004年3月4日

# 李治华、雅歌主要译著

1.《向太阳》，艾青诗选，塞盖尔出版社，1958。

2.《故事新编》，鲁迅著，伽利玛出版社，1959。

3.《忍字记及其他元杂剧》(《忍字记》、《看钱奴》、《破家子弟》)，伽利玛出版社，1964。

4.《家》，巴金著，弗拉马利永及艾贝尔出版社，1979。

5.《红楼梦》，曹雪芹著，伽利玛出版社，“七星文库”丛书，1981。

6.《北京居民》，老舍中短篇小说选，与巴迪、莫芳素、贝罗贝、艾莫莉合译，伽利玛出版社，1982。

7.《长夜》，姚雪垠著，弗拉马利永出版社，1984。

8.《正红旗下》，老舍著，与巴迪合译，伽利玛出版社，1986。

9.《离婚》，老舍著，与巴迪合译，伽利玛出版社，1986。

10.《黑暗里的火花》（原名《人啊，人！》），戴厚英著，与李平合译，门槛出版社，1987。

11.《妈妈啊，妈妈》，白桦著，白乐风出版社，1991。

12.《长江漂流外史》，吉胡·阿莎著，苏欣仁（笔名）译，卡乐芒·莱维出版社，1991。

13.《播火女郎》（原名《火神与秋女》，话剧剧本），苏雷著，法汉对照本，巴黎友丰书店出版，1994。

**其他译作**

1.《庄子修鼓盆成大道》，《今古奇观》No. 20，载《文学与艺术》1946 年第二期。

2.《金玉奴棒打薄情郎》，《今古奇观》No. 32，载《世界旋律》1946 年第四期。

3.《吕洞宾传说》，载《世界旋律》1947 年第一期。

4.《中山狼传》，15 世纪中国古典小说，载《世界旋律》1947 年第三期。

5.《竹坞听琴》，石子章撰，《元曲选》No. 83，尚未发表。

6.《野草》，鲁迅散文诗选译，载《世界旋律》1948年第三期。

7.《霸王别姬》，京剧脚本，与于如柏合译，载《世界旋律》1947年第三期。

8.《打渔杀家》，京剧脚本，与于如柏合译，商务中央印书局，1958。

9.《惊变・埋玉》，昆剧脚本，与吉叶尼、梁佩贞、于如柏合译，PPI出版社，1958。

10. 五篇中国古典小说，载R.盖玉瓦主编《世界奇异故事选》，法国书社，1958。

11. 六篇中国有关梦的古典小说，载R. 盖玉瓦主编的《梦的威力》，法国书社，1962。

12. 元散曲二十五篇，载P. 戴密微主编的《中国古典诗词选》，伽利玛出版社，1962。

13.《汉宫秋》，马致远撰，《元曲选》No. 1，1962年译，尚未发表。

14.《白蛇传》，京剧脚本，与J. 斑巴诺合译，商务中央印书局，1964。

15.《世界百科大词典》词条：《红楼梦》、《关汉卿》。

16. 广播节目：《元曲简说》、《看钱奴》选读、《昆曲简说》、《红楼梦》第十二回“王熙凤毒设相思局”选读，载《中国风貌》第二册。

17. 汉译马塞尔·巴纽尔的童年回忆录《父亲的光荣》，尚未发表。

18. 法译《我的一生》，李维著，2005年，尚未发表。

# 编后记

《里昂译事》收集了李治华先生60年教学、翻译之余的部分文章，远非全部。

2002年获法国政府文化部颁发的荣誉勋章，2003年获中国艺术研究院和中国《红楼梦》学会颁发的“《红楼梦》翻译贡献奖”。于李治华先生在翻译领域的贡献和成就来讲，这两个奖也远远代表不了全部。

按我本来的意愿，这本书应在20世纪80年代末期出版。我曾做了一些编辑工作，也与几家出版社联系，因故拖延下来，令我几近绝望。2002年9月，李治华先生以87岁高龄再度回国，出席中国现代文学馆“李治华·雅歌文库”的剪彩仪式。看着《红楼梦》法译本那十几包译稿，想着他翻译过其作品的一批中国作家的名字：鲁迅、老舍、巴金、艾青、姚雪垠、白桦、戴厚英……我深感如不帮助这位老人在国内出一本书，那就是我对他几十年心血的漠视。于是我再次和他谈起编书的愿望，并表示这次一定办成此事。恰逢商务印书馆看中我编的《哈佛遗墨——杨联陞诗文简》，商谈出版事宜时，我把这本书的选题也一并报上，得到了“商务”毫不含糊的支持。这一点，几乎完全出乎我的意料。因此，先要感谢商务印书馆。其实李先生与商务印书馆还有一层父辈的渊源，他的父亲李香谷毕业于顺天高等学堂，考取了留学英国的资格，因家累被迫放弃，在中国大学教英语，还曾在意大利和美国使馆担任翻译和秘书工作。他翻译的英国湖畔诗人《华兹华斯诗选》和编译的《美国俗语词典》都是在商务印书馆出版的。现在，李治华先生的《里昂译事》也在这里出版，不能不说是李家与“商务”有缘。

当我再次进入编辑工作之际，李治华先生已年届九十，他按自己的想法，又汇集了几篇文章寄来，并撰写了自序。还有些文章（如曾在国内发表的《〈红楼梦〉情爱论》），他说找不到了，或是不想收到集子里，我也无奈。其实我是想尽量收得全一些，因为这是他翻译之余在自己的祖国出的第一本、同时也可能是最后一本书，作为编者和他的亲属，我自然希望尽我所能把这本书做好。但就我的能力来讲，也只能做到目前这个样子了。

书中一些文章当初曾经我手转给国内相关报刊发表，在此要感谢编发了这些文章的舒展先生（《人民日报》副刊）、周明先生（《散文世界》杂志）、赵丽雅女士（《读书》杂志）。他们对李治华先生的了解，未见得比我多，但作为编辑，他们的称职是无可非议的。还要感谢巴金先生、姚雪垠先生、罗大冈先生、舒乙先生、胡文彬先生、戴厚英女士、段怀清先生（有的已经故去，有的是年轻的学者）。书中选用了他们的书信、文章或文章中的相关文字。

最近一次和远在法国里昂的李治华先生通电话时，我说：这本书是给您九十高寿的一份小礼物，但估计最早也要年底才能出版，您一定要保重身体，亲眼看到这本书。他自信地回答：没问题，我觉得我还能活几年呢！

晚生我在这里遥祝老先生九十竿头更进一步，再过几年悠闲的日子！

蒋　力

2005年暮春三月记于北京三塔寺斗室

# 增订后记

整整十年前，2005 年的早春，我为李治华先生选编的文集《里昂译事》完工。暮春三月的一天，我写了“编后记”。当年 12 月，《里昂译事》由商务印书馆出版。那年，李治华先生 90 岁！

书寄到法国后，李先生送了朋友二三十本，据说很多人都是爱不释手地一气读完。巴黎、里昂的书店里，也摆上了这本书。国内的朋友看完后，或来电或来信或写书评，于编者而言，我看到自己为李先生的这个忙没有白帮，心里也是个安慰。

之后的日子里，联系不多，偶尔收到李先生的信，得知他又获得了“中华图书特殊贡献奖”和法国政府授予的“法国文学与艺术”勋章。2014 年春，意外地在电视新闻中看到李先生，而且是在与习主席交谈。回过头去再看这条新闻，才知道是国家主席习近平访问法国，第一站就是里昂，到里昂后访问的第一处，就是里昂中法大学。校方安排了与这所大学关系最近的、在世者中最年长的华人——即李治华先生到场。新闻中主要是习主席讲话，他称赞李先生的“执着精神和学术才华令人钦佩”；坐在轮椅上的李先生一直在听。看到电视画面上的李先生，我有一种久违的感觉。的确，我前一次见他，距此也已 12 年了。

恰在此时，商务印书馆通知我《里昂译事》将要再版。亦在此前后，我在旧居的书柜里又找到一包李先生寄来的资料，于是我与编辑商议：与其再版，不如改出增订本，若此，可以再补充几篇李先生的文章。

我连打字带编辑，整理出下列三篇文章：一是《〈红楼梦〉与〈追忆逝水年华〉》；二是《〈故事新编〉法译本前言》；三是《略谈当代法国文学》。一、三两篇，都是李先生为 1985 年回国所准备的演讲稿。当时，《追忆逝水年华》的中译还没有出版，杜拉斯的作品似乎也尚未翻译出版，所以可以说这两篇演讲的内容都有一定的信息量。于今虽说读来有时过境迁之感，但也可以看出老先生对中法两国文学的发展一直是密切关注的，他的评介也是及时和准确的。第二篇是1959年出版《故事新编》法译本时的法文前言，后由译者自译回中文，可以简约地看出作者对鲁迅的认识和感受。希望这三篇文章的增补，能使《里昂译事》（增订本）比此前更加充实，以继续吸引新的读者。

此外，编辑提议，并对文章顺序做了调整，分为三大部分：译事、谈艺、阅世。突出译事，译领全书，更吻合书名，更具李治华先生这位大翻译家的特色。我当然赞同，我相信这样的编排也能达到更吸引读者的目的。

时在2015年2月，农历马年腊月小年夜，亦逢李治华先生百岁之年。蒋力记于上海绿茵苑。